Über den Autor:
Manuel Schmitt lebt und arbeitet in Köln. Er ist freier Autor, Regisseur, Programmierer und Animator. Er ist Absolvent der Kunsthochschule für Medien in Köln und arbeitet seit 2008 für Auftraggeber aus dem Medienbereich und an eigenen Buch-, Film-, Hörspiel- und Computerspiel-Projekten. Er leitete unter anderem die Webserie *Let's Play Together* mit den YouTube-Stars Gronkh und Sarazar und führte Regie bei *#DeineWahl*, ein Format, bei dem vier YouTuber die Kanzlerkandidaten Angela Merkel und Martin Schulz interviewten. Er selbst ist auf YouTube unter dem Pseudonym SgtRumpel bekannt.

MANUEL SCHMITT

GODMODE

DER VIDEOSPIEL-PROPHET

EIN PHANTASTISCHER GAMING-ROMAN

Besuchen Sie uns im Internet:
www.knaur.de
Facebook: https://www.facebook.com/KnaurFantasy/
Instagram: @KnaurFantasy

Aus Verantwortung für die Umwelt hat sich die Verlagsgruppe Droemer Knaur zu einer nachhaltigen Buchproduktion verpflichtet. Der bewusste Umgang mit unseren Ressourcen, der Schutz unseres Klimas und der Natur gehören zu unseren obersten Unternehmenszielen. Gemeinsam mit unseren Partnern und Lieferanten setzen wir uns für eine klimaneutrale Buchproduktion ein, die den Erwerb von Klimazertifikaten zur Kompensation des CO_2-Ausstoßes einschließt. Weitere Informationen finden Sie unter: www.klimaneutralerverlag.de

Originalausgabe August 2023
Knaur Hardcover
© 2023 Knaur Verlag
Ein Imprint der Verlagsgruppe
Droemer Knaur GmbH & Co. KG, München
Alle Rechte vorbehalten. Das Werk darf – auch teilweise –
nur mit Genehmigung des Verlags wiedergegeben werden.
Erstlektorat: Prof. Dr. Stephan Schmitt
Redaktion: Kerstin Fricke
Covergestaltung: Guter Punkt, München
Coverabbildung: Guter Punkt, München
nach einem Entwurf von Manuel Schmitt
Illustrationen im Innenteil: Stock.Adobe.com/martialred
Satz: Adobe InDesign im Verlag
Druck und Bindung: CPI books GmbH, Leck
ISBN 978-3-426-22794-7

2 4 5 3 1

KAPITEL 1

Orkus, der Gott der Unterwelt, erwachte. Vor ihm lag der Seelenwald, in dem alte, knorrige Bäume dicht an dicht standen und von Wurzeln überwucherte Pfade sich zu einem tödlichen Labyrinth verflochten. Doch Orkus kannte jeden Zentimeter dieser Pfade, kannte jeden Felsen, jeden Durchgang, kannte den umgestürzten Baumstamm im Westen, wo Gorgath mit seinen Lakaien wartete, kannte die Höhle des Janus, die Manensteine und die Schutzgeister im Sumpf. Der Seelenwald war sein Jagdgrund, und er war hungrig.

Ein mächtiger Donnerschlag ließ die Erde erzittern, und Orkus spürte, wie die Fesseln, die ihn zurückgehalten hatten, zersprangen. Ein wuchtiger Kriegshammer materialisierte sich in seiner rechten Hand. Er rannte los, jagte an den ersten Bäumen vorbei, deren Äste wie knochige Hände nach ihm griffen, ihm jedoch nichts anhaben konnten. Qualm stieg von seinem Körper und seiner Waffe auf, bildete dunkle Rauchschwaden, die hinter ihm verwirbelten und sich schließlich auflösten. Der Odem der Unterwelt.

Orkus musste sich beeilen. Er war einer von fünf Göttern, die im Seelenwald um die Vorherrschaft kämpften, und es war wichtig, sich so früh wie möglich einen Vorteil zu verschaffen. Er sprang über einen kleinen Bachlauf und bereitete seinen ersten Zauber vor. Vorbei an flechtenbewachsenen Felsen, bis er eine kleine schwarze Blume im Gestein erblickte. Die Totenblume war sein Wegweiser, eine unscheinbare Markierung, die ihm die richtige Stelle wies.

Er wirkte den vorbereiteten Zauber. Sein Körper entmaterialisierte sich, überbrückte Zeit und Raum und kam im nächsten Augenblick auf der anderen Seite der Felswand wieder zum Vorschein. Orkus hatte die Felswand durchdrungen und damit ein paar wertvolle Sekunden gespart. Ein grelles Kreischen ertönte, und der Gott der Unterwelt hob seinen Kriegshammer, die Spitze des Schlagdorns blitzte im Zwielicht des Waldes auf. Er stand mitten in einem Greifennest.

Orkus hatte diesen Kampf schon tausendmal gefochten. Angreifen, ausweichen, abwarten. Es war ein sorgfältig ausgeführter Tanz, die Bewegungen bis zur Perfektion einstudiert. Mit tödlicher Sicherheit traf der Kriegshammer zunächst die Flanke des einen, dann die Brust des anderen Greifen. Sie waren keine Gegner für den Gott der Unterwelt, ihre scharfen Schnäbel konnten ihm kaum etwas anhaben. Und doch blieb Orkus wachsam, denn mit jeder Sekunde wuchs die eigentliche Gefahr: Einer der anderen Götter würde hier früher oder später auftauchen, um die Greifen für sich zu beanspruchen. Eines der Tiere starb mit einem kraftlosen Röcheln und blieb bewegungslos auf dem Boden liegen. In einem zukünftigen Kampf würde es auferstehen, doch dieses Mal sog Orkus die Essenz des toten Greifen ein und wurde ein kleines bisschen mächtiger.

Ein Geräusch wie von knirschendem Holz und aneinanderschrammenden Felsen übertönte für einen kurzen Moment das Kampfgeschehen. Die Erde bebte, und um Orkus herum brachen dornenbesetzte Schlingpflanzen aus dem Boden, die sich schmerzhaft um seine Beine wickelten. Er fluchte. Ausgerechnet Gaia! Schon löste sich die Gestalt der Göttin aus dem Schatten der Bäume, ihre sinnlichen Rundungen bedeckt von einem Kleid aus Blättern und Blütenkelchen. Dazwischen krabbelten zahllose Insekten, sogar kleine Vögel stoben gelegentlich auf, und dort, wo ihre nackten Füße auftraten, sprossen frische grüne Keime aus dem dunkelbraunen Erdreich. Gaia war die Göttin der Erde, des Wachstums und des Lebens, schön, mächtig und gefährlich.

Orkus ließ von dem zweiten Greifen ab und verdichtete den Odem der Unterwelt. Wie eine zusätzliche Rüstung legte sich der schwarze Nebel um seinen Körper. Gaia besaß keine Waffen, sondern setzte Magie ein, um einem Kontrahenten aus der Distanz Schaden zuzufügen, doch der Odem konnte Orkus vor ihren Angriffen schützen. Geduldig ließ er die magischen Geschosse Gaias auf sich einprasseln und stemmte sich gegen die Schlingpflanzen, die ihre Dornen tief in sein Fleisch gebohrt hatten.

Als sich der Griff der magischen Ranken endlich lockerte, sprang er, immer noch in den Odem gehüllt, auf Gaia zu und ließ den schweren Kriegshammer in einem großen Bogen gegen ihre Schulter prallen. Die Göttin wurde mehrere Meter zur Seite geschleudert, fort von dem Greifen. Orkus musste verhindern, dass Gaia das

Tier erlegte und dessen Essenz in sich aufnahm. Er vollführte zwei schnelle Attacken gegen den Greifen, doch zu seiner Enttäuschung überlebte das Biest die Angriffe. Gaia hielt Abstand und umrundete ihn, denn auch sie wusste, dass der Greif inzwischen geschwächt war. Sie suchte eine freie Schusslinie. Mit einem Angriff im richtigen Moment konnte sie ihm zuvorkommen, das Tier töten und die Essenz für sich beanspruchen.

Der Odem der Unterwelt löste sich auf, und Orkus verlor seinen zusätzlichen Schutz. Er seufzte resigniert. Die Schmerzen würde er hinnehmen müssen. Die Essenz war einfach zu wichtig, gerade in dieser Phase des Wettkampfs. Gaia beschwor eine strahlende Kugel zwischen ihren Händen und schleuderte sie auf den Greifen. Orkus sprang in die Schusslinie, brachte seinen Körper als Barriere zwischen die Göttin und ihre Beute.

Als ihn die Kugel traf, glaubte er von innen heraus zu verbrennen. Schmerzen ließen ihn für einen Moment erstarren, er spürte, wie ihm die Lebenskraft entzogen wurde. Doch Gaias Angriff war nicht stark genug, er hatte ihn nicht getötet. Mit grimmiger Entschlossenheit wirbelte Orkus seinen Hammer herum und ließ ihn abermals gegen den Greifen krachen. Erleichtert sah er, wie das Tier sich ein letztes Mal aufbäumte und starb.

Er durfte keine Zeit verlieren, denn Gaia bereitete schon die nächste Attacke vor. Orkus hechtete zu der Felswand, durch die er zu dem Nest gekommen war, und aktivierte erneut seinen Teleportationszauber. Im nächsten Augenblick stand er auf der anderen Seite, die kleine schwarze Blume unberührt an derselben Stelle im Fels. Er war in Sicherheit; Gaia würde ihm nicht folgen können. Und die Essenz gehörte ihm.

»GG EZ«, sagte der Gott der Unterwelt.

Neil grinste breit, während sein Zeigefinger unablässig die Maustaste betätigte. Er hatte zwar die Hälfte seines Lebens eingebüßt, aber das kleine Manöver würde ihm dank der gewonnenen Essenz bei der nächsten Begegnung einen merklichen Vorteil verschaffen. In der Zwischenzeit würde er sich heilen und vielleicht noch ein paar *Creeps* farmen. In *PentaGods* machte ihm keiner etwas vor.

Er hörte, wie Trevor resigniert ausatmete, und grinste erneut. »Gaia also! Nette Wahl, aber man muss sie auch spielen können. Noob!«, stichelte er. Trevor antwortete mit einem verächtlichen Grunzen, ein Geräusch, das sein Freund mit vollendeter Perfektion erzeugen konnte, da er viel Übung darin besaß. Trevor verlor in PentaGods oft gegen ihn. Eigentlich immer.

Ein leichter Schlag auf den Hinterkopf, nicht wirklich schmerzhaft, aber mit Nachdruck. Das war Gregory, der hinter ihm stand. »Keiner mag Aufschneider, Neil. Konzentrier dich lieber aufs Spiel!«, sagte er tadelnd. »Morgen wird es nicht so einfach sein.«

Ohne die Augen von dem Bildschirm abzuwenden

und ohne das Grinsen abzulegen, nickte Neil leicht. Gregory hatte natürlich recht, ein Freundschaftsspiel war kein Vergleich mit der World Championship, die morgen beginnen würde. Trevor war zwar ein ganz passabler Spieler, aber kein professioneller eSportler wie Neil. Trotzdem bestand sein Freund darauf, bei diesem letzten Match vor dem Turnier mitzuspielen, und Gregory hatte gutwillig zugestimmt. Nachdem Neil in den letzten Monaten fast ausschließlich mit anderen Profis trainiert hatte, war dieses Spiel eine Art Verschnaufpause. Die Ruhe vor dem Sturm.

Trotzdem diente ein solches Match der Vorbereitung; es steigerte sein Selbstbewusstsein. Er sollte sich sicher fühlen, um morgen mit einem guten Gefühl in das Turnier zu starten. Es war ein simpler psychologischer Trick, der erstaunlicherweise auch funktionierte, obwohl Gregory ganz offen darüber sprach. Es war zu einer Art Regel geworden, dass Neil das letzte Spiel vor einem wichtigen Event wie der *5G World Championship* gewinnen musste. Er hatte ein solches Freundschaftsspiel noch nie verloren, eine Tatsache, die jedoch ihrerseits einen gewissen Druck aufbaute: Es wäre ein wirklich böses Omen, im letzten Match vor der Championship zu verlieren, also strengte er sich unwillkürlich an. So richtig *just for fun* war es also nicht. Neil fragte sich, ob Gregory sich dessen bewusst war. Vielleicht war es ein psychologischer Trick mit doppeltem Boden.

PentaGods war das Spiel, mit dem es Neil gelungen war, in die Elite der eSportler aufzusteigen. Es hatte ähnlichen Spielen wie *DOTA* oder *League of Legends* den

Rang abgelaufen, hatte auf ihrem Spielprinzip aufgebaut und es weiterentwickelt. Heute, im Jahr 2029, war PentaGods – oder 5G, wie viele es abgekürzt nannten – der Platzhirsch und stand bei eSport-Events unverrückbar an erster Stelle. Neil hatte sich sofort mit dem Spielprinzip angefreundet und sich rasch in den *Ranked Matches* einen Namen gemacht. Sein Nick war *Orkus666*, in Anlehnung an seinen Lieblingshelden im Spiel, den Gott der Unterwelt. Nicht sehr einfallsreich vielleicht, aber leicht zu merken. Orkus-six-six-six. Für viele Fans war er die Personifizierung des Helden aus dem Spiel, und sogar das Entwicklerstudio hatte ihn mit einem eigenen Skin für seinen Lieblingsgott geehrt.

Mit PentaGods hatte er den Absprung geschafft. Von dem unscheinbaren Apartment in Camrose, in dem die Fenster undicht waren, die Eingangstür klemmte und der Flur nach Feuchtigkeit roch, zu seinem Penthouse in Downtown LA: 230 Quadratmeter, Terrasse mit Blick auf den Financial District. Zwei Stockwerke, 1000 Mbit, low-ping, nachgerüstet mit eigenem 50.000$-Gaming-Zimmer mit fünf vollausgestatteten Modding-Rechnern, eigenem Kühlschrank, indirekten LEDs, Streaming-Equipment und OLED-Folienfernseher. Neil war von einem unscheinbaren Teenager mit einer Leidenschaft für Computerspiele zu einem 23-jährigen Superstar der eSport-Szene herangewachsen. Er konnte sich voll auf das Spielen konzentrieren; Trevor, Martha und sein Manager Gregory Hillman kümmerten sich um alles andere.

Es war der feuchte Traum eines jeden Gamers.

Das Freundschaftsspiel erfüllte seinen Zweck. Nach 20 Minuten hatte Neil im Alleingang den Göttertempel im Zentrum der Karte erobert. »YOU WIN!« erschien in großen Lettern auf dem Bildschirm. Animierte Strahlen ließen den Schriftzug aufleuchten, und Funken stoben von den Buchstaben, als seien sie soeben von Hephaistos höchstpersönlich aus der Esse geholt worden. Neil setzte das Headset ab. Er fühlte sich großartig.

»Gut gemacht! Martha kommt gleich mit dem Essen.« Gregory Hillman klopfte ihm auf die Schulter, holte sein Smartphone hervor und verließ das Gaming-Zimmer. »Denk noch daran, deinen Post abzusetzen, der ist verdealt!«

Trevor stieß einen frustrierten Seufzer aus, nahm das Headset ab, stand auf und kam zu Neil herüber. »Irgendwann kriege ich dich schon noch!«

Neil fotografierte mit seinem Handy den Siegesbildschirm und winkte ab. »Eher releasen die *Half-Life 3*!«

»Arroganter Schnösel!« Trevor boxte ihn gegen die Schulter – freundschaftlich, aber doch mit so viel Kraft, dass Neil sich die schmerzende Stelle rieb.

»Aua!«, beschwerte er sich. »Wenn ich morgen verliere, weil ich die Maus nicht bedienen kann, ist das deine Schuld!« Grinsend verließ auch Trevor das Zimmer und zeigte Neil beim Hinausgehen den Mittelfinger. Die Geste harmonierte gut mit dem Overkill-T-Shirt, das in roter Farbe unter dem Logo »Fuck You« stehen hatte. Trevor war schon immer ein Metalhead gewesen und liebte es, schwarze Band-T-Shirts zu tragen.

»Alter, ich kauf dir gleich ein Ticket nach Camrose!«,

rief Neil ihm nach. Es war natürlich keine ernstgemeinte Drohung. Trevor war sein bester Freund, eine der wenigen Personen, die er in der tristen Kleinstadt, in der sie beide aufgewachsen waren, nicht gehasst hatte. In der *Camrose Junior High* hatte der Zufall sie nebeneinandergesetzt, und seitdem bildeten sie eine untrennbare Allianz: der Double Dragon. Sie waren Neil und Trevor, aber auch Sonic und Tails, Ratchet und Clank, Jak and Daxter, Atlas und P-Body und manchmal, wenn Trevor seine blonden, langen Haare offen trug, auch Link und Zelda. Sie hatten mehr Zeit gemeinsam vor dem Bildschirm verbracht als im Klassenraum – es war ihre einzige Waffe gegen die Tristesse des Alltags gewesen.

Seufzend postete Neil das Bild mit dem Untertitel »Zukunftsvision!? #orkus666ftw #PentaGods« und wartete kurz, bis die ersten Likes und Kommentare aufpoppten. Seine Community war aufgeregt, alle fieberten dem morgigen Tag entgegen und wünschten ihm viel Glück oder *happy farming*. Bei seinen sechs Millionen Followern dauerte es keine Minute und sein schnell geknipstes Foto hatte die 1000 Likes überschritten. Neil lächelte. Es war einfach verdientes Geld. Denn PentaGods zahlte ihm für einen solchen Post, der innerhalb von einer Stunde über zwei Millionen Menschen erreichen würde, eine stattliche Summe. Gregory hatte gut verhandelt.

Neil begab sich ebenfalls in das große Wohnzimmer des Penthouse. Die Sonne war untergegangen, und die bodentiefen Fenster gaben den Blick auf das blinkende Stadtpanorama von Los Angeles frei. Die Wolkenkratzer des Financial District mit ihren hell erleuchteten Stockwerken wirkten wie gelb-orange Barcodes, die um 90 Grad gedreht worden waren und aus einem Meer von Straßenlaternen, Ampeln und Scheinwerfern aufstiegen. Ein diffuses Leuchten lag über der Stadt und ließ sie irreal erscheinen – tatsächlich war es einfach nur der Smog, der das Licht reflektierte, aber Neil fand, es sah trotzdem hübsch aus.

»Ach, Neil, ich hab da noch was für dich«, sagte Gregory in seinem kräftigen Bariton. Sein Manager wirkte wie ein Real-Estate-Agent aus Beverly Hills. Er trug ausschließlich weiße Hemden, hin und wieder mit dezenten Mustern in blassen Farben. Die Ärmel hochgekrempelt, sodass die stark behaarten Arme zum Vorschein kamen. Bluejeans und Sneaker an den Füßen. Seine Accessoires waren zwei Smartphones, eine *Leisure Society*-Sonnenbrille und eine große schwarze Digital-Armbanduhr am Handgelenk, deren Markennamen Neil schon wieder vergessen hatte, weil Uhren etwas für alte Menschen waren, wie er fand. Grau melierte Haare, modischer Schnitt und ein säuberlich gestutzter Bart, kräftige Statur mit leichtem Bauchansatz. Gregory Hillman spielte selbst kaum Computerspiele, war aber mit 54 Jahren ein Veteran der eSport-Szene und seit drei Jahren sein Manager. Er kannte alles und jeden. Und er hielt Neil eine große braune Tüte aus Papier hin.

»Ich bin stolz auf dich, Neil – egal, was morgen passiert. Hier, ist für deine Sammlung. Eine Art Glücksbringer.« Er zwinkerte Neil zu und blickte ihn erwartungsvoll an. Auch Trevor hatte sich vom Sofa gewälzt und kam neugierig näher. Neil griff in die Tüte und holte einen länglichen Karton heraus, auf dem Farbstreifen zu sehen waren, angeordnet wie ein Regenbogen, zusammen mit sechs bunten Fotos von Personen unterschiedlichen Alters, die Grimassen schnitten. *FAIRCHILD video entertainment system* stand in großen gelben Buchstaben daneben.

»Woa! Eine Channel-F!«, rief Neil. Vorsichtig öffnete er den Karton, und zum Vorschein kam ein abgeschrägter Quader aus Holzimitat und schwarzem Plastik, zusammen mit zwei länglichen Controllern, alles eingebettet in Styropor. Die Konsole war in hervorragendem Zustand und musste besonders pfleglich behandelt worden sein. »Danke, G!«

»Die ist fast so alt wie ich!«, sagte Gregory grinsend. »Nur ein Jahr jünger!«

»Hammer!« Neil fuhr vorsichtig mit den Fingern über die Kunststoffoberfläche. Die Fairchild war retro pur! Fünf Druckknöpfe, für heutige Standards groß und klobig, mit simplen Aufklebern markiert, keine LEDs oder ähnlicher Schnickschnack. Die gerippten Joysticks mit dreieckigem Kopf, das riesige Netzteil. Und zwei einprogrammierte Spiele mit den einfallsreichen Namen *Tennis* und *Hockey*. Das F in Channel-F stand übrigens für *Fun*.

»Hast du nicht schon so eine?«, fragte Trevor.

»Nur den Nachfolger, die System II«, antwortete Neil. »Aber das hier ist das Original! Die erste Konsole mit Cartridges! Ohne die hätte es die ganzen Konsolen danach nicht gegeben, zumindest nicht in der Form. Ich versuche schon seit Monaten, eine zu bekommen!«

»Ich habe sie von einem alten Freund.« Gregory zuckte mit den Schultern. »Reiche Eltern. Der hat sie damals zum Geburtstag bekommen. Der Vater war Besitzer einiger Autohäuser, die hatten genug Geld – auch um ihrem Sohnemann ein paar Wochen später schon einen Atari 2600 zu kaufen. Deshalb sieht die noch so gut aus, die wurde kaum benutzt.«

»Vielen Dank, G!«, sagte Neil noch mal. Die Channel-F musste einen Ehrenplatz bekommen, so viel stand fest. Nicht nur wegen Gregory, der sich mit dem Geschenk selbst übertroffen hatte, sondern auch, weil sie einen Meilenstein in der Computerspielgeschichte darstellte. Neil war 2005 geboren. Er war noch ein Baby gewesen, als die Playstation 3 und die Wii auf den Markt kamen. Steam war zu dem Zeitpunkt schon drei Jahre alt; *World of Warcraft*, *Far Cry*, *God of War* – alles Spiele, die vor seiner Geburt veröffentlicht worden waren. Während er noch laufen lernte, kamen Klassiker wie *Mass Effect*, *Left 4 Dead*, *Assassin's Creed* und *League of Legends* heraus. Er war aufgewachsen in einer Zeit, in der beschleunigte 3D-Grafik, grenzenloses Onlinegaming, High-Poly-Modelle und riesige Spielewelten der Standard waren.

Und doch hatte er sich immer für die Vergangenheit interessiert. Schuld war sicherlich auch der alte Super Nintendo seines Vaters, den er mit sechs Jahren in einem alten Umzugskarton im Keller entdeckt hatte und der immer noch Teil seiner Konsolen-Sammlung war. Er spielte *Minecraft*, *Rocket League* und *Fortnite* mit seinen Freunden, doch zu Hause tauchte er regelmäßig in die Pixelwelten von *Super Mario* ab, lernte *Mega Man*, *Earthworm Jim*, Samus, Link und Sir Arthur kennen. Die alten Spiele waren für ihn, was das *Silmarillion* für Herr-der-Ringe-Fans war: Sie vermittelten ihm ein Verständnis für die Evolution der Videospiele, zeigten ihm Hintergründe und Zusammenhänge auf. Blockbuster wie *World of Warcraft* waren nicht von heute auf morgen entstanden; jedes Computerspiel baute auf den Titeln der Vergangenheit auf, neue Ideen wurden schamlos geklaut und weiterentwickelt, bis sie sich in etwas Neues, Eigenes verwandelten. Oft war das dreiste Kopieren einer guten Idee nur die Geburtsstunde eines neuen Genres. Die Retro-Sammlung seines Vaters war für ihn eine erlebbare Evolution der Computerspiele gewesen und eines der wenigen Dinge, die ihn mit seinem Dad verband.

Mit zwölf Jahren hatte er auf einem Flohmarkt einen alten Gameboy mit ein paar Spielen erstanden – seine zweite Retrokonsole. Von seinem ersten 500$-Preisgeld, das er bei einem regionalen *DOTA*-Turnier in Edmonton gewonnen hatte, ersteigerte er online eine Playstation 3, einen ZX Spectrum und einen GameCube, und kaum einer seiner Freunde verstand, warum er diese alten Geräte kaufte. Doch er liebte die gelegentlichen Entdeckungsreisen in die Vergangenheit fernab von toxischen Communitys und kompetitivem Gaming. Und auch wenn er in den letzten Jahren kaum mehr dazu gekommen war, in die alten Spielewelten einzutauchen, hatte er seine Sammlung auf insgesamt 25 Konsolen und Computer mit 1556 Spielen auf Disketten, Cartridges,

CD-ROMs und Laserdiscs erweitert. Und die Fairchild-Channel-F, die Gregory ihm mitgebracht hatte, war ein echter Star in der Sammlung.

»In Tennis mache ich dich bestimmt fertig«, sagte Trevor.

»Oh nein!«, ging Gregory dazwischen. »Ich kenn euch beide! Das bleibt nicht bei einem oder zwei Matches. Wir essen noch was, und dann ist Ruhe. Nach der World Championship könnt ihr von mir aus die ganze Nacht durchmachen. Bis dahin muss die Fairchild auf ihre Renaissance warten.« Trevor verzog den Mund und warf sich wieder aufs Sofa. Es klingelte an der Tür.

»Das wird Martha sein, sie war bei China Palace. *Wontons* für Neil, *Chow Mein* für Trevor, *Kung-Pao* für mich und Martha, *Fried Rice* für alle, die danach noch Hunger haben. Leicht verdaulich und halbwegs gesund.« Gregory bedeutete Neil, den Tisch freizumachen, während er zur Eingangstür ging und Martha hereinließ. Sekunden später durchzog das Penthouse ein angenehmer Duft nach chinesischem Essen.

Neil winkte Martha kurz zu und nahm den Karton mit der Fairchild vom Tisch. Für seine Sammlung hatte er im oberen Stockwerk neben seinem Schlafzimmer einen eigenen Raum eingerichtet, mit Vitrinen und Schaukästen, um die wertvollen Geräte vor Staub zu schützen. LEDs hinter den Möbeln warfen indirektes Licht auf die Konsolen. Prüfend ließ Neil seinen Blick durch den Raum schweifen. Er würde irgendwo Platz schaffen müssen, doch das würde einiges an Zeit in Anspruch nehmen.

»Neil!« Gregorys Stimme hallte durch das Penthouse. Jetzt war definitiv nicht der Moment, um sein kleines Museum umzugestalten, außerdem würden sie die Fairchild noch gebührend testen, bevor er ihr einen festen Platz zuwies.

Neil stellte den Karton auf einem der Schaukästen ab und strich noch einmal über die Verpackung. Was für ein buntes, chaotisches Design! Viel zu kleinteilig. Unharmonische Farbwahl. Hässlich, wenn man ehrlich war. Aber irgendwie authentisch. Geschichte zum Anfassen. Er schaltete das Licht aus und stieg die Treppe hinab zu den anderen, die schon mit ihren Stäbchen in den kleinen, mit »China Palace« bedruckten Kartons herumwühlten.

Als er sich zu ihnen setzte, knurrte sein Magen. Der Gott der Unterwelt hatte Hunger.

KAPITEL 2

Eigentlich hatte er sich inzwischen an die Aufregung bei Turnieren gewöhnt; es kam nur noch selten vor, dass ihn ein bevorstehendes Event nervös werden ließ. Doch am nächsten Morgen war Neil schon früh aufgewacht und hatte sich rastlos im Bett herumgewälzt, bis er Gregory in der Küche hörte. Wortkarg saß er am Frühstückstisch und überließ es den anderen, Konversation zu betreiben. Die Championship rückte mit jeder Minute näher, und Neil spürte ein flaues Gefühl im Magen. Er aß nur die Hälfte seines Bagels.

Das *eSports Stadium Los Angeles* lag keine vier Blocks von Neils Penthouse entfernt, trotzdem fuhren sie die kurze Strecke mit dem Auto. Bunt gekleidete Menschen hatten die Straßen vereinnahmt, darunter viele Cosplayer mit aufwendig gestalteten Kostümen, die den Göttern aus dem Spiel manchmal zum Verwechseln ähnlich sahen. Lediglich das leichte Wippen der Speerspitzen, Zacken und Stacheln verriet, dass die vermeintlichen Rüstungen und Waffen aus Schaumstoff bestanden. Überall prangte das Logo von PentaGods, riesige Poster zeigten Porträts der 28 spielbaren Helden.

Das Stadion war erst in diesem Jahr fertiggestellt worden, ein massiver Bau aus Glas und Stahl, ein futuristischer Koloss, umgeben von bewegten Wasserfontänen, die sich in wechselnden Mustern miteinander verwoben. Dahinter hatte der Veranstalter drei Meter hohe

Skulpturen der Götter aufgestellt, die wie Riesen aus dem Strom der ankommenden Zuschauer ragten. Auch Orkus befand sich unter den Statuen, den Kriegshammer über seinem Kopf zu einem vernichtenden Schlag ausgeholt. Das Gebäude als Ganzes wirkte wie eine bizarre Kathedrale mit überdimensionierten LED-Panels als bunte Glasfenster und dem hervorstehenden Eingangstor als gewaltigem Altar, auf dem eine gigantische Replika des *5G World Championship*-Pokals thronte wie der Heilige Gral.

»Crazy«, murmelte Trevor, der das vorbeiziehende Spektakel mit großen Augen betrachtete.

Neil biss die Zähne zusammen und war froh, dass er hinter den getönten Glasscheiben vor den Augen der Fans verborgen blieb. Nicht, dass er die Aufmerksamkeit nicht genossen hätte. Die Selfies, die Autogramme, die Umarmungen von nervösen Mädchen in Fantasy-Outfits und die fachsimpelnden Komplimente der männlichen Bewunderer – all das war Teil des Ganzen, und es schmeichelte durchaus seinem Ego. Doch jetzt war nicht der richtige Zeitpunkt dafür. Dieses Turnier war anders. Größer. Wichtiger. Allumfassend.

Das Studio hinter PentaGods hatte alle Register gezogen. Das neue *eSports Stadium Los Angeles* war eine der größten Arenen der USA. 40.000 Zuschauer passten in das Gebäude. Schon jetzt waren sich alle einig, dass der Livestream alle Rekorde brechen würde, und das Preisgeld war mit insgesamt 50 Millionen Dollar das höchste seit Beginn des eSports. In den letzten Tagen wurde in der Presse ein Superlativ nach dem anderen bekannt gegeben – PentaGods würde mit diesem Turnier seinen Platz im Olymp der Videospielgiganten zementieren und mit einem der meistgesehenen Events der Welt das nächste Jahrzehnt einläuten. Heute war kein Tag wie jeder andere; sogar das Datum war etwas Besonderes.

Es war der 31.12.2029, und die *5G World Championship* wurde nicht zufällig am Silvesterabend abgehalten, als Auftakt eines neuen Jahrzehnts. Das Finale würde um 22 Uhr beginnen. Die Marketingabteilung hatte für die Fans eine emotionale Achterbahnfahrt vorprogrammiert – inklusive Countdown zum Jahreswechsel auf der Aftershowparty. PentaGods würde das Jahr 2030 als unbestrittener Marktführer beginnen und – zumindest so die Hoffnung – die eSport-Szene auch in der nächsten Dekade anführen. Total Domination! Das Event war ein einziger Superlativ, und Neil aka *Orkus666* konnte sich – wenn er diese Championship gewann – einen Platz in den Geschichtsbüchern sichern. Es stand also viel für ihn auf dem Spiel, und seine Nerven lagen dementsprechend blank.

»Wir fahren zum VIP-Eingang. Keiner wird dich sehen, bis du auf der Bühne bist.« Gregory schien seine Gedanken zu lesen.

Neil räusperte sich. Sein Mund war trocken. »Haben wir etwas zu trinken?«

Gregory nickte, während er in eine schmale Straße hinter dem Stadion einbog. »Ich hab Energydrinks und Wasser besorgt. Trevor?«

Trevor zuckte zusammen. »Oh, fuck!«, fluchte er leise.

»Hätte ich die ins Auto bringen sollen? Ich dachte, ich muss mich nur um das Equipment kümmern …«

Neil verdrehte die Augen. »Ernsthaft? Wer sonst ist bei uns für so was zuständig?« Es klang schärfer als von Neil beabsichtigt. Sei's drum! Es war ein dummer Fehler gewesen. Getränke waren wichtig bei einem Turnier, und Trevor war nun mal genau für solche Aufgaben dabei. Es war sein Job, und Neil bezahlte ihn sogar dafür. Nicht besonders gut, aber immerhin.

»'tschuldigung. War ein Versehen!«, antwortete Trevor trotzig.

»Alles kein Problem!«, beschwichtigte Gregory, der den SUV vor einer Halle mit der Aufschrift AREA 5 parkte. »Getränke können wir auch drinnen besorgen, zur Not schicke ich Trevor noch mal nach Hause. Alles gut. Nichts passiert. Hier, ihr bekommt jeder eine Karte.« Gregory verteilte VIP-Karten aus Plastik, die an einem mit ›PentaGods‹ bedruckten Band hingen. Neils Karte besaß als einzige einen gut sichtbaren grünen Punkt, was ihn als Spieler auswies.

In der riesigen VIP-Halle wuselten geschäftige Menschen wie Wespen in einem Nest herum. Im Gegensatz zum öffentlichen Bereich sah man hier keine Cosplayer, sondern Leute mit iPads oder schmalen, modischen Aktentaschen, die Sakkos oder Blazer lässig mit Bluejeans und Sneakern kombinierten und eine joviale Business-Aura ausstrahlten. Es waren Manager von anderen Spielern, CEOs von Werbefirmen, Spielestudios oder Hardwarepartnern, Medienmenschen von Streaming- und Social-Media-Plattformen oder Leute, die in irgendeiner Weise in die Organisation der World Championship involviert waren. Dazwischen Messepersonal, das entweder Merchbags oder kleine, auf PentaGods getrimmte Häppchen verteilte.

Neil musste unzählige Hände schütteln; viele der Gesichter kamen ihm bekannt vor, aber bei den meisten konnte er nicht sagen, wem er gegenüberstand oder wo er die Person schon einmal gesehen hatte. Gregory Hillman jedoch war in seinem Element und begrüßte jeden, der auf ihn zukam, mit Vornamen, während er die Gruppe zielsicher durch die Gänge und Hallen führte. Neil hatte schon nach kurzer Zeit die Orientierung verloren.

»Bist du aufgeregt?« Martha lächelte ihn schüchtern an. Sie hatte einen Fotoapparat im Anschlag und weitere Kameras in einem Rucksack dabei. Sie war für seine Medienpräsenz zuständig, schoss Fotos für Social Media, für Presse und fürs Archiv. Wenn er zu beschäftigt war, kümmerte sie sich um seinen Twitteraccount, um Instagram, Snapchat und GamerX. Außerdem war sie die Tochter von Gregory Hillman.

»Mhm«, brummte Neil, während sie in den nächsten Gang abbogen, der zu einer weiteren Halle führte. Er fragte sich, ob sie jemals an ihrem Ziel ankommen würden oder ob Gregory sie einfach bis zum Beginn des Turniers im endlosen Labyrinth des Stadiums herumirren ließe. Doch genau in diesem Moment erreichten sie die Talent-Booth, eine Art VIP-Area innerhalb der VIP-Area, in die sich die Spieler zurückziehen konnten. Zwei Frauen in Securityuniformen kontrollierten ihre Badges und ließen sie durch.

»Wir haben eine Stunde bis zum ersten Spiel«, sagte Gregory, nachdem sie sich in einer Ecke auf großen Sitzkissen niedergelassen hatten, die bequemer waren, als sie aussahen. Gregory wandte sich an Neil. »Es werden 15 Matches gespielt, aus denen die fünf Spieler für das Finale hervorgehen. Wir haben 25 Kandidaten, jeder spielt drei Matches. Schaffst du es, alle drei Spiele zu gewinnen, bist du automatisch im Finale. Ansonsten entscheiden bei gleichem Punktestand die KD-Ratios, wer weiterkommt und wer nicht.«

Neil nickte. »Wo ist Izuya?«, fragte er.

»Hm. Gute Frage. Eigentlich müsste er schon da sein.« Gregory blickte sich suchend um und holte dann sein Handy hervor. Izuya Higuchi war Neils Personal Trainer und sein strategischer Sparringspartner. 38 Jahre alt, professionelle eSport-Erfolge in *DOTA*, *Starcraft II* und *Arena of Valor* bis 2022, danach Einbürgerung in die USA und Beginn einer Moderatoren- und Analystenkarriere bei mehreren eSport-Leagues. Überraschendes Comeback im Jahre 2027 als World Champion im Landwirtschaftsspiel *Farming Simulator* – das Ergebnis einer legendären Wette in einem Livestream. Izuya war ein wandelndes Lexikon, was Fähigkeiten, Ausrüstung und deren strategische Auswirkungen in PentaGods anbelangte. Er beobachtete konstant die Spielweise aller relevanten 5G-eSportler und verriet Neil deren Stärken und Schwächen, zeigte ihm neue Spielzüge und hielt ihn auf dem Laufenden, was Änderungen im *Balancing* betraf. Und er war ausgerechnet heute zu spät.

»Na großartig«, brummte Neil.

Trevor, der zu seiner großen Freude eine Schüssel mit Schokoladenriegeln entdeckt hatte, winkte ab. »Der wird schon rechtzeitig da sein. Es wird alles gut. Du machst die fertig.« Er reichte strahlend die Schüssel herum. »Schokoriegel?«

Neil ballte unwillkürlich die Hände zu Fäusten. Er schien der Einzige zu sein, dem das bevorstehende Turnier zusetzte. Die Anspannung in ihm wuchs mit jedem Augenblick, und sein Team brachte nichts anderes zustande, als Sprüche in die Welt zu setzen, die aus einem Motivationskalender stammen könnten. *Alles kein Problem! Es wird alles gut! Finde Deine Mitte! Stell Dir einen fucking See vor und umarme Deine innere Ruhe!* Selbst Martha, die sonst immer gewissenhaft alles und jeden fotografierte, saß entspannt in ihrem knallroten Sitzkissen und gähnte ausgiebig.

Ein lautes Scheppern ließ ihn zusammenzucken. Eine Kellnerin hatte einen Trolley mit einem Stapel Tellern vorbeigeschoben und den Servicewagen gegen einen schwarzen Koffer gefahren, der hinter einem der Sitzkissen hervorlugte. Neil erkannte, dass der Koffer ihnen gehörte, der Orkus666-Schriftzug prangte gut sichtbar auf der Seite. In ihm befand sich sein Equipment samt Ersatzteilen, seine ergonomische Tastatur, mehrere Mäuse, Pads, Headsets, sogar eine Gaming-Brille, die er jedoch nur selten trug. Neil schnaubte wütend.

»Kannst du nicht aufpassen? Da sind wichtige Sachen drin, du Blindschleiche!«, keifte er die Kellnerin an, die sich erschrocken entschuldigte. Trevor erstarrte und blickte von Neil zu der zerknirschten Frau, einen halben

Schokoriegel im Mund, während Gregory beschwichtigend die Hände hob und den Koffer zur Seite schob.

»Ist nichts passiert«, murmelte Trevor schließlich, als die junge Frau verschwunden war. »Der Koffer hält einiges aus! Ist ja Hartschale.«

»Ach ja? Ich frage mich, wer den Koffer mitten in den Weg gestellt hat«, knurrte Neil. »Aber Schokoriegel sind wohl wichtiger als unser Equipment.«

Trevor verdrehte die Augen und atmete geräuschvoll aus. Neil wusste, dass sein Freund sich zurückhielt, dass er ihm unter anderen Umständen Kontra gegeben hätte. Doch ein Streit kurz vor einem Turnier war nicht zielführend, das wusste auch Trevor. Neil musste entspannt und konzentriert in das Match gehen. Es hing nun mal alles an ihm. Wenn er heute versagte, dann wirkte sich das auf das ganze Team aus. Sein Erfolg als eSportler bezahlte das Penthouse, die Reisen, die Gehälter, alles. War es dann zu viel verlangt, dass sich Trevor heute mal am Riemen riss?

»Ich habe auch immer noch nichts zu trinken …«, setzte Neil nach, ohne sich an irgendjemanden im Speziellen zu richten. Martha stand wortlos auf. Gregory warf ihr ein dankbares Lächeln zu.

Neil versank missmutig in seinem Sitzkissen. Das Warten vor einem Turnier war, wie jedes Mal, das Schlimmste am Event.

Neils Stimmung änderte sich schlagartig, als er das erste Match gewann. Izuya Higuchi war 30 Minuten vor dem Match endlich erschienen und hatte ihn in Windeseile auf seine ersten Gegner vorbereitet. Neil war nicht einmal Zeit geblieben, sich über Izuyas Verspätung aufzuregen. Nach dem Match war alles vergessen; die Tipps des Japaners hatten funktioniert. Neil hatte die Bühne mit einem Tunnelblick betreten und weder die Eröffnungszeremonie der 5G World Championship noch die Anmoderation wirklich mitbekommen.

Die Halle jenseits der Bühne war ein dunkler Rachen gewesen, der ihn aufzufressen drohte. Das Publikum erschien ihm als eine schwarze konturlose Masse mit vereinzelt aufblitzenden Lichtern. Er hatte sich auf seinen Bildschirm konzentriert, hatte weder die Blicke des Publikums noch seines Teams gesucht. Und er hatte das erste Spiel des Tages schon nach zehn Minuten für sich entschieden.

Erst als das vertraute »YOU WIN« auf seinem Bildschirm erschien und er sein Headset abnahm, wurde ihm bewusst, wie laut es war. Die Halle tobte. Applaus, Johlen, das Rattern von Klatschstangen und sogar das gelegentliche Tröten einer Vuvuzela erfüllten das Stadium. Ein Lobgesang brandete auf, aus tausend Kehlen erklang sein Name: *Or-kus, Or-kus, Or-kus!* Silbernes und goldenes Konfetti regnete auf ihn herab, Scheinwerfer warfen breite Lichtkegel in die Halle, und in ihnen sah Neil Abertausende Menschen, die von ihren Sitzen aufgesprungen waren und ihm zujubelten. Die Halle war gigantisch. Ein riesiges Hologramm schwebte in der Mitte des Stadiums, ein dreidimensionaler Schriftzug, umrahmt von einem goldenen Lorbeerkranz: Orkus666. Während er von einem Moderatorenpaar an den vorderen Rand der Bühne geleitet wurde, brach der Jubel über ihn herein wie eine mannshohe Welle über ein Kleinkind. Er fühlte sich klein, unscheinbar und war zugleich das Zentrum der Welt. Jeder Blick im Stadium war auf ihn gerichtet.

Anschließend war Neil wie ausgewechselt. Das flaue Gefühl im Magen und der Ärger vor dem Match vergessen, strotzte er vor Energie und Selbstbewusstsein, scherzte mit Trevor, umarmte Martha und Gregory und bedankte sich überschwänglich bei Izuya. Eine große Last war von ihm abgefallen, und das ganze Team atmete auf. Der Bann war gebrochen, der Gott der Unterwelt hatte seine Fesseln abgeworfen und Blut geleckt. Der 5G-Pokal war ein gutes Stück näher gerückt.

Sein zweites Selection-Match meisterte er so souverän wie das erste. Er hatte Glück mit seinen Gegnern, allesamt unerfahrener als er, keiner stellte eine ernste Bedrohung dar. In der Wartezeit zwischen seinen Matches beobachtete und analysierte er zusammen mit Izuya die Partien der anderen Gruppen. Bald schon kristallisierte sich heraus, wer das Potenzial hatte, ins Finale zu kommen.

»*Razor* ist ein junger Australier, ist anscheinend erst seit einem halben Jahr dabei, aber so, wie der spielt, hat er davor schon unter anderem Namen trainiert«, sagte Izuya. »Dann sind da noch *YunaiWhite* und *YunaiBlack*, die koreanischen Zwillingsschwestern, die kennst du aus Barcelona.«

Neil nickte, er hatte in der *European Golden League* gegen beide spielen müssen. Und beide Male gewonnen.

»Wer ist dieser *Maoan*, der *Voltur* gespielt hat?«

Izuya zog eine Grimasse und nickte ernst. »Rodrigo Vega Morales. Ein Underdog aus Spanien, der fast ausschließlich *Voltur* spielt, aber den dafür extrem gut. Wir sollten ihn nicht unterschätzen.« Er atmete ein und ließ die Luft langsam wieder heraus. »Und dann ist da natürlich auch noch *KiraNightingale* ...«

Neil stöhnte auf. Kira und Neil hatten sich schon gegenübergestanden, als PentaGods noch in der *Season 1* steckte. Sie war eine ukrainische Immigrantin, die mit ihren Eltern in Lancaster, Pennsylvania, lebte und zusammen mit Neil die Speerspitze der amerikanischen PentaGods-Profis bildete. Sie spielte strategisch, aber mit doppeltem Boden. Sie nutzte psychologische Tricks, um ihre Gegner in die Irre zu führen, zu überraschen und aus dem Gleichgewicht zu bringen. Sie dominierte die regionalen Meisterschaften, hatte einen Werbevertrag mit einem Gaming-Modelabel, bei dem sie inzwischen auch Anteile gekauft hatte. Sie lebte den amerikanischen Traum. Abgesehen von ihren spielerischen Skills sah sie auch noch unverschämt gut aus, was dazu führte, dass sie eine enorme Anzahl von Followern auf ihren Social-Media-Accounts hinter sich vereint hatte. Neil konnte sie nicht ausstehen.

»Dann hoffen wir mal, dass sie irgendwo patzt«, brummte Neil.

Sie patzte nicht. Noch vor Neils letztem Selection-Match schaffte sie es, ihren dritten Sieg zu erspielen, und war damit automatisch im Finale. Das Publikum feierte sie ebenso lautstark wie ihn, was ihm einen kleinen Stich versetzte. Izuya zuckte mit den Schultern. »Das war abzusehen. Konzentrier dich auf das nächste Spiel, danach kümmern wir uns um Kira.«

Es war inzwischen 18 Uhr, und Neil hatte, wenn er nicht selbst auf der Bühne stand, die meiste Zeit mit Izuya im Spielerbereich verbracht. Zwischenzeitlich war Gregory hereingekommen und hatte Neil sein Mittagessen vorbeigebracht: Hähnchenbrust mit Ratatouille, eine Flasche selbstgemachter Ingwerlimonade und schwarze Schokolade. Gregory Hillman hatte sich in die Ernährungswissenschaft eingearbeitet und war überzeugt davon, dass die richtige Mahlzeit einen großen Einfluss auf Neils Leistung hatte. An Turniertagen unterlag Neil einem strikten Burger-, Pizza-, Taco- und Shawarma-Verbot – viel zu schwer verdaulich, laut Gregory.

»Du musst leicht bekömmliche Nahrungsmittel zu dir nehmen. Dein Magen braucht Blut für die Verdauung. Und das fehlt dir dann im Hirn. So einfach ist das. Ohne Blut im Hirn spielst du wie ein *Casual*«, hatte Gregory ihm einmal erklärt.

»Also so wie du?«, hatte Neil grinsend gefragt und sich einen finsteren Blick von Gregory eingefangen. Aber er hatte akzeptiert, dass sein Manager seine Nahrungsaufnahme kontrollierte.

Neils drittes Selection-Match dauerte 34 Minuten. Es war ein hart erkämpfter Sieg, aber er konnte damit eine der koreanischen Zwillingsschwestern – *YunaiWhite* –

aus der Championship werfen. Auf allen LED-Panels blinkte *Orkus666* auf, als er in die Aufstellung für das Finale aufgenommen wurde. Der Pokal war zum Greifen nahe.

Wie unzählige Male zuvor wählte Neil seinen Helden Orkus. Die Grenze zwischen ihm, Neil, und dem mächtigen Götterwesen verschwamm. Er verschmolz mit ihm und wurde für die Zeit des Matches selbst zum Gott der Unterwelt. Neil rannte los. Der Seelenwald verschluckte ihn, und es schien so, als seien die Bäume dieses Mal knorriger, die Felsen zerklüfteter und der Styx tiefer, doch das musste Einbildung sein, denn natürlich hatte niemand das Design von PentaGods kurz vor dem Finale geändert. Es war das Adrenalin. Neil warf einen kurzen Blick zur Seite, nur um sicherzugehen, dass er sich immer noch auf der Bühne befand.

Neben ihm, in etwa drei Meter Entfernung, saß der Spanier *Maoan*; dunkles, kurzgeschorenes Haar und flaumiger Bartansatz. Er hatte den Mund leicht geöffnet, sodass zwei prominente Schneidezähne zum Vorschein kamen. Hinter ihm, noch weiter entfernt, saß *KiraNightingale*, deren Monitor und Tisch die anderen beiden Spieler für Neil verdeckte.

Er startete gut ins Earlygame. Neil spielte zurückhaltend, vermied jede Konfrontation mit anderen Spielern, auch wenn er seinen Teleportationszauber dafür mehrfach auslösen musste. Es war eine Taktik, die er scherzhaft *Ghosting* getauft hatte. Indem er sich den anderen Spielern entzog und nur ein paar ungefährliche Creeps farmte, verlor er nur minimal Leben und musste sich nicht um Heilung kümmern. So gewann er etwas Zeit und konnte die Schutzgeister im Sumpf früher als alle anderen angreifen, um deren Essenz ungestört einzusammeln. Es war zwar riskant, denn die Geister waren schwere Gegner im Earlygame, aber er konnte damit – vorausgesetzt, er überlebte den Kampf – einen fast uneinholbaren Vorteil für das Midgame herausschlagen.

Die Strategie ging auf. Ein paar Minuten später fiel der letzte Schutzgeist, und Neil hörte das Johlen der Zuschauer durch sein Headset hindurch. Er konnte nun das Tor zum nächsten Ring aufbrechen.

Die Arena in PentaGods war in mehrere konzentrische Ringe unterteilt. Spieler starteten im äußeren Ring, so weit voneinander entfernt wie möglich; die fünf Startpositionen markierten die Ecken eines riesigen Pentagramms. Ziel war es, den Tempel in der Mitte der Karte zu betreten, was nur gelang, wenn man sich vom äußeren Ring durch zwei weitere bis zum Tempeleingang vorgekämpft hatte. Zwischen den Ringen standen bewachte Tore, die, einmal aufgebrochen, für alle Spieler passierbar waren. Jeder Ring wartete mit eigenen Monstern auf, die stärker und gefährlicher wurden, je näher man dem Tempel im Zentrum kam. Zusätzlich verringerte sich der Radius der Ringe mit jeder Stufe, was bedeutete, dass eine Begegnung mit anderen Spielern immer wahrscheinlicher wurde. Wer bei einem solchen Aufeinandertreffen starb, wurde zwar wiedergeboren, verlor jedoch wertvolle Zeit, da er wieder im äußeren Ring gespawnt wurde.

Es galt vor allem, den richtigen Zeitpunkt für Konfrontationen zu erkennen. Und Neil hatte sich durch die Essenz der Schutzgeister einen kleinen Vorteil verschafft, den er ausbauen konnte, wenn es ihm gelänge, einen der anderen Spieler zu töten. Glücklicherweise lief ihm *Razor* über den Weg, der den Gott *Faunus* spielte. Neil machte kurzen Prozess mit ihm und gewann erneut etwas Essenz hinzu. Es war Zeit für Gorgath. Danach die Manensteine.

Das Match lief gut. Er war bisher kein einziges Mal gestorben, hatte aber schon drei Kills gesammelt. Nach weiteren fünf Minuten besiegte Neil die Wächter des zweiten Tores und betrat – erneut als Erster – den inneren Ring. Abermals drang der Jubel der Zuschauer an sein Ohr. Auch sie wussten, dass Neil sich eine exzellente Position erspielt hatte. Gern hätte er die Kommentare im Livestream gelesen oder einen Blick auf seinen GamerX-Feed geworfen.

Plötzlich stand sie vor ihm. *Megaira*, die Rachegöttin, in einem wallenden Kleid, durchsetzt mit glühenden Adern, die sich langsam durch den Stoff fraßen. Kleine Nattern zuckten in ihrem Haar, während sich eine große, rot-schwarz geschuppte Schlange um ihre Schultern und ihren rechten Arm wand. *KiraNightingale* hatte eine der drei Furien als Charakter ausgewählt; eine ungewöhnliche Wahl, denn Izuya hatte ihm Kiras Favoriten genannt, und Megaira war nicht darunter gewesen.

Neil reagierte instinktiv, attackierte und verdichtete den *Odem der Unterwelt*, um sich zu schützen. Doch Kira floh. Neil grinste und setzte ihr nach. Megairas Lebensbalken war bedenklich klein. Offensichtlich kam sie gerade aus einem Kampf und war geschwächt. Es war die Chance, auf die er gehofft hatte. Neil konnte sein Glück kaum fassen. Wieder hörte er den Jubel der Menge aufbranden.

Er benutzte seinen Teleportationszauber und brachte Orkus nah an Megaira heran. Attackierte sie einmal, zweimal. Kiras kümmerlicher Rest an Leben halbierte sich. Sie hatte ihm nichts entgegenzusetzen, anscheinend waren alle ihre Fähigkeiten durch den Cooldown blockiert; sie flüchtete wie ein verängstigtes Kind. Und verschwand von einem Moment auf den anderen. Ein Unsichtbarkeitszauber.

Fast im selben Moment bildete sich unter Orkus' Füßen ein Strudel, der graue Stein verflüssigte sich, eine Fontäne überspülte ihn und zerstörte seine Odem-Rüstung. *Voltur*, der Gott des Wassers, attackierte ihn aus sicherer Entfernung mit einer langen Wasserpeitsche. Neil blinzelte verblüfft und warf einen kurzen Blick nach rechts. Der Spanier saß in unveränderter Pose auf seinem Stuhl, den Blick fest auf den Bildschirm gerichtet, die Brauen in angestrengter Entschlossenheit zusammengezogen.

Neil attackierte seinerseits. Hatte Kira ihn absichtlich hierhergelockt, zu Voltur? Oder war sie selbst auf der

Flucht gewesen und dabei unglücklicherweise Neil in die Arme gelaufen? Hatte Kira einfach nur reagiert, oder verfolgte sie eine Strategie, die er nicht erkannte? Neil spürte, wie sein Gesicht heiß wurde. Der Spanier attackierte ihn weiterhin aggressiv. Neil löste sein *Ultimate* aus, das wie seine Fähigkeiten dank der gesammelten Essenz mächtiger geworden war. Ein Doppelgänger aus schwarzem Rauch trennte sich von Orkus und jagte auf Voltur zu, durchdrang ihn und löste sich auf. Der Lebensbalken des Wassergottes sackte rapide ab. Neil setzte sofort nach, griff ein weiteres Mal an, und Voltur starb. Der Spanier würde einige Zeit brauchen, bis er wieder den inneren Ring erreichte. Neil nickte zufrieden. Ein Kill war ein Kill, auch wenn er lieber Kira für einige Zeit aus dem Spiel genommen hätte.

Irgendetwas veränderte sich. Er konnte nicht genau sagen, was es war, doch etwas kratzte an seinem Unterbewusstsein. Neil spürte, wie sich die Haare in seinem Nacken aufstellten. Die Luft knisterte vor Anspannung, und es dauerte einen Moment, bis Neil verstand, was anders war: Das Johlen der Menge war verstummt; 40.000 Menschen hielten den Atem an. Und dann ging alles furchtbar schnell.

Megaira erschien hinter ihm aus dem Nichts. Kira war nicht geflohen. Sie hatte abgewartet, beobachtet. Und sie hatte sich geheilt. *Snake Sacrifice*, schoss es Neil durch den Kopf. Megaira konnte ihre Schlange opfern, um die Lebenskraft des Tieres aufzunehmen. Es war ein teures Opfer, denn sie verlor dabei eine Angriffsfähigkeit, hatte aber dafür gut die Hälfte ihres Lebensbalkens wieder herstellen können. Er selbst war durch den Kampf mit Voltur geschwächt, der Spanier hatte ihm einigen Schaden zufügen können.

Kira löste ihr Ultimate aus. Megaira warf ein grünes Fläschchen auf Orkus, das unausweichlich auf ihn zuflog, an seinem Torso zersprang und ihn in eine dichte Giftwolke einhüllte. Der Gott der Unterwelt, der in Wirklichkeit nur eine animierte Figur in einem Programm war und lediglich aus einer Handvoll Polygone bestand, leuchtete ein paar Sekunden lang grün auf und brach schließlich zusammen. Plötzlich war Orkus nur mehr ein Charakter in einem Computerspiel, eine Subroutine, die den Regeln des Hauptprogramms folgen musste und von Bits und Bytes zum Tode verurteilt worden war. Orkus war nicht mehr Neil, und Neil war nicht mehr Orkus.

Neil war einfach nur Neil; ein Junge, der beinahe die Championship gewonnen hätte.

KAPITEL 3

Neil saß wie betäubt auf seinem Stuhl. »YOU LOSE« stand in großen Lettern auf dem Bildschirm vor ihm. Kira hatte es geschafft, die Parzen zu besiegen und den Tempel zu betreten. Das Spiel war vorbei gewesen, bevor er den inneren Ring wieder hatte erreichen können. KiraNightingale hatte die 5G World Championship für sich entschieden. Langsam setzte er sein Headset ab.

»... HAT HIERMIT EINEN SIEGER!!! PENTAGODS BEGRÜSST DIE NEUE ...«

Jubel drang an seine Ohren. Kira war aufgesprungen, reckte beide Arme in die Luft, den Mund weit aufgerissen. Er hörte ihren Freudenschrei nicht, zu laut grölten die Zuschauer, schnarrten, klapperten, pfiffen und sangen. Aus versteckten Boxen dröhnte Musik, ein orchestraler Soundtrack, monumental und mächtig, dass man meinen konnte, eine Armee an Kriegern würde jeden Moment die Bühne stürmen. Scheinwerfer wurden auf Kira gerichtet, begleiteten sie bei ihrem triumphalen Gang an den Rand der Bühne, wo sie von den Moderatoren umarmt wurde. Der Pokal fuhr zwischen zwei Feuersäulen aus dem Boden.

»... AUS TITAN GEGOSSEN, MIT INTARSIEN AUS GOLD ...«

Neil biss die Zähne zusammen. Das war *sein* Pokal! *Er* hatte sich den Sieg verdient! Seit über einem Jahr trainierte er unablässig, hatte Strategien von anderen erlernt und eigene Spielzüge entwickelt, auf die nicht einmal die Entwickler gekommen waren. Stunde um Stunde hatte er Abläufe verinnerlicht, Timings und Combos geübt – verdammt noch mal, er war Orkus666, er kannte seinen Charakter so gut wie kein anderer! Er war für Millionen der Inbegriff des professionellen eSports! Ihm gehörte dieser Pokal!

»… KIRA NIGHTINGALE!!!«

Wieder schwoll der Beifall an. Eine Huldigung, die eigentlich ihm gelten müsste. Neil war übel. Es war alles umsonst gewesen. Das rigorose Training, Izuyas ermüdende Vorträge, die leicht bekömmlichen Mahlzeiten, das teure Gaming-Equipment – alles nichtig, in ein paar Sekunden verpufft, in einer digitalen Giftwolke erstickt. Zorn stieg in ihm auf, ohnmächtig, flammend.

»… WOLLEN WIR NICHT VERGESSEN, AUCH DIE ANDEREN FINALISTEN …«

Langsam stand er auf. Es war eine Demütigung! Kira hatte vielleicht gewonnen, aber *er* war der bessere Spieler! *Er* war der eigentliche Favorit, *er* hatte das Talent, *er* war der Champion. Die Welt hatte ihn verraten und bot ihm nun gönnerhaft den zweiten Platz an. Darauf konnte er verzichten.

Mit einer schnellen Bewegung schleuderte er den Monitor vom Tisch. Kabel spannten sich, zogen den Tower, an dem sie hingen, mit einem Ruck zur Seite und rissen schließlich ab. Der Bildschirm zerplatzte auf dem Bühnenboden, Plastikteile wirbelten durch die Luft, die Oberfläche wurde von Rissen überzogen, das Endbild des Matches erlosch. Erschrockene Gesichter starrten

Neil an. Die Siegerehrung war von seinem Ausbruch jäh unterbrochen worden – einzig die wuchtige Musik drang unbeirrt aus den Boxen und untermalte vollkommen unpassend die Szenerie.

Neil rannte von der Bühne.

»Was zur Hölle ist in dich gefahren?« Gregory Hillman blickte ihn entgeistert an. Neil warf sich auf das Sofa in seinem Penthouse und starrte trotzig vor sich hin. Nach seinem Bühnenabgang war er wortlos zum Auto gelaufen, und Gregory hatte ihn ebenso wortlos nach Hause gefahren. Es war der erste Satz, den sein Manager nach dem Finale zu ihm sagte.

»Was sollte das eben? Erklär mir das bitte!«

Neil blieb stumm sitzen. Er hatte keine Antwort auf die Frage. Tief in sich wusste er, dass er sich dumm verhalten hatte, dass es einem Profi, der er gern zu sein behauptete, nicht angemessen war. Es war eine Kurzschlussreaktion gewesen, ein Moment des Zorns, ein Rage-Quit. Trotzdem hatte Neil gehofft, dass zumindest Gregory Verständnis haben würde. Immerhin hatte sein Manager hautnah miterlebt, wie hart er in den letzten Monaten trainiert hatte.

»Ich rede mit dir!« Gregory ließ nicht locker.

Neil schnaubte verächtlich. »Reg dich ab! So schlimm war's ja nun auch nicht, hab ja keinen umgebracht!«

»*Hab ja keinen umgebracht!*«, äffte Gregory ihn nach. »Ist das deine Entschuldigung?«

»Was willst du von mir? Lass mich in Ruhe, das war hart genug heute!« Neil blickte Gregory trotzig an.

Er musste zugeben, dass er Gregory Hillman in den drei Jahren, in denen er sein Manager gewesen war, noch nie so gesehen hatte. Gregory war ein ruhiger, freundlicher Mensch, immer bemüht, die Wogen zu glätten. Auch in Stresssituationen schaffte er es, die Ruhe zu bewahren, ein echter Fels in der Brandung zu sein. Jetzt allerdings lief er rastlos vor der großen Fensterfront auf und ab. Sein Hemd klebte schweißnass am Rücken, sein Gesicht glühte. Frisur und Bart saßen trotzdem noch perfekt.

»Das war *hart* heute? Weil du verloren hast?«

»Ich war der bessere Spieler«, knurrte Neil.

Gregory lachte trocken auf. »Sei nicht kindisch, Neil! Meinst du das ernst? Bist du wirklich dermaßen selbstgefällig, dass du keinem anderen zugestehst, die Championship zu gewinnen? Wach auf! Kira hat dich besiegt, das war kein Glitch oder Bug, sie hat einfach schlau gespielt. Sie hat den Pokal verdient!«

»Auf wessen Seite stehst du eigentlich? Kannst ja nachfragen, ob du ihr Manager sein darfst!« Neil spürte wieder Zorn in sich aufsteigen.

»Das ist mal eine gute Idee!« Gregory baute sich vor ihm auf. »Wär nett, zur Abwechslung mal jemanden zu vertreten, der nicht wie ein Kleinkind einen Wutanfall bekommt, wenn er verliert.«

»Ich hatte schlicht keinen Bock auf die blöde Preisverleihung.« Neil brüllte jetzt auch. »Und ich habe jetzt auch keinen Bock auf diese unnötige Diskussion! Du bist mein Manager! Du arbeitest für mich, nicht andersherum. Wenn du das nicht begreifst, dann verschwinde einfach!«

Gregory erbleichte, und für einen kurzen Moment schien es, als wolle er Neil eine Ohrfeige verpassen. Stattdessen drehte er sich auf dem Absatz um und ging zur Tür. Als er sprach, war seine Stimme ruhig, aber Neil vernahm das leichte Zittern darin.

»Weißt du, was dein Problem ist, Neil? Deine Welt dreht sich nur um dich! Du kommst an erster Stelle und auch an zweiter und dritter. Was andere um dich herum denken, wollen, fühlen, interessiert dich einfach nicht. Aber in diesem Business kannst du nur als Team erfolgreich sein.« Gregory machte eine kurze Pause. »Ich kann und will dich nicht länger vertreten. Such dir einen anderen, den du herumkommandieren kannst.« Ohne ihn noch einmal anzusehen, verließ Gregory das Penthouse. Mit einem leisen Klick fiel die Tür ins Schloss, und Neil blieb alleine zurück.

Die Stille brach über ihn herein. Das Penthouse schien mit einem Mal riesig. Leer. Einsam. Der Kontrast zwischen dem Trubel im Stadium, dem Lärm von 40.000 Menschen und seinem Luxusapartment in der Grand Avenue, 70 Meter über dem Stadtverkehr, war dermaßen groß, dass ihn die plötzliche Ruhe zu erdrücken schien. Schwer atmend schaltete er den Fernseher ein und drehte die Lautstärke auf.

Ohne das Fernsehprogramm wirklich wahrzunehmen, zappte Neil durch die Kanäle. Beschäftigungstherapie. Hatte Gregory gerade tatsächlich gekündigt? Hatte er seinen Manager verloren? Neil spürte einen Kloß im Hals. Was zum Teufel war heute los? Erst verlor er die Championship, und als ob das nicht schlimm genug gewesen wäre, beschloss Gregory plötzlich, dass er nicht mehr für ihn arbeiten wollte? Sie hatten doch auch schon früher gestritten. Zugegebenermaßen noch nie so heftig wie heute. Was für ein Scheißtag! Er würde Gregory morgen früh noch mal anrufen. Zur Not sich entschuldigen.

Draußen explodierte eine einzelne Silvesterrakete, eine Handvoll Funken stoben knatternd auseinander und verglühten kurz darauf im wolkenlosen Nachthimmel; eine Vorankündigung der alljährlichen Feuerwerke, die bald schon in ganz Los Angeles von feiernden Menschen gezündet werden würden. Neil blickte auf sein Smartphone. 23:37 Uhr. Keine Nachrichten. Er würde Silvester wohl alleine verbringen.

Die letzten Jahreswechsel hatten sie immer zusammen verbracht. Trevor, Martha, Gregory und er. Zweimal auf großen Partys in Clubs und das letzte Jahr hier im Penthouse. Sie waren ein Team, eine Familie gewesen, zumindest hatte er das immer so empfunden. Neil biss sich auf die Unterlippe. Gregory war mehr als sein Manager; als Neil ihn vor drei Jahren in einer regionalen Liga kennenlernte, hatte er sofort eine Verbindung gespürt. Sie hatten sich auf Anhieb verstanden, und schon nach ein paar Wochen vertraute er Gregory mehr, als er seinem eigenen Vater je vertraut hatte. Gregory war nicht nur sein Manager gewesen, sondern ein Freund, eine Vaterfigur, die auch abseits von Turnieren und Vertragsabschlüssen für ihn da war. Eine weitere Rakete stieg kreischend in den Himmel und zerplatzte in einem Funkenregen.

»... *in der 5G World Championship zu einem kleinen Zwischenfall* ...« Neil hielt inne und blickte zum Fernseher. Der Bildschirm zeigte zwei Moderatoren einer Nachrichtensendung.

»... *einem der Finalisten, einem Spieler, der unter dem Namen Orkus666 bekannt ist. – Ach du liebe Zeit, Marc! 666! The number of the beast, wie einfallsreich! – Ja, ich finde es auch ein wenig lächerlich, Linda. Muss wohl Teil der Gamer-Sprache sein. – Ach, so wie ›lol‹ und ›rofl‹! – Ganz genau! Zumindest passt das Verhalten des jungen Mannes zu seinem Namen, denn er hat anscheinend vor laufenden Kameras einen Wutanfall bekommen und einen Monitor vom Tisch gerissen. Und das alles nur, weil er bei einem Computerspiel verloren hat! – Aww! Ein echtes Temper Tantrum! – Na ja, vielleicht kannst du es nachvollziehen, Linda, wenn ich dir verrate, dass ihm durch seine Niederlage ein Batzen Geld durch die Lappen gegangen ist. Von den 50 Millionen, die unter den fünf Finalisten aufgeteilt werden, hätte er satte 40 Millionen Dollar eingestrichen. – 40 Millionen?!? Grundgütiger! – Wir haben natürlich ein Video von dem Vorfall, das wir euch nicht vorenthalten wollen* ...«

Mit einem wütenden Aufschrei warf Neil die Fernbedienung gegen den Fernseher, die abprallte und in mehrere Teile zersprang. Der Bildschirm flackerte ein paarmal auf und zeigte dann ein statisches Bild aus einander wild überlappenden Farbstreifen. Ein riesiger schwarzer Fleck markierte die Stelle, wo die Fernbedienung den Fernseher getroffen hatte. Der Ton war dennoch weiterhin zu hören.

»Oje, Marc, das hat der Monitor nicht überlebt! – Nein, aber unserem Choleriker Orkus666 ist das egal, das Turnier war ja schon vorbei. Haha! – Ach, Mark, mir tut er ja ein bisschen leid, die Spieler haben bestimmt eine Menge Druck. Guck nur, wie viele Leute in dem Stadion sind!«

Neil rannte zu dem Fernseher und riss die Kabel heraus. Der Ton verstummte mit einem Knacken. Zitternd griff er nach seinem Smartphone und entsperrte es. Immer noch keine Nachrichten. Seine Feeds hingegen zeigten vierstellige Notifications an. Twitter, Instagram, GamerX blinkten rot. Immer neue Kommentare rasselten durch die Ansicht. *Einfach nur peinlich! – Der Cringe-Moment 2029! – Den Göttern sei Dank ist der Dude nicht Champion geworden! – no GG no EZ! – Ich find ihn ja trotzdem cute! – Wie man sich selbst zerstört für Dummies ...* Der Hashtag #OrkusDorkus trendete neben #ragequit, #saveTheMonitors und #5GWC2029.

Ein weiterer Hinweis informierte ihn darüber, dass er in der letzten Stunde über eine halbe Million Follower verloren hatte. Außerdem wurde er in 35.487 Beiträgen getaggt; das Video, in dem er den Monitor zerstörte und von der Bühne stürmte, wurde tausendfach geteilt. Er beobachtete seinen eigenen Untergang in den sozialen Medien. Das Display verschwamm vor Neils Augen. Ihm wurde schwindelig.

Er warf das Smartphone achtlos in eine Ecke, stolperte in die Küche und öffnete den Kühlschrank. Gregory hatte ihm nur selten erlaubt, alkoholische Getränke zu kaufen, aber trotzdem fand er ein Sixpack Budweiser und zwei Flaschen Hochprozentiges: eine Flasche Wodka, eine Flasche Bourbon. Den Geschmack mochte er zwar nicht sonderlich, aber das war ihm gerade egal. Eine der Bierflaschen entkam seinem Griff und zerplatzte auf dem Boden. Er fluchte und ließ die Scherben liegen, darum würde sich morgen die Putzfrau kümmern müssen.

Mit sieben Flaschen und einer Tüte Marshmallows ging er die Treppe hinauf. Zu seinem Penthouse gehörte eine etwa 25 Quadratmeter große Dachterrasse, die einer von Neils Lieblingsplätzen war. Eine Outdoor-Couch aus dunkelbraunem Rattan mit weißen Sitzkissen. Rundumblick. Blumenkästen am Geländer, in denen Kräuter wuchsen, die er zwar nie erntete, da er selbst nicht kochte, die aber einen angenehmen Duft verströmten. Ein Mini-Kühlschrank, in dem er zwei weitere Flaschen Corona Extra und einen kleinen Haufen Kronkorken fand.

Die Welt hatte ihn verlassen. Oder er hatte die Welt verlassen, da war er sich inzwischen nicht mehr so sicher. Er stürzte das erste Bier hinunter und einen großen Schluck Wodka hinterher. Ein warmes Gefühl breitete sich in seinem Magen aus. Um ihn herum stiegen nun häufiger Raketen in den Himmel, einzelne glimmende Punkte, die plötzlich in einem feurigen Kranz erblühten und wieder erloschen. Aber es war noch nicht das übliche mitternächtliche Feuerwerksmeer; Los Angeles befand sich noch im Jahr 2029. Neil wollte nachsehen, wie viele Minuten dieses verdammte Jahr noch dauern würde, erinnerte sich aber, dass er das Handy unten liegen gelassen hatte. Er öffnete die zweite Bierflasche.

»Prost!«, sagte er zu sich selbst.

Er musste an die Kommentare denken, die er in seinem Feed gelesen hatte. Wer waren diese Menschen, die jetzt solche Sätze schrieben? Die Spaß daran hatten, ihn mit Hashtags zu verspotten und zu erniedrigen? Waren es seine eigenen Follower? Oder Leute, die ihn schon immer gehasst hatten? *Schadenfreude* war ein deutsches Wort, das ins Englische übernommen worden war. Ein Hochgefühl, erwachsen aus dem Unglück anderer. Nur in der deutschen Sprache existierte ein eigenes Wort dafür, doch die *Schadenfreude* an sich gab es auf der ganzen Welt. Social Media hatte das hinlänglich bewiesen.

Neil trank die nächste Bierflasche leer, rülpste laut und schaufelte sich eine Handvoll Marshmallows in den Mund. Er öffnete eine weitere Flasche, stand auf und trat an das Geländer. Vor ihm breitete sich Los Angeles aus wie ein von kitschigen Lichterketten durchwirkter Teppich. »Ihr könnt mich alle mal«, sagte er leise. Er brauchte sie alle nicht. Gregory Hillman nicht, Trevor nicht, seine Follower nicht. Er hatte genug Geld auf dem Konto. Selbst wenn er nie wieder bei einem Turnier antrat, würde er sich schon irgendwie durchschlagen. Das hatte er schon immer gemacht.

Wie auf ein unsichtbares Zeichen zündeten Hunderttausende ihre Feuerwerkskörper. Zwischen den Häuserschluchten entstanden gepunktete Ringe und schimmernde Palmen. Raketen zogen geschwungene Linien ins Dunkel und barsten in farbigen Bällen auf. Der Nachthimmel wurde von Abertausend Lichtern erhellt. Die ersten Sekunden eines neuen Jahrzehnts.

Neil sah stumm auf das Feuerwerk. Als Kind hatte er den Silvesterabend vor allem wegen dieses Spektakels geliebt. Die Böller und Raketen hatten ihm zwar Angst eingejagt, ihn aber zugleich fasziniert. Für Neil waren sie ein Symbol; für das vergangene Jahr, für das Leben an sich. Eine Flamme entzündete einen Feuerwerkskörper und setzte damit einen unaufhaltsamen Prozess in Gang. Die Lunte brannte herunter, die Rakete flog kreischend ihre Strecke und explodierte schließlich. Einzig die Richtung konnte man vorgeben. Wie das Leben eines Menschen, die Geburt als Initialfunke, und alles, was danach kam, war unkontrollierbar, es passierte einfach, bis zur fulminanten Explosion und dem unausweichlichen Erlöschen. Und alles war so schnell vorbei.

Seine eSports-Karriere war wie ein Feuerwerkskörper zerplatzt. Aber er würde ihr nicht hinterhertrauern. »Frohes neues Jahr!«, brüllte er übers Geländer zu niemandem im Speziellen. Unten auf der Straße bewegten sich Menschen wie Ameisen, flockten zusammen und trennten sich wieder. Sie hatten ihn nicht gehört oder kümmerten sich nicht um ihn. Rauchschwaden stiegen langsam auf und brachten den beißenden Geruch nach Schwefel mit sich. Neil setzte die Wodkaflasche an und nahm einen langen Zug.

»Leckt mich doch alle!«, rief er. Die Terrasse unter ihm schwankte. Der Alkohol beraubte ihn der Zuverlässigkeit seiner Motorik, schenkte ihm stattdessen jedoch ein angenehm warmes Gefühl, das seinen ganzen Körper durchdrang. Es war ein guter Tausch. Neil kicherte und trank einen weiteren Schluck. Vielleicht war es Zeit für etwas Neues. Etwas radikal anderes. Reisen. Ein Café eröffnen. Schafe hüten. Er könnte sogar noch auf die Universität, er war ja erst 23. Jura, Wirtschaft, Informatik.

»Nein, bloß keine Informatik«, lallte er und schüttelte demonstrativ den Kopf. Zu nah am Gaming. Und mit Gaming war er fertig. Er blickte wieder auf die Straße hinunter, auf der sich Menschen in die Arme fielen. Zwischen dem Knallen und Donnern schallte hin und wieder helles Lachen oder fröhliches Gekreische zu ihm herauf. Neil hob die Bourbonflasche in den Himmel.

»Keine Games mehr! Nie wieder! Scheiß auf PentaGods!«, rief er. Er würde alle seine Spiele deinstallieren. Ein neues Jahrzehnt, ein neuer Neil. Er war vielleicht betrunken, aber seine Gedanken waren glasklar. »Ihr könnt mich alle mal! Big G, Trevor und vor allem KiraNightingale! Scheiß auf euch, scheiß auf Videospiele!«

Eine Rakete schoss keine drei Meter von ihm entfernt vorbei in den Himmel. Die Explosion war ohrenbetäubend laut und viel zu nah. Die Terrasse wurde von einem Hagel aus Funken übersät, die wild in alle Richtungen abprallten und dabei zischten. Neil riss instinktiv die Arme vor den Kopf; die Bourbonflasche glitt ihm aus der Hand und zerschellte auf dem Boden. Für einen kurzen Moment erstrahlte die Terrasse im grellen Licht der unzähligen glühenden Partikel, die Neil umtanzten wie kleine Feuerteufel.

Dann war alles wieder still. Bis auf das hohe Pfeifen in Neils Ohren, das nur langsam leiser wurde. Es dauerte eine Weile, bis er sich aus seiner Starre löste. Scherben auf dem Boden, die Überreste der Whiskeyflasche. Die weißen Kissen seines Rattansofas wiesen mehrere verkohlte Stellen auf. Er selbst schien wie durch ein Wunder unversehrt.

»Seid ihr eigentlich bescheuert?!?«, brüllte er von seiner Terrasse hinunter, doch keiner beachtete ihn.

Er beschloss, nach drinnen zu gehen, um weiteren Bombardements zuvorzukommen. Trinken konnte er auch im Wohnzimmer. Mit vier Bierflaschen und dem Wodka unter den Armen wankte er zur Treppe, musste zwei der Flaschen wieder abstellen, weil er eine Hand für das Geländer benötigte, und ließ sich zwanzig anstrengende Stufen später auf das Sofa fallen. Durch die Fensterfront drang das Knallen der Silvesterböller nur noch dumpf an seine Ohren.

Neil nahm einen tiefen Schluck aus einer der Bierflaschen und fragte sich, warum die Kabel am Fernseher seitlich herunterhingen. Irgendjemand schien sie herausgerissen zu haben.

Er war eingeschlafen, bevor er darauf eine Antwort finden konnte.

KAPITEL 4

»Das ist ja wohl das Letzte! So weit kommt's noch, dass ich Leute fürs Schlafen bezahle!«

Neil wurde durch unwirsches Rütteln seiner Schulter aus tiefem, traumlosem Schlaf gerissen. Helles Tageslicht drang schmerzhaft in seine Augen, sodass er die Lider sofort wieder schloss; die laute Stimme, die auf ihn einredete, und das Schwindelgefühl, als er sich erschrocken aufrichtete, sorgten zusammen mit der unangenehmen Helligkeit für eine Reizüberflutung, die eine vollkommene Orientierungslosigkeit auslöste.

»Steh gefälligst auf! Mach deinen gottverdammten Job! Frechheit, so was!«

Langsam gewöhnten sich seine Augen an das Tageslicht. Er lag auf seiner Couch im Penthouse. So weit alles gut. Die breite Glasfront ließ die Sonne herein, die automatischen Jalousien hätten eigentlich selbstständig herunterfahren sollen, aber vielleicht hatte jemand sie schon wieder hochgefahren. Strahlend blauer Himmel über einer vertrauten Skyline.

»Wird's bald! Sonst kannst du dir einen neuen Job suchen!«

Ein Mann stand vor ihm. In seinem Penthouse. Neben dem niedrigen Couchtisch, auf dem mehrere Bierflaschen standen. Neil erinnerte sich. Silvester. Feuerwerk. Wodka und Bourbon und Budweiser. Er richtete seine Aufmerksamkeit wieder auf den Fremden, der ihn verächtlich anstarrte und auf irgendeine Reaktion zu warten schien. Der Mann hatte einen kurzen Haarschnitt, stechende Augen und angehende Geheimratsecken. Er trug ein weißes Hemd, eine graublaue Anzughose und einen schmalen Ledergürtel mit silberner Schnalle. Kostspielig. Er hielt einen Laptop und einige Papiere unter dem linken Arm, in der rechten Hand klimperte ein Schlüsselbund. Und Neil hatte beim besten Willen keine Ahnung, wer der Typ war. Oder warum er so wütend war.

»Ich …«, setzte er an, aber seine Kehle war vollkommen ausgetrocknet, sodass er lediglich ein Krächzen zustande brachte. Der mysteriöse Fremde ließ ihn aber ohnehin nicht zu Wort kommen.

»Verschon mich mit deinen Ausreden! Halt einfach die Klappe! HILLMAN!« Eine Vene trat auf der Stirn des Mannes hervor, als er den Namen brüllte.

Neils Blick wanderte über den Couchtisch. Kein Wasser in Sicht, lediglich leere Bierflaschen. Hatte der Typ gerade »Hillman« gebrüllt? Wie in »Gregory Hillman«?

»Ich komme, Mister Anderson!« Das war tatsächlich Gregorys Stimme. Neil atmete erleichtert auf. Sicherlich gab es eine Erklärung für den merkwürdigen Schreihals, der ihm vollkommen unbekannt war, aber trotzdem mitten in seinem Penthouse stand und sich aufführte, als gehöre ihm die Wohnung. Gregory würde die Situation aufklären und dem Typen klarmachen, dass der junge Mann, den er gerade angeblafft hatte, Neil Desmond war und dass man so nicht mit ihm sprechen könne.

Gregory Hillman erschien oben auf der Treppe und kam rasch die Stufen herunter. Neil starrte ihn entgeistert an. Gregory trug einen schwarzen Müllbeutel – allein das war schon ungewöhnlich –, aber es war bei Weitem nicht das Merkwürdigste an ihm. Der Mann, der aus dem oberen Stockwerk des Penthouse kam, hatte das gleiche Gesicht wie Gregory, aber der Rest der Erscheinung unterschied sich vollkommen von dem Menschen, den Neil als seinen Manager kannte.

Nachlässige Frisur und ein ausufernder Schnauzer, umrahmt von einem wild sprießenden Dreitagebart. Er trug einen blauen Overall, die Ärmel hochgekrempelt, sodass die behaarten Arme zu sehen waren. Der rechte Unterarm wies eine Tätowierung auf, deren Konturen nicht mehr scharf waren, eine schwarze Schlange oder etwas Ähnliches, und Neil war sich absolut sicher, dass er seinen Manager niemals mit einer Tätowierung gesehen hatte. Gregory trug immer noch eine Armbanduhr, aber es war nicht die teure Digitaluhr, über die Neil sich ständig lustig gemacht hatte, sondern eine billige 30-Dollar-Uhr, wie sie in jedem Walmart zu finden war. Abgenutzte Turnschuhe. Keine Sonnenbrille, dafür lugte aus einer Brusttasche eine schmale Lesebrille hervor. Neil wusste nicht, ob er lachen oder in Panik geraten sollte.

»Ach du liebe Güte, entschuldigen Sie, Mister Anderson!« Die Stimme war eindeutig Gregorys. »Der Junge hat wohl gestern zu viel gefeiert. Na, war ja Jahresende, da kann das mal passieren. Aber ist natürlich keine Entschuldigung, so was darf auf keinen Fall die Arbeit beeinträchtigen, keine Frage. Ich kümmere mich darum, und wenn ich ihm alle fünf Minuten die Ohren langziehen muss. Versprochen, Mister Anderson.« Gregory war mit schnellen Schritten herangekommen, packte Neil mit festem Griff am Arm und zog ihn auf die Beine. Neil stöhnte auf; sein Kreislauf war noch nicht bereit für solch unerwartete Aufgaben wie Aufstehen. Sternchen sausten durch sein Sichtfeld.

Der Mann, den Gregory als Mister Anderson ansprach, schnaufte einmal missmutig und drehte sich um. Auf dem Weg zur Tür rief er: »Ich verlass mich auf Sie, Mister Hillman! Dass mir das nicht noch einmal vorkommt!« Kurz darauf war er verschwunden. Neil bemerkte, dass ihm übel war.

»Mensch, Neil, das war jetzt wirklich nicht besonders clever! Hast Glück gehabt, dass Mister Anderson gut drauf war, wegen so was verliert man schnell mal seinen Job. Der ist ein wichtiges Tier! Wenn der will, wirft er einen von heute auf morgen raus.« Neil blickte Gregory verwirrt an. In dessen Gesicht konnte er keinen ironischen Zug entdecken, kein amüsiertes Zucken um die Augen, das die Situation als Prank entlarvt hätte. Gregory sah ihn aufrichtig und ernst an, ließ seinen Arm los und klopfte ihm auf die Schulter.

»Nun reiß dich zusammen, wir haben noch viel zu tun«, sagte er gutmütig und brachte den schwarzen Müllbeutel zur Eingangstür.

Neil atmete ein paarmal tief durch, um die Übelkeit loszuwerden. Vielleicht war es aber auch, um etwas Zeit zu gewinnen. Was war hier los? Es ergab alles keinen

Sinn! Und von was für einem Job war die Rede? Wieso sah Gregory Hillman verdammt noch mal aus, wie er aussah? Dieser lächerliche Overall passte überhaupt nicht zu dem Gregory, den er kannte. Neil bemerkte einen Schriftzug auf der Rückseite des Overalls: »ATRIA Data Alliance«.

Was zur Hölle war »ATRIA Data Alliance«?

Gregory warf ihm eine Plastikflasche zu. »Hier, trink was! Und dann an die Arbeit!« Neil fing die Wasserflasche auf und nahm dankbar einen großen Schluck.

»Was für eine Arbeit?«, fragte er und stellte erfreut fest, dass seine Stimmbänder wieder funktionierten.

Gregory kam auf ihn zu und musterte ihn eine Weile mit zusammengekniffenen Augen. »Du hast gestern Abend wohl keine Gefangenen gemacht, was?« Neil antwortete nicht. Gregory zuckte mit den Schultern, griff in eine Gesäßtasche seines Overalls und holte ein gelbes Staubtuch hervor. »Hier. Fang damit an!« Er drückte es Neil in die Hand.

»Was soll ich damit?«

»Na, zum Mond fliegen, Junge!« Gregory verdrehte die Augen, als Neil wieder nicht reagierte. »Staub wischen sollst du! Dafür sind wir schließlich hier. Wir bringen das Penthouse auf Vordermann. Mach erst die Möbel, dann die Fenster, ich bring die Bettwäsche raus und kümmere mich um die Küche. Die Toilette machst *du* heute, weil du eingeschlafen bist. Du schuldest mir was! Ohne mich hätte Anderson dich gefeuert!«

»Aber ...«

»Nanana! Jetzt ist mal gut mit Filmriss! Du bist noch

jung, da wird so ein kleiner Kater schon nicht allzu schlimm sein! Vielleicht finde ich ja noch ein Aspirin.«

Gregory zwinkerte ihm aufmunternd zu, begab sich kopfschüttelnd zur offenen Küche und begann, mit Tellern und Töpfen zu hantieren. Neil blickte auf das Staubtuch in seiner Hand, dann auf seinen Arm. Zu seinem großen Erstaunen steckte dieser in einem blauen Ärmel – er trug den gleichen hässlichen Overall wie Gregory. Fassungslos sah er an sich hinunter. Wo waren sein PentaGods-Hoodie und die Jeans, die er gestern getragen hatte? Seine Füße steckten in einfachen grauen Sneakern.

»Die Möbel, Neil!«, drängte Gregory.

Verdattert machte sich Neil daran, den Fernseher abzustauben. War er in einer Reality-Show gelandet? Verschämt suchte er nach versteckten Kameras. Aber zu welchem Zweck würde man ihm einen solchen Streich spielen? Wollte Gregory ihm eine Lektion erteilen, weil er gestern über die Stränge geschlagen hatte? Das ergab doch alles keinen Sinn! Unauffällig beobachtete er Gregory, der inzwischen das Geschirr abgewaschen hatte und nun mit einem feuchten Tuch die Oberflächen der Küche reinigte. Es waren schnelle Handgriffe, sicher und zielstrebig, als hätte er sie schon tausendmal ausgeführt. Und dieser Schnauzer – so ein Monstrum wuchs doch nicht über Nacht!

Neil schüttelte den Kopf und begann, die Bierflaschen von dem Couchtisch einzusammeln. Plötzlich hielt er inne. Merkwürdig! Er hätte schwören können, dass er Budweiser getrunken hatte. Das hier war *Miller Genuine*

Draft. War er gestern zu betrunken gewesen, um das Etikett zu entziffern? Oder hatte er nachbestellt, ohne dass er sich daran erinnern konnte? Verwirrt warf er die Flaschen in den Müllbeutel an der Eingangstür.

»Vergiss nicht, auch oben den Staub von den Möbeln zu wischen!«, sagte Gregory, der geschäftig an ihm vorbeirauschte und sich nun um den Esstisch kümmerte. »Kannst dann auch gleich saugen! Hab den Staubsauger schon raufgetragen.«

Neil musste unwillkürlich lachen, als er die Treppe hinaufstieg. Es war alles so bizarr! Er hatte nicht einmal gewusst, dass in seinem Apartment ein Staubsauger existierte. Zum ersten Mal putzte *er* das Penthouse. Sonst hatte sich immer eine Mexikanerin zusammen mit ihrer Tochter darum gekümmert. An ihren Namen konnte er sich nicht erinnern, er hatte auch nie ein Wort mit den beiden Frauen gewechselt. Gregory hatte sie organisiert und auch bezahlt, wenn sie mit dem Putzen fertig gewesen waren.

Neil betrat das Schlafzimmer und stutzte. Sein Bett stand an derselben Stelle wie immer, aber der Rest des Zimmers hatte sich verändert. Zwei Poster, die er aufgehängt hatte, fehlten. Auch die Ukulele, auf der er gelegentlich herumklimperte, war nicht an ihrem Platz. In dem Regal lagen Zeitschriften und Bücher, die er nicht kannte. Schließlich fiel ihm auf, dass der gesamte Schrank, in dem er seine Kleidung aufbewahrte, verschwunden war. Stattdessen stand dort ein eleganter Tisch mit Plastikblume. Alles, was *er* mitgebracht hatte, was *ihn* ausmachte, war fort. Der ganze Raum wirkte unpersönlich und glich eher einem Hotelzimmer als einem privaten Schlafzimmer.

Plötzlich spürte er die Übelkeit wieder stärker. Sein Blick wanderte zur Tür neben dem Bett; zu der Tür, die in den Nebenraum führte, den er in sein kleines Museum verwandelt hatte. In dem er die Konsolen, die Computer und Videospiele aufbewahrte. In dem er am Vorabend die Fairchild Channel-F, das Geschenk von Gregory, auf einem der Schaukästen zurückgelassen hatte. Langsam ging er zu der Tür, legte zitternd die Hand auf die Klinke und öffnete sie.

Der Raum war leer. Nicht vollkommen leer, an den Wänden waren Holzablagen angebracht, und ein großer Spiegel stand in einer Ecke; es war ein Ankleidezimmer, ein begehbarer Kleiderschrank der Luxusklasse. Aber die Bretter waren leer. Keine einzige Konsole. Keine Diskette, keine Cartridge, keine CD-ROM. Kein Commodore 64, kein ZX80, ZX81, ZX Spectrum, kein Apple I, kein Atari ST. Alle seine Geräte, alles, was er in den letzten zehn Jahren gesammelt hatte, war verschwunden. Controller, Zubehörteile, Memorabilia, Bedienungsanleitungen und Originalverpackungen, nichts war mehr da.

Schwer atmend verließ er das Zimmer, stolperte aus dem Schlafzimmer in den Flur und musste sich am Geländer festhalten. Unter ihm summte Gregory eine unerkennbare Melodie, während er die Bettwäsche aus den Gästezimmern holte und auf einen Haufen warf. Neil sah sich um. Er bemerkte, was ihm vorher nicht aufgefallen war: Seine persönlichen Gegenstände fehlten. Das

Tablet, auf dem er sich oft Filme ansah. Der Soundbrick, den er sich letzten Sommer gekauft hatte. Das Penthouse war bei seinem Einzug voll ausgestattet und möbliert gewesen, aber es gab ein paar Dinge, die *er* angeschafft hatte. Der Ventilator, das Messerset, der Minigolf-Parcours, Trevors Pac-Man-Lampe. Alles weg.

»Gregory!«, rief er, und es gelang ihm dabei nicht, seine aufkommende Panik zu verstecken. »Gregory!«

»Was denn? Schon fertig? Den Staubsauger habe ich noch nicht gehört!«, entgegnete Gregory, ohne seine Arbeit zu unterbrechen.

»Wo zur Hölle ist mein Zeug? Ich finde das nicht mehr witzig!«

»Keine Panik. Deine Sachen sind auf einem Stuhl beim Esstisch«, sagte Gregory trocken. Alles, was Neil dort entdeckte, war ein kleiner Rucksack, der von einer Stuhllehne hing. War das *sein* Rucksack? Nicht, dass er wüsste.

»Ich meine die Konsolen! Mein Museum, du weißt schon!«

Gregory hielt nun inne, blickte ihn an und schüttelte resigniert den Kopf. »Ich weiß nicht, was du für einen Film fährst, Junge, aber eines sage ich dir: Du solltest dich fernhalten von dem Zeug, das du gestern genommen hast.« Er sprach weiter, während er die Bettwäsche in einen großen Stoffbeutel beförderte. »Ich geb dir jetzt eine kurze Einführung in dein Leben, vielleicht kommt die Erinnerung dann wieder: Du bist Neil Desmond, ich bin Gregory Hillman. Angenehm. Wie ich arbeitest du für ATRIA, schon seit … Ach ich weiß gar nicht mehr.

Zwei Jahre bestimmt. Wir beide sind Teil des Putzpersonals. Hab dich damals unter meine Fittiche genommen, weil ich dachte, ich muss weniger tun, wenn ich einen jungen, kräftigen Typen im Team habe. Hab mich wohl getäuscht …« Er lachte trocken. »Das Penthouse ist das Gästeapartment für Businesspartner, und wir müssen es heute Vormittag sauber kriegen, weil am Nachmittag eine Delegation aus China ankommt. Das ist unser Job. Für den man uns bezahlt. Das ist erst mal alles, was du wissen musst.«

»Was … was ist ATRIA?«, stammelte Neil, weil ihm nichts Besseres einfiel. Gregory seufzte.

»ATRIA Data Alliance. Ist ein IT-Unternehmen, Riesenkonzern. Macht in Kommunikation und Computer und so'n Zeug. Verstehen wir beide aber nicht viel davon.«

Neil schüttelte den Kopf. *Bullshit*, dachte er. *Bullshit, bullshit, bullshit.* Er tastete seinen Overall ab und spürte sein Smartphone durch den Stoff. Gregory beobachtete ihn argwöhnisch. Triumphierend holte Neil sein Telefon hervor. Google würde ihm ehrliche Antworten liefern, denn es war äußerst unwahrscheinlich, dass sogar Google in einem groß angelegten Prank mitmischte. Doch statt seines nagelneuen iPhones 4X hielt er ein altes Huawei in den Händen, das er noch nie gesehen hatte. Vor Schreck glitt es ihm fast aus der Hand.

»Wo ist mein Handy?«, fragte er.

»In deiner Hand«, gab Gregory zurück. »Du hast es gerade aus deiner Hosentasche geholt, falls das weiterhilft.«

Neil starrte erst auf Gregory, dann auf das Smartphone. Schließlich tippte er auf den Bildschirm und eine Codesperre leuchtete auf. Zögernd gab Neil die Zahlen ein, die er sonst immer verwendete, und zu seinem Erstaunen waren sie richtig. Zufall? Oder hatte ihn jemand beobachtet, den Code in das Smartphone eingegeben und ihm das Handy in den Overall gesteckt? Und wer hatte ihm eigentlich den Overall angezogen? Neil schüttelte sich.

»Bin gleich wieder da. Staubsaugen nicht vergessen!«, rief Gregory, als er mit der Bettwäsche das Penthouse verließ. Er war aus der Tür, bevor Neil etwas erwidern konnte.

Mit dem alten Huawei in der Hand stand Neil verloren auf dem Innenbalkon eines Luxus-Penthouse, von dem er immer noch überzeugt war, dass es ihm gehörte. Er war doch nicht verrückt! Ja, er hatte gestern die verdammte World Championship verloren, aber doch nicht seinen Verstand! Sein Ausraster war ein Rage-Quit gewesen, kein mentaler Kollaps. Bis auf die Übelkeit, die zumindest in großen Teilen auf seinen gestrigen Alkoholkonsum zurückzuführen war, fühlte er sich ... normal. Er war immer noch Orkus666, Profi-Gamer, Selfmade-Millionär und Social-Media-Star. Neil zuckte zusammen. Social Media! Seine Follower! Selbst die enttäuschten Hass-Kommentare von gestern würden ihm eine Realität bestätigen, die er langsam anzuzweifeln begann.

Hastig durchsuchte er seine Apps. Twitter, Instagram und Snapchat waren auf dem Smartphone installiert,

GamerX fehlte. Egal. Er tippte auf das kleine Instagram-Icon und kurz darauf öffnete sich die Startseite. Fünf Follower. Nicht fünf Millionen, nicht fünftausend. Fünf. Ohne Nullen. Neil entfuhr ein Laut, der wie das ängstliche Winseln eines Hundewelpen klang.

Aber es war eindeutig sein Account. Zur Sicherheit meldete er sich ab und wieder an, aber die Follower-Anzahl blieb unverändert auf fünf. Hatten sich alle sechs Millionen Menschen, die ihm auf Instagram gefolgt waren, von ihm abgewandt? Nur wegen eines zerstörten Monitors? Unwahrscheinlich. Twitter zeigte ihm drei Follower an. Snapchat gar keinen. Neil rannte ins Badezimmer und übergab sich in die Toilette.

Es dauerte eine Weile, bis es ihm wieder besser ging. Sein Kopf fühlte sich leer an, als hätte er gerade all seine Gedanken und Erinnerungen mit ausgekotzt. Wer war er? Wo war er? Zumindest das Wann konnte er beantworten; auf dem Huawei stand oben rechts ›1. Januar 2030‹, und das war wirklich erfreulich, denn das war auch das Datum, an das er sich erinnerte. Der Rest war Chaos. Nichts stimmte mit seinen Vorstellungen überein. Alles schien vertraut, aber zugleich fremd. Es war unheimlich.

Er beschloss, zunächst mitzuspielen. Er würde sich dieser skurrilen Situation fügen, jedoch wachsam nach Hinweisen Ausschau halten, nach Details, die ihm verraten konnten, was mit ihm geschehen war. Er würde sich und allen anderen Normalität vorgaukeln. Als Gregory zurückkam, saugte Neil mit einem kabellosen *Dyson Independent 500* das Schlafzimmer. Den Geruch nach Erbrochenem im Bad hatte er mit einem Duftspray übertünchen können. Gregory nickte ihm zufrieden zu und machte sich daran, die große Glasfront zu putzen.

Die nächsten zwei Stunden arbeiteten er und Gregory ohne Pause. Staubsaugen war dabei noch die leichteste Übung. Gregory wies ihn danach an, das Bad zu putzen, und Neil musste sich verstohlen die Produktbeschreibungen der Putzmittel durchlesen, um nicht das falsche auf eine der teuren Armaturen zu sprühen. Er entfernte Zahnpastaflecken, Seifenrückstände und Kalkränder und kämpfte mit dem Spiegel und der gläsernen Trennwand der Dusche, denn immer wieder blieben Fingerabdrücke oder Schlieren auf dem Glas zurück. Er entfernte tapfer jegliche Verfärbung, die sich in der Kloschüssel fand. Und er fluchte viel, in Gedanken oder zumindest so leise, dass Gregory ihn nicht hören konnte.

»So, ich glaube, wir sind durch«, sagte Gregory schließlich, der gerade die Betten im unteren Gästezimmer neu bezogen hatte. Er zwinkerte Neil zu, der verschwitzt im Wohnzimmer stand. »Na, du hast ja wieder etwas Farbe im Gesicht, Junge. Das Schlimmste hast du überstanden! Feierabend für heute.« Er blickte sich noch einmal im Penthouse um, aber anscheinend war alles zu seiner Zufriedenheit, denn er kramte einen Schlüssel aus seinem Overall und ging zur Tür. Als Neil ihm nicht folgte, sah Gregory ihn fragend an. Er deutete auf den Rucksack.

»Nun komm schon! Pack deine Sachen, und wir verschwinden.«

Neil griff zögernd nach dem Rucksack. Er war leicht. Darin befanden sich ein Geldbeutel – *sein* Geldbeutel –, eine Flasche Wasser, ein Schokoriegel und ein Paar Arbeitshandschuhe aus Kunststoff, die er vorher gut hätte gebrauchen können. Das war alles. Im Geldbeutel fand er etwa 25 Dollar, die Münzen mit eingerechnet, seinen Ausweis, Führerschein, ein Metro-Ticket und eine Kreditkarte. Er stockte, als er das Foto von seiner Mum entdeckte, das er seit ihrem Tod immer bei sich hatte. Es war etwas unerwartet Vertrautes inmitten einer fremden Welt.

»Komm schon, Junge, ich will hier nicht festwachsen.« Gregory stand in der Eingangstür, den Schlüssel im Schloss.

Neil starrte ihn an. »Wo soll ich denn hin?«

Gregory zog die Brauen zusammen. »Also, ich geh nach Hause. Würde ich dir auch raten; ich glaube, du könntest ein wenig Schlaf gut gebrauchen. Jetzt komm schon, ich hab den Aufzug schon gerufen!«

Mit einem letzten, unsicheren Blick verließ Neil das Penthouse. Er erwartete immer noch, dass jeden Augenblick jemand um die Ecke käme, um ihn auszulachen. Trevor vielleicht oder Martha. Dass er auf einen Streich hereingefallen war und alle sich über sein dummes Gesicht lustig machen würden. Aber nichts dergleichen geschah. Mit einem »Ting« öffneten sich die Türen des Fahrstuhls, und Gregory schob ihn ungeduldig hinein. Der Fahrstuhl setzte sich in Bewegung.

»Wo ist denn mein Zuhause?«, fragte Neil schließlich. Gregory lachte laut auf, warf Neil einen Blick zu und verstummte, als er dessen hilflosen Gesichtsausdruck bemerkte.

»Junge, Junge, wenn das mit deiner Erinnerung morgen immer noch so ist, dann geh lieber zum Arzt«, brummte er. Die Fahrstuhltüren öffneten sich wieder, sie waren im Erdgeschoss angekommen. »Du kommst immer mit dem Bus, mit der J-Line, du wohnst irgendwo in El Monte. Genaue Adresse weiß ich nicht. Müsste aber in deinem Führerschein stehen.« Sie hatten das Gebäude verlassen und standen auf dem Bürgersteig. Gregory nickte ihm noch mal zu und legte ihm eine Hand auf die Schulter. »Morgen bist du wieder fit, okay?«

Neil nickte, weil ihm nichts anderes übrig blieb. Gregory winkte ihm zum Abschied, und Neil kramte seinen Geldbeutel aus dem Rucksack. *473 Lexington Avenue, El Monte CA 91731* stand in Großbuchstaben neben dem Führerscheinfoto. Die Adresse sagte ihm nichts. Aber anscheinend wohnte er dort. Er schüttelte resigniert den Kopf. Nachdem er seinen Geldbeutel wieder verstaut und den Rucksack auf den Rücken geschnallt hatte, begann er den kurzen Fußmarsch zur nächsten Bushaltestelle. Was hätte er sonst tun sollen?

Gedankenverloren steckte er die Hände in die Hosentaschen seines Overalls. Die Finger der linken Hand schlossen sich um einen Gegenstand, der sich darin befand.

Es war ein Haustürschlüssel.

KAPITEL 5

Die Fahrt dauerte eine gute halbe Stunde. Außer ihm saßen nur wenige Menschen im Bus, sodass Neil ungestört seinen Gedanken nachhängen konnte.

El Monte. Er hatte nie davon gehört. Auf seinem neuen alten Smartphone suchte er nach Informationen. El Monte war eine Stadt und gehörte zum Los Angeles County, 25 Quadratkilometer für knapp 130.000 Einwohner, drei Viertel der Bevölkerung waren lateinamerikanischer Abstammung. Durchschnittseinkommen 54.000 USD, 10 % Arbeitslosigkeit, Tendenz steigend. Immerhin, die Kriminalitätsrate lag unter dem kalifornischen Durchschnitt. El Monte befand sich gerade einmal zwölf Meilen von Downtown entfernt, doch für Neil fühlte es sich an wie eine Busfahrt in eine andere Welt.

Die Straßen um sein Penthouse waren gesäumt von modernen Stahl- und Glaskonstruktionen; Business-Gebäude, die im Erdgeschoss teure Boutiquen, Restaurants und Cafés beherbergten: Starbucks, Café Montserrat, Premium Steak Palace, Sakura Lounge, Organic Deli. Neil hatte bisher nicht viel von L.A. gesehen, abgesehen von den bekannten Spots wie Venice Beach, dem Walk of Fame oder den Universal Studios. Wenn er jetzt aus dem Fenster des Busses blickte, war von dem Downtown-Flair nichts mehr übrig. Es erinnerte ihn an *GTA V*, wenn man von *Central Los Santos* nach *South Los Santos* fuhr.

Der Bus verließ den Freeway und hielt in einem großen Busbahnhof: *El Monte Station*. Neil stieg aus und trat den letzten Kilometer zur Lexington Avenue 473 zu Fuß an; zu seiner großen Erleichterung funktionierte das GPS auf seinem Smartphone. Breite Straßen mit schmalen Bürgersteigen führten ihn an kleinen Häusern vorbei; Holzständerwerk, Dachschindeln aus grauschwarzem oder rot-braunem Bitumen. Man sah den Häusern an, dass sie mit preisgünstigen Materialien gebaut worden waren, weswegen die Dächer und Fassaden schnell alterten. Zwischen den Behausungen ragten einzelne hohe Palmen in den Himmel, zerzauste Büschel an langen schmalen Stämmen, die wirkten, als würden sie beim ersten Wind umknicken.

Die Parzellen waren mit Maschendraht oder Eisengittern umzäunt, viele nutzten den Vorgarten als Parkplatz für ihre Autos, und vor allem die Trucks wirkten seltsam riesig vor den niedrigen Wänden der Bungalows. Abseits der vierspurigen Hauptstraße entdeckte Neil auch leerstehende Häuser. Zerbrochene Fensterscheiben, vertrockneter Rasen, bröckelnder Putz und abgeplatzte Farbe. Manchmal lag auch Schutt vor den Behausungen, aber das war die Ausnahme. Die Siedlung war nicht sonderlich hübsch, aber auch nicht hässlich oder verwahrlost. Neil hatte eher den Eindruck, dass manchen Hausbesitzern schlicht das Geld fehlte, um Farbe oder neues Holz zu bezahlen, aber man tat trotzdem, was man konnte.

473 Lexington Avenue sah nicht viel anders aus als der Rest der Siedlung. Das Auffallendste an dem Haus

war sicherlich die große vorgesetzte Garage, in der leicht zwei Fahrzeuge Platz fanden. Das breite Tor war mit einem Graffiti bemalt – keine Schmiererei, sondern ein buntes, kunstvoll angefertigtes Bild einer neongelben Eidechse mit grünem Irokesen und Brille. Darunter stand in schattierten Buchstaben: Lizzard. Dahinter ragte der Bungalow auf. Flacher Giebel mit überstehendem Dach, das immerhin mit rötlichen Tonziegeln bedeckt war. Der Fassade sah man ihr Alter an, und auch die Gitter an den Fenstern benötigten einen neuen Anstrich.

Das also sollte sein *Home Sweet Home* sein? Auf der gegenüberliegenden Straßenseite befand sich ein freies Grundstück, auf dem Kakteen und Gräser wucherten. Zur Straße hin hatte man eine große Werbetafel aufgestellt. Sie zeigte einen fröhlichen Esel mit einem mexikanischen Sombrero neben einer Packung Klopapier der Marke *SmootchieDoo Super Smooth*. Darunter stand in geschwungenen Buchstaben: »Make your ass happy! Use the burro after your churro!«. Neil verzog das Gesicht und wandte sich wieder dem Haus mit der Nummer 473 zu.

Neben der Garage versperrte ein schmales Eingangstor, das von Stil und Farbe zu den Fenstergittern passte, den Zutritt auf das Grundstück. Zögernd holte Neil den Schlüssel aus dem Overall hervor. Es kam ihm seltsam vor, ein Haus zu betreten, das er nicht kannte, in das er seines Wissens noch keinen Fuß gesetzt hatte. Verflucht noch eins, er war in seinem ganzen Leben noch nie in diesem Bezirk gewesen, bis vor ein paar Stunden hatte er nicht einmal gewusst, dass El Monte existierte. Und auch wenn die Adresse in seinem Führerschein ihn hierhergeführt hatte, so fühlte er sich dennoch als Eindringling. Neil gab sich einen Ruck und steckte den Schlüssel in das Schloss.

Er passte nicht. Neil presste die Lippen aufeinander. Die Hausnummer war korrekt, ein Schild mit der Nummer 473 war gut sichtbar an der Fassade angebracht. Er entdeckte eine Klingel ohne Namen und drückte kurzerhand den Knopf. Nichts geschah. Neil kratzte sich am Kopf. Es fühlte sich an, als sei er der Protagonist eines Point-and-Click-Adventures. Als müsse er um die Ecke denken, da die geradlinigen, sinnvollen Wege immer die falschen waren.

Links neben dem Tor bemerkte er eine weitere Tür. Sie gehörte zur Garage, ein Seiteneingang, damit man nicht das große Garagentor öffnen musste. Vielleicht gehörte der Schlüssel zu dieser Tür? Sie würde zumindest gut in ein Adventure passen. Unscheinbar, aber direkt vor der Nase. *Hidden in plain sight.* Es gab nur einen Weg, es herauszufinden. Neil steckte den Schlüssel in das Schloss und drehte ihn um. Dieses Mal passte er. Die Tür öffnete sich mit einem leisen Knarzen.

»LOL«, sagte er laut, ohne zu lachen.

Die Garage war keine Garage, sondern eine Wohnung, wobei der Begriff recht hoch gegriffen war. »Behausung« oder »Wohnschuppen« traf es eher. Eine schmale Matratze auf einem Drahtgestell an der Rückwand, mitten im Raum ein Ledersofa, das eindeutig bessere Tage gesehen hatte, davor ein Fernseher auf einem niedrigen Tisch. Links neben der Tür ein Boxsack, daneben eine Kommode, auf der eine einzelne Kochplatte, ein Wasserkocher sowie ein Toaster standen. Ein kleiner Kühlschrank und zwei zusammengeklappte Campingstühle. Die einzigen Fenster – wenn man sie als solche bezeichnen mochte – waren ein Luftschacht an der Rückseite der Garage und zwei Deckenlichter aus milchigem Kunststoff. Zögernd betrat Neil den Raum. In dem schummrigen Zwielicht machte er auf der rechten Seite eine Holzwand aus Pressspan aus, die einen etwa zwei Quadratmeter großen Raum abtrennte, in dem sich ein kleines Waschbecken und eine Toilette befanden. Keine Dusche.

»Fast wie mein Penthouse«, sagte Neil trocken und warf den Rucksack auf das Sofa.

Er war zu müde, um sich aufzuregen. Wenn sich irgendwo irgendjemand darüber amüsierte, wie er sein Penthouse durch eine Ein-Zimmer-Garage am Ende der Welt eintauschte, dann bitte. Er musste sich ausruhen, seine Gedanken sortieren und über seine nächsten Schritte nachdenken. Ein abgegriffener Schalter an der Wand ließ das große Tor quietschend nach oben fahren und eröffnete Neil damit einen Panoramablick auf das SmootchieDoo-Plakat. Aber immerhin kam nun etwas Licht und frische Luft in die Garage.

Sein Magen knurrte. Im Kühlschrank fand er Toastbrot, Scheibenkäse, ein Glas mit Gewürzgurken, Ketchup und ein Sixpack, das er als Einziges stehen ließ. Eine angebrochene Tüte mit Chips lag auf der Kochplatte, und neben der Eingangstür fanden sich mehrere

Wasserflaschen aus Plastik. Es war eine spärliche Mahlzeit, doch in seiner neuen Unterkunft gab es nichts anderes. Er warf sich auf das Sofa und kaute gedankenverloren sein Käse-Gewürzgurken-Sandwich.

Die ganze Situation war abstrus. Es wurde immer unwahrscheinlicher, dass er Opfer eines Pranks war; es gab zu viele Details, die für einen einfachen Streich zu aufwendig gewesen wären. Diese Garage zum Beispiel. Sein Overall, der mit dem ATRIA-Logo bestickt war. Das ATRIA-Logo hatte er auch in der Lobby an der Wand gesehen, mit großen, von innen beleuchteten Buchstaben, als er mit Gregory aus dem Gebäude gegangen war. Dann war da natürlich noch Gregorys wundersamer Schnauzer, der ihm anscheinend über Nacht gewachsen war. Der Führerschein und der Ausweis in seinem Geldbeutel; sollten das Fälschungen sein, so hatte sich jemand sehr viel Mühe gegeben und zugleich ein Verbrechen begangen. Und seine fehlenden Follower! So etwas konnte man nicht faken. Er wusste zumindest nicht, wie so etwas möglich sein sollte.

Gleichzeitig waren Neils Erinnerungen an den gestrigen Tag so real, so klar, dass es ihm unmöglich war, sie als verrückten Traum abzutun. Sein ganzes Leben, die letzten drei Jahre als Profi-eSportler, *alles* war in seinem Kopf. Wie sie zu den ersten Turnieren gefahren waren, mit Trevors Auto, einem alten Dodge Dakota, den er für 1500 USD erstanden hatte und immer noch besaß. Wie Neil auf einer Convention Gregory Hillman kennengelernt hatte und dieser schon drei Wochen später zu seinem Manager wurde. Der Umzug nach L.A. Sein Aufstieg in der Liga, das legendäre Turnier in Season 2, mit dem er als Orkus666 auf einen Schlag weltweit bekannt wurde.

Neil kam ein Gedanke. Er entsperrte das Huawei und öffnete die Kontaktliste. T wie Trevor. Er lächelte, als ihm eine Nummer angezeigt wurde. Immerhin existierte sein bester Freund noch. Er tippte auf den Namen und hörte kurz darauf das Freizeichen. Es klingelte ein paarmal, dann nahm jemand ab.

»Yo, Neil, alles klar?« Es war die Stimme von Trevor. Im Hintergrund war Musik zu hören. Iron Maiden, *Flight Of Icarus*. Neil lachte unwillkürlich auf. Er hatte einen Kloß im Hals.

»Hi, Trevor!«, brachte er schließlich hervor.

»Frohes Neues, Alter!« Neil erinnerte sich. Es war der 1. Januar 2030.

»Wünsch ich dir auch!« Für einen kurzen Moment sagte niemand etwas, während Iron Maiden im Hintergrund den Refrain anstimmte. »Ähm ... Wo bist du gerade?«, fragte Neil schließlich.

»Noch zu Hause. Kann mich aber gleich mal auf den Weg machen, wollte eh ein bisschen raus. Soll ich vorbeikommen?«

»Ja, klar!«

»Nice! Dann bis gleich!« Ein Knacken in der Leitung verriet, dass Trevor aufgelegt hatte.

Neil ließ das Handy neben sich auf das Sofa fallen. Sein Freund hatte geklungen wie immer. Iron Maiden passte auch zu ihm. Neil hoffte inständig, dass zumindest Trevor sich nicht über Nacht verändert hatte. Am

Telefon war er der gleiche unbeschwerte Typ wie sonst gewesen. Tiefenentspannt. Loyal. Ehrlich. Und damit ein schlechter Lügner. Wenn Neil jemandem die Wahrheit entlocken konnte, dann ihm.

Eine halbe Stunde später parkte Trevors blauer Dodge Dakota vor der Garage. Neil saß immer noch auf dem Ledersofa, hatte das Sandwich lustlos zur Seite gelegt und war dazu übergegangen, die Chips in Ketchup zu dippen. Trevor hupte einmal kurz und stieg aus. Das blonde lange Haar zu einem Pferdeschwanz zusammengebunden, dünner Kinnbart, ein schwarzes Sabaton-Hoodie, kurze Hosen, Turnschuhe und ein breites Grinsen. Er posierte theatralisch mit einer prall gefüllten *Burger Connection*-Tüte, hielt sie in die Höhe wie der Affe Rafiki den kleinen Simba in *Der König der Löwen*, während aus der Stereoanlage in seinem Auto *White Lion* mit »Hungry« dröhnte. 100 % Trevor. Wahrscheinlich hatte er den Auftritt während der Fahrt bis ins Detail durchgeplant. Neil atmete erleichtert auf.

»Mann, bin ich froh, dass du hier bist!«, rief Neil ihm zu. Es war nicht gelogen.

Die mitgebrachten Burger schmeckten hervorragend. Trevor redete ohne Unterlass, doch Neil hörte nur mit halbem Ohr zu. Er genoss es, sich zum ersten Mal an diesem Tag nicht fragen zu müssen, wer er war und wo er hingehörte. Trevor schien nichts von ihm zu erwarten und wunderte sich auch nicht über den blauen ATRIA-Overall. Neil blickte auf seinen Freund, der gerade Fritten in den zerlaufenen Käse seines Burgers drückte. Trevors Anwesenheit ließ die Garage etwas wohnlicher erscheinen, und so lächelte er still, widmete sich wieder der Nahrungsaufnahme und überließ Trevor das Reden. Das Käse-Gewürzgurken-Sandwich hatte er schon fast wieder vergessen.

»Ich überlege, mir einen Plug setzen zu lassen. Ich meine die Ringe im Ohrläppchen, nicht das Sexspielzeug. Die Sängerin von Jinjer trägt die auch. Kommt eigentlich von den Mayas und Azteken, da hab ich mal eine Doku drüber gesehen. Nicht so große, versteht sich, manche haben da Brummer mit zwei Zentimeter Durchmesser drin. Das wär mir zu krass. Aber so einen kleinen, einen halben Zentimeter oder so, und dann natürlich in Schwarz. Offiziell heißen die übrigens Fleischtunnel, irgendwie widerlich, weil die mit einem Skalpell ins Ohrläppchen geschnitten werden. Weiß gar nicht, ob das betäubt wird, muss höllisch weh tun sonst ...«

Neil wischte sich mit einer Serviette den Mund ab. Er hatte schon zwei Burger verputzt, während Trevor immer noch an seinem ersten arbeitete. Die Soße tropfte aus seiner Cheeseburger-Fritten-Kreation, während er weiter über Earplugs redete. Neil rülpste laut, und beide brachen in kindisches Gelächter aus. Schließlich räusperte Neil sich.

»Sag mal, kannst du dich an gestern erinnern?«, fragte er vorsichtig. Trevor sah ihn fragend an, während er von seinem Burger abbiss. Neil fuhr fort: »Das Turnier! PentaGods? Die World Championship? Mein ... Rage-Quit?«

Trevor schluckte seinen Bissen hinunter und zog die

Augenbrauen zusammen. »Hä?«, sagte er schließlich. »Was für eine Championship? Seit wann guckst du Football?«

»Nicht Football. PentaGods! Im eSports Stadium.«

Trevor blickte ihn verständnislos an. »Keine Ahnung, wovon du sprichst.« Er biss erneut von seinem Burger ab. »Ich kenn kein eSchport Schdadium«, nuschelte er mit vollem Mund. »Wo soll das sein?«

Neil blickte seinen Freund prüfend an. Er konnte kein Anzeichen von Täuschung entdecken. Normalerweise verriet sich Trevor durch einen Zug um den Mund; ein unterdrücktes Schmunzeln, als stünde er kurz davor, loszulachen. Wenn Trevor ihm gerade etwas vorspielte, dann gelang ihm das ungewöhnlich gut.

»Downtown L.A.«, antwortete Neil. »Wir waren gestern mit Gregory und Martha dort. Du warst auch dabei.«

Trevor schüttelte den Kopf. »Ich war gestern nicht in L.A. Erinnerst du dich nicht? Ich musste zu meiner Tante nach Altadena, die wär sonst alleine gewesen. Sie hat Lasagne gemacht, war lecker. Dann Fernsehen und um zwölf ein paar Böller. Wär lieber mit dir feiern gewesen, aber du weißt doch, mein Onkel ist letztes Jahr gestorben, das hat ihr ganz schön zugesetzt.« Er schob sich den Rest seines Burgers in den Mund.

Neil biss sich auf die Unterlippe. Er wusste von einer Tante in Altadena. Valery hieß sie. Er hatte sie kennengelernt, als sie einmal kurz nach dem Umzug das Penthouse besucht hatte. Trevor kümmerte sich hin und wieder um sie, an Wochenenden oder wenn das Training ausgesetzt wurde. Auch an den Tod des Onkels konnte Neil sich erinnern. Aber dass Trevor den Silvesterabend mit seiner Tante verbracht hatte, konnte er nicht glauben. Trevor und er waren um Mitternacht zwar nicht zusammen gewesen, aber er bezweifelte, dass sein Freund nach dem Turnier zu seiner Tante gefahren war und nicht zur 5G-Aftershowparty. Zudem behauptete Trevor, überhaupt nicht in L.A. gewesen zu sein.

»Wer sind denn Martha und Gregory?«, fragte Trevor plötzlich. Neil blickte ihn finster an.

»Mein Manager und seine Tochter. Wir wohnen zusammen im Penthouse. Du übrigens auch.«

Trevor starrte ihn verdutzt an, dann verzog er den Mund zu einem breiten Grinsen. »Penthouse? Manager? Klingt, als hättest du gestern irgendeinen Film auf Pilzen geschaut.«

»Nein, ich meine das ernst!«, brach es aus Neil hervor. »Wir waren gestern zusammen im Stadium, ich bin bei der PentaGods Championship angetreten. Du hast den Koffer stehen lassen und die Getränke vergessen! Wir haben uns gestritten und ...«

Trevor holte ein kleines Metallkästchen hervor. »Woa, komm runter! Alles ist gut. Entspann dich!« In dem Kästchen lagen sechs fein säuberlich gedrehte Joints und ein Feuerzeug. »Hier, hab ich gestern Abend vorbereitet, als meine Tante vor dem Fernseher eingeschlafen ist. Damit wir gechillt ins neue Jahrzehnt kommen.« Er nahm einen Joint heraus, zündete ihn an und nahm einen langen Zug. Dann reichte er ihn Neil. Doch der schüttelte vehement den Kopf.

»Es reicht jetzt! Ihr habt mich gut dran gekriegt, das muss ich euch lassen. War ganz schön unheimlich teilweise. Und sorry für gestern, ich hätte nicht ausrasten sollen bei PentaGods, ich habe meine Lektion gelernt. Können wir jetzt bitte wieder zum Normalzustand zurückkehren?«

Trevor sah ihn blinzelnd durch den Rauch an, den er ausatmete. »Was ist PentaGods?«

Neil platzte der Kragen. »Pen-ta-Gods«, schrie er und betonte jede Silbe einzeln. »Das Videospiel, das uns unser Leben finanziert! Das ich seit Jahren auf eSports-Level spiele und damit dich und Gregory und Martha und Izuya bezahle. Und das Penthouse. Und dein fucking Essen, Trevor! PentaGods, das unser Leben umgekrempelt hat, weswegen wir nach L.A. gezogen sind und aus Camrose rauskonnten.«

Vor der Garage lief eine Mutter mit einem Kind auf dem Bürgersteig vorbei und sah mit großen Augen zu ihnen herüber. Neil hatte die Sätze wütend herausgebrüllt und vollkommen vergessen, dass die Garage offen stand. Trevor saß erstarrt auf dem Sofa, den Joint immer noch in seiner Hand am ausgestreckten Arm. Er erschien ehrlich perplex, sein Gesicht spiegelte Verwirrung und sogar ein wenig Angst wider. Neil atmete frustriert aus.

»Komm schon, Trevor«, sagte er ruhiger, mit einem flehenden Unterton. »Du kannst mir nicht erzählen, dass du noch nie was von PentaGods gehört hast. *DOTA. Starcraft. League of Legends. Counter Strike.* Fucking *Fortnite* von mir aus. Wir haben alles gezockt! Zusammen. Unsere Matches in *Street Fighter*, *Micro Machines*, *Smash Brothers*! Das habe ich mir doch nicht alles eingebildet, das ist absurd!«

Trevor zog langsam die Hand zurück und hob zaghaft die Schulter an. »Ich ... habe wirklich keine Ahnung, wovon du redest, Neil, ehrlich.« Er blickte ihn aufrichtig an. Seine Ahnungslosigkeit schien glaubhaft, und es machte Neil wahnsinnig. Er stand auf und lief unruhig hin und her, die Hände zu Fäusten geballt.

»Was soll das heißen, du hast keine Ahnung?«

Trevor klopfte die Asche von dem Joint, der ungeraucht herunterbrannte. »Ich weiß nicht, wovon du redest«, sagte er schließlich vorsichtig. »PentaDingens und all die anderen Namen. Sind das Brettspiele oder was?«

»Videospiele! Computerspiele!«

»Ich hab keine Ahnung, was das ist. Ich schwöre es dir! Nie davon gehört!«

Neil blieb stehen und blickte Trevor entgeistert an. »Du hast noch nie von Videospielen gehört.« Es war keine Frage, eher eine Feststellung. Trevor schüttelte langsam den Kopf.

Neil griff nach seinem Smartphone und entsperrte es. Er öffnete Google und gab »PentaGods« ein. Keine Treffer. Dann »DOTA«. Keine Treffer. Neil überlegte kurz, dann suchte er nach »Call of Duty«. »Bomberman«. »Minecraft«. Keine Treffer. Auch »Nintendo«, »Playstation« oder »XBox« ergab nichts. Egal, was er eingab, die Suchmaschine kannte weder alte Klassiker noch aktuelle AAA-Games, sie kannte kein einziges der preisgekrönten Indie-Games, die er gespielt hatte. Ebenso wenig die dazugehörigen Konsolen. Selbst die Entwicklerstudios, deren Spiele er geliebt und gespielt hatte, existierten anscheinend einfach nicht mehr. Bethesda. Rockstar Games. Ubisoft. Bioware – getilgt aus dem kollektiven Gedächtnis des World Wide Web.

Keine fucking Treffer.

Neil war mit einem Mal unendlich müde. Erschöpft ließ er sich neben Trevor aufs Sofa fallen. Stumm nahm er den Joint, der inzwischen zur Hälfte heruntergebrannt war, aus Trevors Hand und zog daran. Dann noch einmal. Er hielt den Rauch in der Lunge, bis dieser die kreischenden Gedanken in seinem Schädel erstickte und eine schwere, aber angenehme Stille zurückließ. Wie aus der Ferne hörte er Trevor, der wieder zu sprechen begann, als sei die Welt nicht aus den Fugen geraten. Von seiner Tante, von neuen Metal-Bands und von einem Typen, der ihm die Vorfahrt genommen hatte.

»Nicht einmal fucking *Raid: Shadow Legends*«, murmelte Neil zu sich selbst. »Nicht einmal das gibt es noch …«

KAPITEL 6

Neil wurde von einem Klopfen geweckt. Zu seiner großen Enttäuschung lag er nicht im breiten Kingsize-Bett des Penthouses, sondern befand sich immer noch in der Garage. Durch die Ritzen der Torsegmente drangen einzelne Lichtstrahlen, und im schummrigen Halbdunkel erkannte er das Sofa, den Boxsack und die behelfsmäßige Küchenzeile. Neil setzte sich mit einem Stöhnen auf und griff nach einer Jeans, die neben dem Bett auf dem Boden lag und von der er annahm, dass sie ihm gehörte. Sie passte zumindest. Es klopfte wieder an der Tür.

»¡*Hola, Neil! ¿Estás ahí?* Ich bin es, Ms Sánchez!«

Als er öffnete, stand eine ältere Frau mit schulterlangen grauen Haaren vor ihm. Sie war kleiner als er, etwa 1,60 Meter, trug eine leichte blaue Fleecejacke und Lippenstift in einem kräftigen Rotton. Sie lächelte ihn aus ihrem runden Gesicht an.

»Ah, bist du doch da! Ich habe schon gedacht, dass du vielleicht früher zur Arbeit gefahren bist. Hier, ich habe *Enchiladas* gemacht!« Sie drückte ihm eine Tupperdose in die Hand. »Kannst du in einer Mikrowelle aufwärmen. Schmeckt besser *caliente*.«

»Äh, danke!«, sagte Neil. Wer war die Frau?

»*Ay mihijo*, du musst essen, brauchst du viel Kraft für den *trabajo*.« Sie lachte, dann hielt sie plötzlich erschrocken die Hand vor den Mund. »Ay! Habe ich ganz vergessen! *Feliz Año Nuevo, Neil! Que te vaya muy bien!*«

»Ah, ja, äh, danke. Ebenso! Also, frohes Neues!«, stammelte er und ließ sich verdutzt von Ms Sánchez umarmen und auf die Wange küssen.

»Ich freue mich, dass du hier bist, Neil. *Me alegro mucho!* Es gibt mir auch ein wenig Sicherheit, *sabes*? Wenn etwas passiert, können wir uns gegenseitig helfen! Außerdem habe ich die Garage sowieso nicht gebraucht. *Ya sabes, no tengo coche!*« Sie winkte ab. »Ein Auto brauche ich nicht mehr. Zum *super* komme ich mit meinem *scooter eléctrico*«, sagte sie stolz. Neil mochte die Dame. Und da sie ihn anscheinend kannte, lächelte er und zeigte auf die Tupperdose.

»*Me gusta*«, sagte er. Immerhin das hatten ihm die Memes aus dem Internet beigebracht. Ms Sánchez lachte laut.

»*Ay hijito, que bueno eres!*«

Sie drückte zum Abschied seinen Arm, weil seine Hände noch die Tupperdose umschlossen, und öffnete das Tor, das er gestern erfolglos aufzuschließen versucht hatte. Neil verstand endlich, dass er mit der Eigentümerin des Hauses und der Garage sprach. Ms Sánchez war seine Vermieterin. Bevor er jedoch etwas sagen konnte, war sie schon in ihrem Haus verschwunden.

Mit den Enchiladas im Rucksack machte er sich eine halbe Stunde später auf den Weg zum Busbahnhof, wieder im ATRIA-Overall. Gregory hatte ihm eingeschärft, dass er pünktlich um zehn zur Arbeit erscheinen solle, und Neil hatte nicht vor, zu spät zu kommen. Immer noch hielt er an der Hoffnung fest, dass Gregory ihn endlich erlösen würde, wenn er nur zuverlässig seinen Anweisungen Folge leistete.

Während er auf den Bus wartete, kreisten seine Gedanken um das, was er gestern herausgefunden hatte. Er befand sich in einer Welt, in der es keine Videospiele gab! Es war verrückt. Undenkbar. Im kleinen Kiosk des Busbahnhofs gab es Kaffee, Lottotickets, Liebesromane und Zeitschriften. Keine davon war eine Spielezeitschrift. Verstohlen beobachtete er die Leute, die mit ihm auf den Bus warteten. Viele beschäftigten sich mit ihren Mobiltelefonen, doch jedes Mal, wenn Neil einen Blick auf einen Bildschirm erhaschen konnte, sah er lediglich Internetseiten, Playlists, Fotos, Chats oder Videos. Niemand spielte. Selbst die Kinder nicht. Keine Casual Games. Kein *Match-3*. Kein *Angry Birds* oder *Hearthstone*.

Als er einige Minuten später in den Bus einstieg, setzte er sich auf einen freien Platz am Fenster. Die El Monte Station lag nur wenige Straßen vom San Bernardino Freeway entfernt, einer der Hauptschlagadern von Los Angeles, auf der täglich Millionen von Pendlern nach Downtown fuhren. Während der Fahrt rauschten unzählige Plakatwände an Neil vorbei, doch auf keiner der Tafeln entdeckte er auch nur den kleinsten Hinweis auf ein Computerspiel.

Irgendetwas war in der Silvesternacht passiert. Etwas Unerklärliches. Die Welt hatte sich verändert, auf drastische Weise, und einzig und allein er schien die Veränderung nicht mitgemacht zu haben. War er in einer abstrusen Simulation gelandet? Befand er sich in einer *Rick and Morty*-Folge und fiel durch das Multiversum von einer alternativen Zeitleiste in die nächste? Oder war diese Welt nicht real? Vielleicht träumte er das alles, vielleicht lag er in einem Koma, verletzt von der Rakete, die gestern neben ihm explodiert war. Er grub die Fingernägel in seinen Arm, bis der Schmerz unerträglich wurde. Anscheinend war er wach.

Neil fluchte leise.

Gregory erwartete ihn in der Lobby mit einem gut bestückten Trolley. Putzmittel, Mülltüten, Lappen, Schwämme, Wischmopp, Besen, Klopapier, Nachfüllpakete für Seifenspender, Spülmittel und mehrere Packungen Falthandtücher. Das Floormanagement hatte ihn und Neil für den achten Stock eingeteilt. Sie mussten Papierkörbe leeren, die Mitarbeitertoiletten reinigen und neu bestücken, den Boden wischen sowie die Konferenzräume, Aufenthaltsräume und Kaffeeküchen putzen und lüften.

»Sei froh, dass es der achte ist«, brummte Gregory, als Neil den Trolley stöhnend aus dem Fahrstuhl schob. »Hier sitzen Programmierer, größtenteils freundliche Leute. Besser als HR in der zehn, die sind nicht so entspannt, wie du weißt. Oder vielleicht hast du ja Lust, bei deinem Freund Ethan Anderson in der 15 vorbeizuschauen, der wollte dich gestern ja schon feuern ...«

»Programmierer? Was macht ATRIA denn?«, fragte Neil, um das Thema zu wechseln.

Gregory warf ihm einen prüfenden Blick zu, während er einen Papierkorb entleerte. »Immer noch keine Erinnerung?«

»Doch, schon«, log Neil und gab Gregory eine neue Mülltüte. »IT-Unternehmen. Server und Datenbanken und so was. Aber was genau machen die Programmierer hier? Woran arbeiten die?«

»Na ja, so Computerzeug halt. Die gucken, dass alles richtig läuft ... dass das Internet da ist ... und die Programme alle funktionieren.«

Neil grinste. »Du hast auch keine Ahnung, oder?«

Gregory schien protestieren zu wollen, zuckte aber dann mit den Schultern. »Ich kenn mich mit Computern nicht gut aus. Ich schreib hin und wieder eine E-Mail oder lese etwas oder gucke auf YouTube, das war's.« Gregory lächelte und schob den Trolley weiter den Gang entlang. »Martha erklärt mir gelegentlich ein paar Sachen, aber da sind immer so viele Begriffe dabei, die mir nichts sagen, deswegen verstehe ich nicht mal die Hälfte.« Neil schüttelte unmerklich den Kopf. Wie verschieden dieser Gregory doch von dem Gregory war, den er als seinen Manager gekannt hatte.

»Martha ist übrigens inzwischen festangestellt«, sagte Gregory stolz und blieb stehen. Sie standen in einem langen Gang, auf der rechten Seite eine Wand aus grauem Beton, auf der linken eine Glaswand, die den Blick auf ein Großraumbüro eröffnete. Unzählige Schreibtische mit jeweils mehreren Bildschirmen reihten sich aneinander, davor saßen Männer und Frauen jeden Alters und starrten auf Codezeilen, die in hellen Buchstaben auf dunklem Hintergrund flimmerte. Es sah aus wie eine gigantische LAN-Party, auf der keiner Spaß hatte.

Gregory zeigte lächelnd auf eine junge Frau mit einem großen weißen Kopfhörer und pink gefärbten Haaren. Neil zog unwillkürlich die Augenbrauen hoch. Es war Martha, Gregorys Tochter und Neils ehemalige Social-Media-Assistentin. Statt des unauffälligen Outfits, das er von ihr gewohnt war, trug sie einen schwarzen Blazer, der von mehreren schrillen Farbstreifen durchzogen war. Kurzer grauer Rock, geringelte bunte Kniestrümpfe und schwarze Lederstiefel mit blauen Schnürsenkeln. Sie sah aus wie ein Charakter aus *Borderlands*. Es fehlte nur die aus Schrottteilen zusammengebaute Waffe, um das Bild zu vervollständigen.

Gregory betrat das Großraumbüro und winkte seiner Tochter. Neil folgte ihm. Martha sprang auf, nahm die Kopfhörer ab und umarmte ihren Vater. Gregory deutete auf Neil. »Das ist einer meiner Kollegen, Neil Desmond. Neil, das ist meine Tochter Martha. Ich glaube, ihr kennt euch noch nicht.«

Martha sagte »Hi« und hielt ihm die Faust hin. Fistbump.

»Hi«, gab Neil zurück und tat so, als würde er Martha das erste Mal sehen. Zumindest ihr Outfit war neu für ihn.

»Neil hat mich gerade gefragt, was ihr hier genau macht«, brummte Gregory. »Ich hab versucht, es ihm zu erklären. Bin aber gescheitert.«

Martha lachte. »Die meisten Abteilungen hier machen Datensicherung, andere kümmern sich um das Cloud-Computing oder entwickeln eigene Anwendungen für Kunden. Es geht hauptsächlich um Infrastruktur und Datenbanken. Wir bieten auch On-Site-Management. Ich bin bei der Tool-Entwicklung, wir schreiben kleine Programme, die unseren Leuten zum Beispiel bei Leistungstests und Fehleranalysen helfen können. Ich arbeite gerade an einem kleinen Hilfsprogramm zur Konvertierung von Systeminformationsdaten für eine interne Statistik-App, nichts wirklich Aufregendes.«

Gregory nickte zufrieden. »Da hast du's«, meinte er zu Neil. »Genau das wollte ich sagen.«

»Aber du programmierst auch anderes Zeug?«, fragte Neil vorsichtig, einer Eingebung folgend. »Aufregenderes?«

Martha sah ihn kurz mit zusammengekniffenen Augen an. Schließlich zuckte sie mit den Schultern. »Ich finde vieles interessant. KI-unterstützte Bandbreitenoptimierung zum Beispiel, sichere NSM-Backups oder Datenreduktion mit MSR. Aber … aufregend ist subjektiv.« Sie musterte ihn; ihr Blick erschien Neil nicht misstrauisch, eher interessiert. »Denkst du an irgendetwas Bestimmtes?«

Neil räusperte sich. »Spiele?«

Martha zog die Augenbrauen zusammen. »Meinst du Sport? Wie in ›Olympische Spiele‹?«

»Nein, ich meine Computerspiele.«

Gregory lachte laut auf, sodass zwei benachbarte Programmierer kurz von ihren Code-Fragmenten aufsahen und den dreien irritierte Blicke zuwarfen. Martha schien das nicht zu bemerken, oder es störte sie nicht.

»Na, hör mal, Junge«, sagte Gregory. »Computer sind eine ernste Sache! Die sind zum Analysieren, Organisieren und Vernetzen da, nicht zum Spielen.«

Neil ließ nicht locker. »Hast du denn nicht irgendein Programm, um zwischendurch mal die Zeit totzuschlagen? Vielleicht *Minesweeper*? Oder *Solitaire*?«

»Solitaire? Das Kartenspiel?«, fragte Martha, und Neil nickte als Antwort.

Gregory lachte wieder. »Wie soll das denn gehen? Solitaire auf einem Bildschirm? Ist doch viel besser, die echten Karten zu nehmen. Und auch viel billiger!«

Bevor Neil antworten konnte, hatte Gregory ihn bei der Schulter gepackt und schob ihn zu der Glastür, die zurück in den Flur führte. »Wir sollten Martha lieber wieder arbeiten lassen, die ist noch in der Probezeit, und ich will nicht, dass sie Probleme bekommt.« Er zwinkerte seiner Tochter zu. Widerwillig ließ sich Neil zum Trolley bugsieren.

Martha blieb neben ihrem Schreibtisch stehen und blickte ihnen nach, während Gregory immer noch den Kopf schüttelte und in sich hineinlachte. »Computer zum Spielen benutzen! Weißt du eigentlich, wie teuer die sind?« Er öffnete eine Tür zu einem Toilettenraum und hielt sie auf, damit Neil den Wagen hindurchschieben konnte. »Martha hat vier Jahre studiert! Das ist hochkomplexes Zeug, was die macht. Und kein Kinderspiel!« Gregory schien fast etwas beleidigt. Er durchsuchte kurz den Trolley, dann warf er Neil eine leere

Plastikverpackung zu. »Handdesinfektionsschaum« stand darauf. »Hier, wir brauchen neuen Schaum zum Nachfüllen. Bring besser gleich zwei mit. Kellergeschoss, links neben der Treppe, erste Tür. Und nicht trödeln!«

Frustriert begab sich Neil zum Fahrstuhl. Computerspiele existierten einfach nicht. Punkt. Sie waren aus der Menschheitsgeschichte gelöscht worden wie eine überflüssige Subroutine aus einem Programm. Neil hatte sich nie für Religion abseits der mythologischen Referenzen in Videospielen interessiert, aber vielleicht gab es doch einen Gott, und dieser Gott war Programmierer und hatte mit einer metaphysischen Entfernen-Taste die Funktion »Gaming« aus dem Sourcecode der Welt getilgt. Und niemand schien etwas zu vermissen. Niemand außer ihm.

Die Fahrstuhltüren öffnete sich, und Neil wollte gerade die Kabine betreten, als er bemerkte, dass schon eine Frau im Aufzug stand. Elegante Stoffhose in Beige, schwarzer Blazer und hellblaue Bluse, streng zurückgestecktes blondes Haar, kaum wahrnehmbarer Lidschatten, dezenter Lipgloss. Sie blickte konzentriert auf das Tablet in ihrer Hand. Neil blieb wie angewurzelt stehen. Im Aufzug vor ihm stand KiraNightingale. Oder zumindest *eine* KiraNightingale, denn die Person im Fahrstuhl war bis auf die Gesichtszüge grundverschieden von der Frau, die er als seine Nemesis auserkoren hatte. Keine schwarzen Fingernägel, kein modisches Hoodie, keine Messebändchen am Arm, kein Lippenpiercing, keine Ringe, nicht einmal die Körperhaltung war vergleichbar.

»Wollen Sie mit oder nicht?« Kira sah ihn stirnrunzelnd an. Neil spürte ihren Blick auf seinem Gesicht. Sie erkannte ihn nicht.

Stumm schüttelte er den Kopf. Kira atmete genervt aus und drückte eine Taste im Fahrstuhl. Die Türen schlossen sich, und kurz darauf zeigte ein kleines Display daneben an, dass der Aufzug seinen Weg nach unten fortgesetzt hatte. Neil wünschte sich plötzlich inständig, einfach nur in einem Bett liegen zu können. Nicht unbedingt im Penthouse in der Grand Avenue.

Er wäre auch mit seiner schummrigen Garage in El Monte einverstanden gewesen.

Als er am Abend endlich sein neues Zuhause in der Lexington Avenue erreichte, wartete Trevor schon vor der Garage auf ihn. Sie öffneten das Tor, stellten die Campingstühle in die Einfahrt und nahmen sich jeder eine Flasche Bier aus dem Kühlschrank. Es war trotz Januar angenehm warm. Die Sonne stand schon tief und tauchte das SmootchiDoo-Plakat in warmes Licht. Neil trank in einem Zug die halbe Flasche leer und seufzte.

»Harter Tag?«, fragte Trevor.

Neil nickte. Die ganze Busfahrt über hatte er düsteren Gedanken nachgehangen. Er wusste nicht mehr weiter. Alles in ihm sträubte sich dagegen, diese neue Realität einfach hinzunehmen, dieses ihm so fremde Leben, das er in einer umgebauten Garage verbrachte und in dem er tagsüber als Putzmann sein Geld verdiente. Der zurückliegende Tag war drastisch anders als der Alltag gewesen, den er als eSportler Orkus666 kennengelernt hatte. Aber was sollte er tun? Man hatte ihm seine Lebensgrundlage genommen. Ohne den eSport hatte er ... nichts. Ihm war schlagartig bewusst geworden, dass er nie etwas gelernt hatte; er war weder auf einer Universität gewesen noch hatte er eine Ausbildung gemacht. Sein Magen krampfte sich zusammen.

»Notwendiges Übel«, sagte Trevor leichthin und stieß seine Flasche gegen Neils. »Irgendwo muss das Geld ja herkommen. Denk einfach nicht darüber nach!« Einfacher gesagt als getan. Neil gab Trevor eine von Ms Sánchez' Enchiladas, von denen noch zwei übrig waren. Gemeinsam aßen sie und nippten an ihrem Bier.

»Hast recht«, sagte Neil mit vollem Mund. »Aber ich muss da raus. Kein Bock, den Dreck von anderen wegzuräumen.«

Trevor schnaubte. »Wer hat schon Bock auf so was?«

»Wir haben heute 34 Mülleimer geleert. Hab mitgezählt. Echt ätzend. Ah! Und apropos ätzend: Ich hab KiraNightingale getroffen. Die stand einfach vor mir im Aufzug und ich ...« Neil hielt inne. Er hatte geredet, ohne nachzudenken. Natürlich würde Trevor den Namen KiraNightingale nicht zuordnen können.

»Wer ist KiraNightingale?«, kam auch prompt die Frage.

»Ach, vergiss es«, murmelte Neil. »Die hat mal PentaGods gegen mich ...« Wieder stockte er. PentaGods gab es nicht mehr. Er biss sich auf die Unterlippe. Es würde nicht einfach werden, das alte Leben aus seinen Gedanken zu verbannen.

»Erzähl mir von diesem PentaGods!«, verlangte Trevor plötzlich.

Neil sah ihn verdrossen an. Machte Trevor sich über ihn lustig? Aber sein Freund aß arglos weiter seine Enchilada.

»PentaGods ist ein Computerspiel«, sagte Neil vorsichtig.

»Computerspiel«, wiederholte Trevor langsam. »Das hast du gestern auch schon gesagt. Was ist das?«

»Das sind Spiele, die man auf einem Computer spielen kann.«

»Sozusagen ein Brettspiel, aber auf dem Bildschirm?«

»So in der Art. Aber viel ... krasser.« Es war gar nicht so einfach, Computerspiele zu erklären. »Stell dir einen Film vor, aber du steuerst die Hauptfigur und kannst entscheiden, wohin sie geht, mit wem sie spricht und was sie macht.«

»Ah! Rollenspiel! Pen and Paper! *Dungeons and Dragons*! So mit Würfeln und kleinen Figürchen.« Trevor holte sein kleines Metallkästchen hervor und zündete sich einen Joint an.

»Ja, so ähnlich.« Neil nickte. »Nur hast du keinen *Dungeon Master*, der dir etwas erzählt, was du dir dann vorstellst, sondern du siehst alles auf dem Bildschirm, in Echtzeit. Du entscheidest und lässt deinen Charakter etwas tun, und sofort rechnet der Computer alles aus, wie viel Schaden du bekommen hast oder welche Beute in einer Truhe ist.«

»Hm.« Trevor blies den Rauch in den Himmel. »Also ist der Computer eine Art Spielleiter?«

»In bestimmten Spielen. Es gibt aber andere Spiele, da ist er eher ein Schiedsrichter. Oder einfach ein Geschichtenerzähler. Computerspiele sind extrem unterschiedlich! Es gibt Echtzeitstrategie, Jump and Run, Shooter, Rennspiele, die sind alle vollkommen unterschiedlich.«

»Wie unterschiedlich? Anderes Regelwerk?«

Neil atmete frustriert aus. Wie sollte er jemandem, der noch nie von Computerspielen gehört hatte, die komplexe und vielfältige Welt einer Branche erklären, die über Jahrzehnte gewachsen war?

»›Rollenspiel‹ ist nur eine Kategorie von vielen. Wie Thrash-Metal nur eine Unterart von Metal ist. Manche Computerspiele orientieren sich an der Realität, andere spielen in einer phantastischen Welt oder auch in der Zukunft. Computerspiele sind so vielfältig wie die Menschen, die sie erschaffen. Es gibt ganz einfache Spiele, die nur mit ein paar animierten Strichen auskommen. Und dann gibt es hochkomplexe Spiele, die ganze Ökosysteme enthalten, in denen du dich verlieren kannst, Abenteuer erlebst, zum Helden aufsteigst und vielleicht die ganze Welt rettest.«

»Klingt *nice*, Alter«, sagte Trevor. Er hatte sich in seinem Campingstuhl zurückgelehnt und die Augen geschlossen. »Das wär mal eine coole Verwendung für Computer. Mein Vater arbeitet ja mit denen, aber ich fand die immer stinklangweilig. Textverarbeitung, Tabellenkalkulation und so ein Zeug. Er hat immer versucht, mir da was beizubringen, hat mir seinen alten Laptop geschenkt, damit ich rumprobieren konnte. Python und Java und wie die ganzen Programmiersprachen heißen. War mir aber immer zu ... trocken.«

Neil starrte auf den lachenden Esel des Klopapier-Plakats. Das Tier schien ihn auszulachen. Trevor schwieg einige Zeit und sagte dann: »Ich frage mich, ob man auf einem der alten Laptops von meinem Dad vielleicht auch so ein Computerspiel programmieren könnte.«

Neil blickte seinen Freund nachdenklich an. Warum eigentlich nicht? PentaGods war ein komplexes Spiel, aber er kannte es in- und auswendig. Mit keinem anderen Game hatte er so viel Zeit verbracht wie mit 5G. Alle 28 Helden, die 17 Monsterarten, den Aufbau der Karte – er sah sich durchaus im Stande, selbst die Feinheiten aus seinem Gedächtnis abzurufen. Verdammt noch mal, dank Izuyas Vorträgen konnte er sogar die Stats der Items aufsagen, konnte die Cooldownzeiten und Schadenswerte für jede einzelne Fähigkeit aufzählen. Die Erkenntnis traf ihn mit voller Wucht. PentaGods war in seiner alten Welt das erfolgreichste Videospiel aller Zeiten gewesen. Hier war er der Einzige, der davon wusste!

Wenn es PentaGods in dieser Welt nicht gab, dann würde er es eben erschaffen! Und damit steinreich werden.

KAPITEL 7

In den nächsten Tagen dachte Neil viel nach. Glücklicherweise ließ sein neues Leben ihm ausreichend Zeit dafür. Die Busfahrten nutzte er, um in einem kleinen Notizbuch, das er in der Schreibwarenabteilung eines Costco erstanden hatte, alles aufzuschreiben, was ihm zu PentaGods' Gegenständen, Helden und Monstern einfiel. Auch während der Arbeit, wenn er mit Gregory durch die ATRIA-Räumlichkeiten zog, nutzte er die monotonen und repetitiven Abläufe, um darüber zu brüten, wie er seine Idee verwirklichen konnte.

Denn ihm war klar, dass die Entwicklung eines Computerspiels mehr erforderte als nur ein paar Stats und eine gute Kenntnis des Gameplays. Theoretisch konnte er das Design, die Fähigkeiten, die Cooldowns und das Balancing vorgeben, aber um PentaGods tatsächlich spielbar zu machen, benötigte er 3D-Modelle, Texturen, Animationen, Soundeffekte und Musik. Ganz zu schweigen vom Code, bestehend aus Klassen, Funktionen und Variablen, die sich mit all dem Artwork schließlich zu einem Programm formen würden, das auf einem Computer ausgeführt werden konnte.

Er benötigte ein Team, das seine Vision des Computerspiels umsetzte. Er selbst konnte sich sicher in den einen oder anderen Bereich einarbeiten, vielleicht sogar in die Programmierung, aber er konnte unmöglich alleine ein Spiel wie PentaGods entwickeln. Er kannte ein paar Indie-Games, die jeweils von einer einzelnen Person erschaffen worden waren – *Stardew Valley*, *Spelunky*, *Undertale* oder auch das frühe *Minecraft* –, aber keines der Spiele war in Umfang und Aufwand vergleichbar mit PentaGods. Außerdem konnte sich die Entwicklungszeit bei solchen Alleingängen über mehrere Jahre hinziehen. Und so lange wollte Neil nicht warten.

Die Frage blieb also, wer ihm das notwendige Startkapital geben würde, damit er mit der Entwicklung beginnen konnte. Trevor oder Gregory kamen nicht in Frage – beiden fehlte ebenso wie ihm das Kleingeld.

»Die zahlen mir hier zwölf Dollar die Stunde«, hatte Gregory einmal ärgerlich gebrummt, nachdem er eine ATRIA-Mitarbeiterin beobachtet hatte, wie sie achtlos einen Pappbecher in Richtung Papierkorb geworfen, verfehlt und dann einfach liegengelassen hatte. »Da sollte man doch meinen, dass die wenigstens ein wenig Respekt zeigen könnten.«

Neil erfuhr kurz darauf, dass er sogar nur zehn Dollar die Stunde verdiente, da er lediglich »Assistent« war und nicht wie Gregory »Team Supervisor«. Als er eines Abends beschloss, seinen Kontostand zu überprüfen, zeigte ihm der Geldautomat gerade einmal 367 $ Guthaben an. Er war entsetzt. Von Gregory erfuhr er, dass ATRIA ihren Mitarbeitern erst in drei Wochen das nächste Gehalt überweisen würde, das sich laut seinen Berechnungen auf 1600 $ belief. Er war also weit davon entfernt, selbst für die Entwicklung von PentaGods aufkommen zu können.

KiraNightingale traf er erst über eine Woche später wieder, an einem Freitagmorgen. Gregory und er fuhren im Fahrstuhl gerade in die 14. Etage, als sie zustieg. Wieder dauerte es einen Moment, bis Neil sie erkannt hatte. Er konnte sich einfach nicht an ihren seriösen Kleidungsstil gewöhnen. Heute trug sie einen grauen Hosenanzug, eine weiße Bluse und elegante schwarze Stöckelschuhe. Alles an ihr schien makellos: Gesicht, Haare, Make-up, Fingernägel. Selbstbewusste, gerade Haltung. Alles war kontrolliert, bis ins Detail sorgfältig inszeniert. Wer sie ansah, dem kamen unwillkürlich Wörter wie »gewissenhaft«, »pünktlich«, »korrekt« oder auch »penibel« in den Sinn.

Kira verließ den Aufzug schon nach zwei Stockwerken wieder. Neil stieß Gregory an, sobald sich die Türen geschlossen hatten: »Sag mal, kennst du die Frau, die gerade mitgefahren ist?«

Gregory nickte kurz. »Ms Angelis. Projektleiterin. Sitzt in der 17, wenn sie nicht irgendwo im Haus unterwegs ist. Martha arbeitet öfter für sie.«

»Angelis?«, echote Neil. Er kannte sie nur unter dem Nick KiraNightingale, ihren echten Namen hatte er nie erfahren. Für eSportler war das Pseudonym weitaus wichtiger und auch in der Öffentlichkeit präsenter. Ingame zum Beispiel wurde lediglich der Nick angezeigt, und auch in den Social Media traten alle nur unter ihrem Pseudonym auf. Es diente der Festigung der eigenen Marke. »Neil Desmond« stand vielleicht auf seiner Wikipedia-Seite, der Vollständigkeit halber, kaum jemand interessierte sich jedoch für seinen echten Namen. Die Leute jubelten für Orkus666. Oder eben KiraNightingale.

»Kirilla Angelis«, sagte Gregory, während die Fahrstuhlanzeige von 12 auf 14 sprang. Ein 13. Stockwerk gab es im ATRIA-Gebäude nicht. »Martha mag sie.« Er blickte Neil schräg von der Seite an. »Ein hübsches Ding, aber ich würde mir keine Hoffnungen machen, Junge.«

Neil musste lachen. Er und Kira, der Gedanke war einfach absurd. Seit er sie kennengelernt hatte, war sie seine Erzfeindin gewesen. Er konnte gar nicht sagen, wann genau er diese Abneigung gegen sie entwickelt hatte. Als KiraNightingale hatte sie ihm von Anfang an das Leben schwer gemacht. Es gab durchaus eSportler, die ihm gefährlich werden konnten, aber Kira hatte ihn zusätzlich wütend gemacht — mehr als alle anderen. Sie hatte ihn regelrecht herausgefordert. Nicht direkt, nicht mit Worten, sondern mit ihrer Art. Vielleicht lag es an diesem arroganten Lächeln. Neil hatte die Matches, in denen sie gegeneinander angetreten waren, später als Video noch mehrmals angesehen, um ihre Spielweise besser zu verstehen. Ihm war aufgefallen, dass sie, wenn sie einen Vorteil erspielte, jedes Mal lächelte, aber nur mit der linken Mundseite. Es war fast zu einem Markenzeichen geworden. Das »Lächeln der Nachtigall«, wie Fans es getauft hatten. Es gab Fotos und sogar kurze Videos davon im Internet. Millionen von Likes. Er verabscheute es. Für ihn schien es, als verhöhnte sie ihre Gegner. Mehr als einmal hatte das Lächeln ihm gegolten.

Neil fragte sich, ob Kirilla Angelis auch so lächelte wie KiraNightingale. Immerhin schien sie in dieser neuen

Welt eine andere Person zu sein. Statt Influencer-Schick strahlte sie nun Seriosität aus, Selbstbeherrschung und Zuverlässigkeit anstelle von Social-Media-kompatibler Exzentrik und Stardom. Die Frage war dennoch, wie viel von der alten Kira noch in Kirilla steckte. Wenn sie auch nur einen Funken von der ehrgeizigen, kompetitiven KiraNightingale in sich hatte, konnte jene Faszination für Computerspiele vielleicht auch jetzt entstehen. Und mit Kirilla Angelis hätte er vielleicht Zugriff auf die Ressourcen von ATRIA – ein IT-Unternehmen, das computertechnisch ideal ausgestattet war und über ausreichend Fachkenntnisse und Mitarbeiter verfügte. Vielleicht konnte ATRIA sein PentaGods-Studio werden.

»So, ist gut jetzt. Lass uns mal Mittagspause machen!« Gregory seufzte. Sie hatten einen der Aufenthaltsräume gesäubert, und Neil warf den letzten Müllbeutel auf den Trolley.

»Ich hab heute nichts dabei«, antwortete Neil. Er hatte es am Morgen nur mit Mühe rechtzeitig zum Busbahnhof geschafft. Zeit, sich noch etwas aus dem Supermarkt zu besorgen, war nicht geblieben. Gregory zuckte mit den Schultern.

»Macht nichts. Wir können ja mal wieder in die Kantine gehen. Heute gibt's Hotdogs, da kann man nicht so viel falsch machen. Außerdem – Mitarbeiterrabatt!«

Nachdem sie die Müllsäcke über einen Schacht entsorgt hatten, parkten sie den Trolley im Keller und begaben sich in die ATRIA-Cafeteria im dritten Stock. Für Neil war es das erste Mal, dass er die Kantine betrat, und er staunte nicht schlecht. Das gesamte Stockwerk war für die Versorgung der Belegschaft ausgerichtet. Moderner Industrie-Look, Barhocker aus schwarzem Metall an langen Holztischen, Theken aus lackiertem und mit Vintage-Logos bedrucktem Pressspan. Restaurierte Stollen-Lampen mit großen Birnen hingen an Ketten von der etwa vier Meter hohen, unverkleideten Decke; die grauen Lüftungsrohre und Traversen sichtbar. In insgesamt sechs verschiedenen Abschnitten gab es unterschiedliche Gerichte, dazu offene Kühlschränke mit Getränken und ein Nachtisch-Buffet.

»Das ist ja der Hammer! Warum waren wir nicht schon öfter hier?«, stieß Neil hervor.

Gregory warf ihm einen argwöhnischen Blick zu. »Waren wir. Aber wir hatten nach dem letzten Mal beschlossen, dass wir unser Essen lieber selber mitbringen. Wieder eine Gedächtnislücke?« Gregory führte ihn zu einer der Theken. »Das Catering ist ein wenig eigen, was die kulinarischen Zusammenstellungen angeht. Viel komisches Zeug dabei. Hier.« Er deutete auf ein kleines Schild an einer Theke und las in einem übertriebenen Sing-Sang vor: »*Verträumte Bärlauch-Linsenmousse mit peruanischem Kartoffelkuchen, dazu eine Tapa aus Soja in Achiotenmarinade und Mangoldsalat mit italienischer Vinaigrette.*« Er schüttelte den Kopf. »Da bin ich verhungert, bevor ich die Beschreibungen fertig gelesen habe. Früher stand bei so was einfach ›Linseneintopf mit Salat‹ drauf.«

Der Hotdog nannte sich *Vollkorn-Perrito Caliente mit dänischen Röstzwiebeln und süßer Senfgurke an Basili-*

kum-Mayonnaise und Trüffel-Tomaten-Sauce und kostete trotz Mitarbeiterrabatt vier Dollar. Neil bestellte sich trotzdem einen, dazu ein *Kokos-Lime-Gurken-Wasser mit Sparkles* und etwas, das entfernt an einen Schokoladenmuffin erinnerte. Insgesamt zwölf Dollar. Neil verstand allmählich, warum Gregory kein Fan der Cafeteria war.

Der Hotdog schmeckte nicht nach Hotdog, und Gregory aß seinen nur zur Hälfte. »Hätt ich nicht gedacht, dass die auch einen Hotdog verhunzen können«, brummte er schlecht gelaunt. »Wenn du mich fragst, sollte man Leute für so was anzeigen«. Neil musste lachen und gab ihm die Hälfte seines Muffins ab. Immerhin der schmeckte gut.

Die Cafeteria war riesig. Neil schätzte, dass hier leicht 200 Personen Platz fanden. Er sah Menschen in Businessanzügen, die laut miteinander sprachen und noch lauter lachten. Dann gab es die jungen, bunten, die ihn an Martha erinnerten, viele von ihnen kommunizierten mehr mit ihren Gadgets als miteinander. Die Normalos, die sich ausdrücklich nicht über ihre Kleidung profilieren wollten und gerade dadurch in eine eigene Kategorie fielen. Schließlich gab es die Hipster, die Männer mit Karohemden und akribisch gestutzten Bärten, die Frauen mit Beanies und Latzhosen. Neil hatte den Eindruck, dass sie peinlich genau darauf achteten, sich kontinuierlich mit einer Aura der Arroganz und Langeweile zu umgeben. Neben den Mitarbeitern der Cafeteria, die Schürzen trugen, waren er und Gregory die einzigen Uniformierten. Es dauerte allerdings nicht lange, bis sich weitere Leute mit dem blauen ATRIA-Overall zu ihnen an den Tisch setzten, und Neil bemerkte, dass der Dresscode die Grüppchenbildung in der Kantine bestimmte. Vielleicht unterbewusst. Vielleicht auch nicht. Die Cafeteria erinnerte ihn plötzlich an einen Schulhof, nur dass die Schüler alle erwachsen waren.

Während er sich umsah, entdeckte er Kirilla. Sie saß mit einer anderen Frau an einem Tisch, lediglich einen Pappbecher vor sich, aus dem es dampfte. Ihr Tablet lag daneben. Sie sprach angeregt mit ihrer Kollegin, die sich schließlich erhob und die Cafeteria mit schnellen Schritten verließ. Kirilla blieb alleine sitzen, starrte auf ihr Tablet und nippte an ihrem Kaffee.

»Bin gleich wieder da«, murmelte er und stand auf, ohne eine Antwort abzuwarten. Er musste diese Chance wahrnehmen, auch wenn er überhaupt nicht wusste, was er sagen würde. Aber die Gelegenheit war einfach zu günstig. Schon stand er vor ihr.

»Darf ich mich kurz zu dir setzen?«, fragte er und biss sich sofort auf die Unterlippe. Hätte er sie siezen sollen? Immerhin war sie Projektleiterin. Kirilla blickte auf, musterte ihn und nickte dann stumm. Er hatte die erste Hürde genommen!

»Ich ... wollte mich entschuldigen für neulich, ich hatte zu früh auf den Knopf gedrückt, aber ich musste noch auf meinen Kollegen warten.« Neil lächelte sie – wie er hoffte – charmant an. Kirilla blickte verständnislos zurück. Sie schien sich an die Situation nicht zu erinnern. »Vor dem Fahrstuhl«, erklärte er. »Du warst im

Fahrstuhl, und ich bin nicht eingestiegen, obwohl ich den Knopf ...« Neil verstummte.

»Kein Problem«, sagte sie schließlich, nickte freundlich und senkte ihren Blick wieder auf das Tablet. Sie hielt das Gespräch eindeutig für beendet. Neil presste die Lippen zusammen – das hätte besser laufen können. Er musste irgendwie ihr Interesse wecken.

»Hey, ähm ... Ich hab gehört, dass du hier Projektleiterin bist. Voll cool! Trifft sich gut, weil ich hab da eine Idee, mit der man ... Millionen verdienen kann! Ich dachte, das interessiert dich vielleicht! Weil wegen Projektleiterin und so!« Er hätte sich ohrfeigen können. In einem RPG hätte er über so eine Dialogzeile laut gelacht und den Autor für unfähig erklärt. Kirilla sah ihn dementsprechend irritiert an und schüttelte einfach nur den Kopf. Neil ignorierte den Drang, wortlos aufzustehen und die Cafeteria so schnell wie nur irgend möglich zu verlassen.

»Entschuldige, das klang gerade etwas merkwürdig«, versuchte er, die Situation zu retten. »Ich habe wirklich eine gute Geschäftsidee, ein Produkt, von dem ich überzeugt bin ... von dem ich sogar garantieren kann, dass es erfolgreich werden wird. Und es passt zu ATRIA, denn es hat mit Computern zu tun. Gib mir eine Minute, mehr brauche ich nicht. Wenn es dir dann nicht gefällt, dann lasse ich dich in Ruhe, versprochen.« Er blickte sie fragend an. Lächelnd.

Kirilla reagierte überhaupt nicht. Sie erwiderte stumm seinen Blick, stand aber auch nicht auf oder bedeutete ihm, zu verschwinden. Neil begriff, dass sie einfach abwartete. Sie gab ihm eine Chance. Er schluckte und sprach vorsichtig weiter: »Wir ... also ATRIA ... die ganze Welt nutzt Computer für die typischen IT-Aufgaben. Datenverarbeitung, EDV und so was. Wichtiges Zeug, keine Frage. Aber ich sehe den Computer auch als Unterhaltungsmedium. Man bräuchte nur die richtigen Programme dafür. Interaktive Programme, die dich in phantastische Welten entführen. Computerspiele! Ich habe mir genau so ein Spiel ausgedacht. Es nennt sich PentaGods.«

Neil sprach nun schneller, die Wörter sprudelten aus seinem Mund. »Fünf Götter, fünf Spieler, die auf einem Schlachtfeld gegeneinander antreten und den Göttertempel in der Mitte erobern müssen. Basiert alles auf der römischen Mythologie. Man kann die Furien spielen, den Gott der Unterwelt, des Wassers, des Lebens und so weiter. Jeder Charakter hat eigene mächtige Fähigkeiten und muss sowohl gegen die anderen Spieler als auch gegen Monster kämpfen. Die Karte – stell dir einfach ein Brettspiel von oben vor – ist konzentrisch aufgebaut und in Ringe eingeteilt.« Neil zeichnete mit seinen Fingern ein imaginäres Spielfeld auf den Tisch. »Jeder Ring erfordert eine bestimmte Menge an Essenz, die man von den Monstern einsammelt, also ... die Essenz braucht man, um zum Beispiel die Tore zu öffnen. Und die Spieler leveln mit ihr und werden so immer mächtiger. Und das hat strategische Auswirkungen; wie sammelt man möglichst schnell Essenz und wann kann man was angreifen. Es gibt Cooldowns auf die Fähigkeiten und Items, die Rüstung, Magieresistenz, Angriffswerte oder die Geschwindigkeit verstärken können und die über ein internes Shopsystem gekauft werden müssen. Die sind natürlich auch wieder strategisch relevant, die richtige Auswahl hat erhebliche Auswirkungen auf das Early-, Mid- und End-Game.«

Neil hatte Kirilla während seiner Ausführungen beobachtet. Zu Beginn hatte sie regungslos dagesessen, nun aber wanderte ihre linke Augenbraue nach oben. Ihre Finger tippten fast unmerklich gegen den Pappbecher, und Neil erkannte darin die Ungeduld, die Kirilla erfasst hatte. Er verlor sie. Zu wirr, zu viele Begriffe, mit denen sie nichts anfangen konnte. Er musste seine Strategie ändern.

»Ist ja auch egal«, sagte er schnell. »Was ich eigentlich sagen will, ist: Computerspiele sind ein immenser Markt. Ich weiß ... ich bin mir sicher, dass daraus eine neue Jugendkultur entstehen wird, die alles Vorangegangene in den Schatten stellt. Gaming hat das Potenzial, größer als Straight Edge zu sein, größer als Surfing oder Skating, als Hip-Hop und Pop zusammen. Computerspiele sind ein Phänomen, das weltweit Menschen miteinander verbindet ... verbinden kann, egal aus welcher sozialen Schicht, egal welchen Alters. Sie sind die nächste Stufe im Entertainment, das einzige Medium, das wirklich interaktiv ist! Wer Action haben will: Computerspiele. Wer kreativ sein will: Computerspiele. Wer einfach nur Ablenkung sucht: Computerspiele. Millionen von Menschen, die für ein paar Stunden ihren Alltag vergessen und jemand anderes sein wollen, eben ein römischer Gott oder der Held in einer epischen Geschichte oder auch nur ein Fuchs, der durch einen verzauberten Wald streift. Computerspiele machen das möglich.«

Neil holte tief Luft, und Kirilla hob eine Hand. Es war eine simple Geste, doch sie ließ seinen Wortschwall augenblicklich versiegen. Er hätte noch so viel mehr sagen wollen, doch es war zu spät. Seine Audienz war beendet.

»ATRIA bietet Informationstechnologie, keine Spiele. Unsere Kunden sind seriöse Unternehmen, die von Erwachsenen geführt werden.« Ihr Tonfall hatte etwas von einer Mutter, die ihrem Kind etwas erklärte. Geduldig. Beherrscht. Ein kleines bisschen vorwurfsvoll. »Ich muss leider wieder zurück.« Und damit stand sie auf, nahm ihren Kaffee und das Tablet und ging mit kontrollierten Schritten an ihm vorbei zum Ausgang; das Geräusch ihrer Absätze hob sich von dem allgemeinen Lärm ab. Tock, tock, tock, tock.

Neil blieb wie betäubt sitzen. Er fühlte sich, als hätte er erneut gegen KiraNightingale verloren.

Am Abend saß Neil alleine vor seiner Garage und starrte gedankenverloren auf das Klopapier-Plakat. Der Esel lachte ihn immer noch aus. Trevor hatte für heute abgesagt, und so blieb Neil genug Zeit, über das Gespräch mit Kirilla nachzudenken.

Er war über das Ziel hinausgeschossen, er hatte es

vermasselt. Neil konnte es ihr nicht einmal übel nehmen, dass sie ihn nicht ernst genommen hatte. Begriffe wie »Early Game«, »Cooldowns« oder auch »leveln« waren Worte, die mit den Computerspielen entstanden waren. Ein solches Gaming-Vokabular kannte Kirilla Angelis natürlich nicht – es waren Fachbegriffe, die sich über Jahrzehnte entwickelt hatten, für Dinge, die neu erfunden worden waren. Für Kirilla musste sein Vortrag wie das Gebrabbel eines Verrückten geklungen haben.

Neil schüttelte den Kopf. Wie hatte er so dumm sein können? Er kannte doch die Geschichte der Videospiele. Kleine Schritte. Von Vektoren zu Pixeln. Von Pixeln zu Polygonen. Computerspiele waren nicht über Nacht zu einem weltweiten Phänomen geworden. Tatsächlich hatte das Jahrzehnte gedauert. Videogames waren in Hinterzimmern von Universitäten entstanden, den Köpfen von prometheischen Träumern entsprungen, die aus Flachs teure Technik für sinnlose Spiele missbraucht hatten. In Büchern hatte Neil von einem kleinen Programm namens »Spacewar!« gelesen, das als das erste Videospiel aller Zeiten bezeichnet wurde. *Spacewar!* war eine Blödelei gewesen, ein Scherz, ausgeführt von experimentierfreudigen Mitgliedern eines Modelleisenbahnclubs beim MIT. Innerhalb kürzester Zeit mauserte sich dieser Scherz unter den Studenten zu einer der beliebtesten Freizeitbeschäftigungen.

Spacewar! stellte das erste echte Videogame dar, doch auch dafür brauchte es einen Zündfunken. Dieser entstand ein paar Monate früher in Form eines Algorithmus, entwickelt von einem Spaßvogel namens Robert A.

Wagner, ebenfalls Mitglied des besagten Modelleisenbahnclubs. Er hatte ein einfaches Rechenprogramm für einen drei Millionen Dollar teuren Transistor-Computer geschrieben, als Ersatz für eine simple elektronische Rechenmaschine, die man für ein paar Hundert Dollar erstehen konnte. Er nannte es »Expensive Desk Calculator« und bekam von einem humorlosen MIT-Professor null Punkte für seine Posse. Aber es war genau diese studentische Respektlosigkeit vor den teuren Geräten der Universität, die Wagners Kollegen zu *Spacewar!* inspiriert und damit die Computerspiele überhaupt erst möglich gemacht hatte.

Neil musste die Bewohner dieser Welt dazu bringen, zu *spielen*. Die Gesellschaft musste Computerspiele erst verstehen. Sie musste sich mit dem Gedanken anfreunden, dass teure Technik auch ein Spielzeug sein konnte. Die Menschen mussten das Prinzip eines Videospiels kennenlernen, am besten selbst erleben. Die Dynamik eines Multiplayerspiels. Den Nervenkitzel. Den Spaß. Erst dann konnte man mit Computerspielen Geld verdienen, um vielleicht irgendwann einmal die Entwicklung seines geliebten PentaGods zu finanzieren.

Es war ein weiter Weg. Er konnte nicht von 0 auf 100 springen, das hatte ihm seine Unterhaltung mit Kirilla schmerzlich gezeigt. Stattdessen galt es, die Menschheit behutsam an die Computerspiele heranzuführen, die einzelnen Schritte in der Entwicklung nachzuzeichnen. Er würde die ganze Welt an der Hand nehmen und ihr Titel für Titel den schillernden Kosmos der Videospiele eröffnen. Und er wusste auch schon, wie er das anstellen würde.

Neil schloss das Garagentor. Er schaltete das Licht ein, kramte sein Notizbuch hervor und begann fieberhaft zu schreiben. Jede Seite ein Spiel. Er versuchte, sich an die unzähligen Klassiker zu erinnern und sie zeitlich einzuordnen. Die Reihenfolge war wichtig, denn mehr als einmal baute ein Spiel auf einem anderen auf. *Pong* inspirierte *Breakout*, aus dem sich *Space Invaders* entwickelte, dann *Asteroids*. Features kamen stückweise dazu, kleine Änderungen konnten eine neue Ära einleiten. Er zeichnete Screenshots, kritzelte Anmerkungen daneben und notierte Details zum Gameplay und zur Levelprogression.

Es waren Hunderte, Tausende Spiele. Und er kannte sie alle. Bis spät in die Nacht goss er all sein Wissen in das kleine Notizbuch.

KAPITEL 8

Am nächsten Tag musste er nicht arbeiten; es war Samstag. Zu seinem großen Verdruss wurde er dennoch schon gegen zehn Uhr von energischem Klopfen geweckt. Es war Ms Sánchez, diesmal ohne Enchiladas.

»*Buenos días*, Neil! Habe ich dich geweckt? *Lo siento!*«, sagte sie und lachte. Neil stand in Boxershorts und T-Shirt vor ihr, die Augen noch halb zugekniffen, die Haare zerzaust. Sie trug ein mit Ranken bedrucktes Kleid, eine Jeansjacke und eine Blume im Haar. Es war eine große rote Blüte, aber keine Rose, die hätte Neil dann doch noch erkannt. Um ihren Hals hing eine bunte Kette mit Glasperlen. Die alte Dame sah festlich aus.

»Guten Morgen, Ms Sánchez. Bin erst spät ins Bett gekommen«, murmelte Neil und gähnte. »Was gibt's?«

»Ah, Neil, du weißt doch, der letzte Dienstag war der 15.« Sie lächelte entschuldigend.

Neil kratzte sich am Kopf und blickte sie unsicher an. »Und das bedeutet?«

»Die Miete, Neil. *Lo siento, hijo,* aber ich brauche das Geld, sonst kann ich den Strom nicht bezahlen, und dann sitzen wir beide im Dunkeln …« Neil war plötzlich hellwach. Es war ihm bisher nicht in den Sinn gekommen, dass er Miete würde zahlen müssen. Er lebte in einer Garage ohne Fenster – dafür Geld auszugeben, schien ihm absurd. Andererseits war es logisch, dass Ms. Sánchez ihn nicht umsonst hier wohnen ließ.

»Wie viel muss ich Ihnen denn zahlen?«, fragte er mit belegter Stimme. Er erinnerte sich nur zu gut an seinen niedrigen Kontostand.

Ms Sánchez blickte ihn überrascht an, lächelte aber gleich darauf wieder. »500 dólares, Neil, wie jeden Monat, *tú lo sabes*!«

Neil schluckte. In seinem alten Leben wären 500 Dollar kein großer Betrag gewesen, jetzt allerdings sah die Sache anders aus. Seit er seinen Kontostand überprüft hatte, war er mehrmals in Supermärkten gewesen, um Getränke und Essen zu besorgen. Er hatte das Notizbuch mit zwei Kugelschreibern und einigen Markern erstanden, ein neues T-Shirt, einen Fünfer-Pack Socken. Allein der Besuch in der Cafeteria hatte ihn zwölf Dollar gekostet, und an einem Abend hatte er Pizza für sich und Trevor bestellt, 28 Dollar. Er konnte sich glücklich schätzen, wenn sein Konto nicht im Minus stand. Und die Überweisung von ATRIA würde noch mindestens eine Woche auf sich warten lassen.

Er holte seinen Geldbeutel aus dem Rucksack und öffnete ihn. Alles, was sich darin befand, waren 45 Dollar in Scheinen. Er überreichte sie Ms Sánchez. »Den Rest hole ich nachher, versprochen. Ich … glaube, ich habe noch etwas auf dem Konto. Nicht 500 Dollar, aber sobald die mein Gehalt überweisen, kann ich alles zahlen«, sagte er zerknirscht.

Ms Sánchez atmete tief ein und blickte erst auf die Scheine, dann auf ihn. »*Ay, Neil, sé que es difícil!* Ich weiß, das ist nicht einfach. Aber du musst die Miete pünktlich zahlen, *sí*?«

Neil schluckte. »Por favor?«, sagte er zaghaft.

Ms Sánchez hob eine Hand, den Zeigefinger mahnend in die Höhe gestreckt. »*Pero quiero un favor!*«, erwiderte sie gutmütig. »Du musst mir dafür einen Gefallen tun!«

Neil nickte. »Geht klar!«

»Ich will meinen Sohn in San Diego besuchen. Heute ist der 19. Januar, *día del santo*. Für uns in *Méjico* ist der Namenstag wichtig, und ich backe ihm immer einen Kuchen. Ich brauche jemanden, der mich hin- und wieder zurückfährt. *Yo no tengo coche,* wie du weißt.«

»Ich fahr Sie gerne nach San Diego«, antwortete Neil, »aber wenn Sie kein Auto haben, womit ...«

»Wir müssen mit deinem Auto fahren, Neil. Die *gasolina* bezahle ich!« Ms Sánchez deutete auf einen alten weißen Ford F 150, der auf der anderen Straßenseite stand und den Neil bisher kaum beachtet hatte. Er zog die Augenbrauen hoch. Sollte das tatsächlich sein Auto sein?

»Zieh dich an, ich packe zusammen, und in zehn Minuten fahren wir los, *vale*?« Sie strahlte ihn an und war kurz darauf in ihrem Bungalow verschwunden. Neil schüttelte leicht den Kopf. Seit über zwei Wochen lebte er in El Monte, und immer noch gab es Dinge, die ihn kalt erwischten. Er schloss die Tür und suchte seine Kleidung zusammen.

Als er den Fahrzeugschlüssel in einer der Schubladen der Kommode fand, lachte er laut auf. Er besaß ein Auto! Nicht unbedingt das hübscheste – zugegeben. Rost erblühte an mehreren Stellen im Lack, und als er den Motor startete, erzitterte der ganze Wagen, dass man meinen könnte, er müsse jeden Moment auseinanderfallen – aber es war *sein* Wagen. Er war nicht mehr auf den Bus oder auf Trevor angewiesen.

Bis nach San Diego dauerte es gut anderthalb Stunden, aber Neil genoss die Fahrt in vollen Zügen. Der tagtägliche Weg in die Arbeit führte ihn durch dicht besiedelte Bereiche, von El Monte bis Downtown gab es kaum unbebaute Flächen. Aus dem Bus blickte er die gesamte Fahrt über auf Bungalows, Villen, Einkaufszentren, Supermärkte, Fabrik- sowie Werkshallen und andere Gebäude, deren Funktion er nicht erkennen konnte. Jetzt aber, auf dem Weg nach Süden, führte der Freeway nach einiger Zeit aus den Suburbs heraus. Auf der linken Seite zogen nun sanfte Hügel vorbei, bedeckt von Büschen in unterschiedlichen Grün- und Brauntönen und dazwischen Strommasten, die wie Zahnstocher aus dem Boden ragten. Rechts konnte Neil das Meer sehen, zu weit entfernt, um den Freeway als Küstenstraße zu bezeichnen, aber doch so nah, dass er das Salz in der Luft schmecken konnte. Er atmete tief ein.

Ms Sánchez schien den kleinen Ausflug ebenso zu genießen. Sie redete ununterbrochen und sprang dabei in schwindelerregendem Tempo von einem Thema zum nächsten. »Neben dem Freeway gibt es den Old Pacific Highway, von dort kann man zu den *Playas*. Wir sind dort oft hingefahren, als Mario noch ein Teenager war. Einmal ist er auf einen Seeigel getreten, und der ganze Fuß war voller Stacheln, *Dios mio!* Und er hat geschrien! *Mamá, Mamá!* Gehumpelt ist er. Wir sind zum Arzt, das war ein junger Mann, der sah aus wie der Schauspieler, der den Francisco in *Amores Verdaderos* spielt, hab den Namen vergessen, das ist eine Telenovela, kennst du die? Nein, dachte ich mir schon. *La gente joven no ve esas cosas.* Ist wohl eher etwas für ältere *Señoras* wie mich. In der Serie hat eine der *protagonistas*, Victoria heißt die, Bulimie und versteckt das vor ihrer Familie! Stell dir vor, Neil, *bulimia!* Das könnte ich ja nicht! Dafür mag ich das mexikanische Essen viel zu sehr! *Ay, muy rica! Las enchiladas, las quesadillas y los tacos!* Sieht man mir ja auch an, was? Meine Freundin Rosa geht schwimmen, eine Stunde am Tag, ganz konsequent, und die hat vielleicht abgenommen! *Ay que envidia!*«

Neil störte das Mitteilungsbedürfnis von Ms Sánchez nicht, ganz im Gegenteil. Er nickte, lächelte, schüttelte den Kopf oder riss erstaunt die Augen auf, je nachdem, was die momentane Erzählung als angemessene Reaktion erforderte. Ms Sánchez blühte regelrecht auf, lachte oft und laut, und Neil stellte wieder einmal fest, dass er die fröhliche mexikanische Dame sehr mochte. Er konnte sich glücklich schätzen, sie als Vermieterin zu haben. Die anderthalb Stunden vergingen wie im Flug.

Er erfuhr außerdem eine Menge über ihre *Familia*. Sie hatte vier Kinder zur Welt gebracht, eines war jedoch bei der Geburt gestorben. Damals lebten sie noch in Mexiko, doch sowohl ihr Mann Antonio als auch sie hofften auf eine Gelegenheit, in die USA einzuwandern. Sie hatten Glück. Antonio bekam eine Stelle in einem Sägewerk, und so konnten sie mit den Kindern Carmen, Paquito und Mario 1998 ganz legal in die Staaten einreisen. Die Kinder waren in El Monte zur Schule gegangen. Mit 55 Jahren starb Antonio an einem Herzinfarkt, was nun gut zehn Jahre zurücklag. Die Tochter Carmen lebte noch in El Monte, der Sohn Mario mit seiner Frau Melissa in San Diego, leider kinderlos. Er leitete einen Schrottplatz, zu dem sie gerade fuhren. Der älteste Sohn Paco hatte sich entschlossen, nach Mexiko zurückzukehren. Neil versuchte, sich all die Namen zu merken.

Der Schrottplatz lag direkt neben dem Freeway in einem Stadtteil mit dem Namen *Logan Heights*. »Sánchez Recycling« stand in weißen Buchstaben auf einem blauen Schild, und als Neil auf Anweisung von Ms Sánchez zweimal hupte, öffnete sich das große Metalltor mit Rattern und Quietschen. Kurz darauf kamen ein Mann und eine Frau aus einem Bürocontainer, und Ms Sánchez sprang aus dem Wagen und umarmte die beiden.

»Das ist Neil, *el que alquila el garaje*«, sagte sie, und Neil gab den beiden die Hand. Mario war ein stämmiger Typ, dem man seine mexikanische Abstammung ansah. Breites Gesicht, runde Wangen, dazwischen ein breites Lächeln und ein schwarzer schmaler Schnauzbart. Kleine Augen, die einen freundlich und ehrlich ansahen. Buschige Augenbrauen und dichtes, schwarzes Haar. Er trug eine Art Cowboyhut aus Stroh. Melissa war ebenfalls Latina, aber Neil vermutete, dass sie aus Kolumbien oder Venezuela kam, traute sich jedoch nicht zu fragen. Beide begrüßten Neil wie einen Freund, den sie schon lange kannten, sodass er kurz befürchtete, er müsse wieder eine Gedächtnislücke vortäuschen, aber anscheinend war es einfach nur ihre freundliche Art.

Mario führte ihn stolz über seinen Schrottplatz. Er sprach fließend Englisch und verfiel nur selten ins Spanische. »Ich kaufe Autos, alte Elektrogeräte, kaputte Werkzeuge, Kabel, alles, aus dem man irgendwie Material zurückgewinnen kann. Viele bringen auch einfach so ihr Zeug vorbei. Wir sortieren die Sachen, und dann nehmen wir sie auseinander; alles, was brauchbar ist, verkaufen wir als Ersatzteile. Hauptsächlich an *Chicanos*, die kommen oft hierher, sogar aus Los Angeles. Alles Leute, die ihre Autos umbauen. Lowrider, da gibt's tolle Sachen, Impala 65 oder Monte Carlo 72, da kommt man ins Schwärmen! Gehört zu unserer Kultur. *Chicano Culture!*«

Mario führte Neil in eine Halle mit hohen Regalen, die mit Kisten und Fässern gefüllt waren. Im Hintergrund standen mehrere große Maschinen, die brummten und summten. Zwei Männer beaufsichtigten die Geräte. »Aus dem Rest holen wir Rohmaterialien heraus, Kunststoff, Blei, Zinn, Aluminium oder Stahl; Kupfer ist besonders gut, rostet nicht, kann immer wieder eingeschmolzen werden, ohne an Qualität zu verlieren.«

Neil entdeckte Drahtkisten, die mit einer Plane ausgelegt waren. In ihnen befanden sich grüne Platinen und Reste von auseinandergenommenen Computern. Daneben standen blaue Fässer, sortiert nach Prozessoren, Platinen und Teilen, die nach RAM-Bausteinen aussahen. Ein Mitarbeiter beförderte eines der Fässer mit einem Gabelstapler zu den brummenden Maschinen.

»Was passiert hier?«, rief Neil über den Lärm.

»Wir arbeiten seit zwei Monaten mit einem anderen

Unternehmen zusammen, um Leiterplatten zu recyceln. Das da«, Mario zeigte auf die Maschinen, »sind *Shakertables*. Siehst du den Einfüllstutzen? Da kommen die Platinen rein, in der Trommel werden sie von Hämmern zerkleinert. Die Kleinteile werden dann mit Wasser voneinander getrennt.«

Mario führte Neil an eine der Maschinen heran. Der *Shakertable* war eine große, leicht geneigte Fläche mit Rillen, die vibrierte und konstant aus mehreren Düsen mit Wasser überspült wurde. Eine Zuleitung an der rechten Seite kam aus dem Teil der Maschine, den Mario die »Trommel« genannt hatte. Als Neil genauer hinsah, entdeckte er im Wasser kleine Partikel, die durch das ständige Ruckeln der gesamten Oberfläche in unterschiedliche Bahnen gelenkt wurden. Es war faszinierend anzusehen.

»Die leichten Teile schwimmen auf dem Wasser und werden am schnellsten nach unten getragen«, rief Mario und deutete auf die rechte Seite des Tisches. »Die schweren Stücke, die größeren Brocken aus Kupfer, Aluminium, Gold oder anderen Metallen, werden vom Wasser nicht so einfach mitgerissen und wandern durch die Vibration nach links. Das Prinzip haben schon die Goldschürfer vor Jahrhunderten verwendet, nur mussten die das per Hand machen.« Neil beobachtete, wie immer wieder kleine Stückchen, etwa so groß wie ein Stecknadelkopf, an der linken Seite in einen Eimer fielen.

»Danach wird gewaschen und getrocknet. Komm, ich zeige dir das Endprodukt.« Mario führte ihn durch eine Tür in eine weitere Halle, die wesentlich sauberer war.

Das Geräusch der Shaker drang nur noch als leises Rattern hierher. Weiße Kisten aus Kunststoff standen fein säuberlich aufeinandergestapelt. Mario öffnete eine von ihnen und zeigte Neil eine Art groben Sand, der sich bei genauerem Hinsehen als unzählige winzige Kupfer- und Goldkörnchen herausstellte.

»Das hier sind die wertvollen Metalle, die werden eingeschmolzen und in mehreren chemischen Prozessen voneinander getrennt. Das machen aber nicht wir, sondern unser Partner, der stellt daraus Barren her, die dann weiterverarbeitet werden können. Die sind sogar in der Lage, das Plastik aus den Platinen aufzubereiten. Recycling ist ein komplexer Prozess, aber hier beginnt er«, erklärte Mario stolz. Neil war beeindruckt. Mario führte ihn wieder aus der Halle und beendete damit die kleine Führung.

Der Kuchen von Ms Sánchez schmeckte hervorragend, und Melissa holte eine selbstgemachte Limonade aus einem Kühlschrank im Büro. Mario erklärte Neil, dass sie sich um die Logistik und die Finanzen des Schrottplatzes kümmerte. Er nannte seine Frau dabei »Mel« oder, wenn er sie necken wollte, »*Melocotoncito*«. Neil fragte, was das Wort bedeutete.

»Kleiner Pfirsich«, antwortete Mario. »Wenn Mel wütend ist, dann werden ihre Wangen rot, und dann sieht sie aus wie ein Pfirsich.« Er lachte, und Melissa starrte ihn aus zusammengekniffenen Augen an.

Pfirsich, dachte Neil und musste unwillkürlich lächeln. *Melocotoncito* hieß also so viel wie *Peach* auf Englisch. Der Sohn seiner Vermieterin hieß Mario und war mit einer Frau verheiratet, die er *Peach* nannte. Was für ein Zufall! Neil kam nicht umhin, ihn zu fragen, ob er vielleicht schon einmal als Klempner gearbeitet habe, aber Mario verneinte.

Am Abend kam Trevor zu ihm. Er schien äußerst aufgeregt und brachte einen Laptop mit. »Ich habe ein altes Notebook von meinem Vater gefunden. Und ich hab mal ein bisschen rumgespielt. Hat zwar etwas gedauert, aber hier, guck mal!«

Trevor startete ein Programm, und der Bildschirm wurde schwarz. Lediglich ein kleines weißes Quadrat in der Mitte war zu sehen. Neil sah seinen Freund fragend an. Trevor grinste und bewegte seine Hand übertrieben langsam zu der Tastatur des Laptops. Schließlich drückte er die Pfeiltaste nach oben, und das kleine weiße Quadrat bewegte sich den Bildschirm hinauf. Neil musste lachen. Trevor drückte die rechte Cursortaste, und das Quadrat veränderte seine Richtung nach rechts. Das übergroße Pixel flog vor dem schwarzen Hintergrund nach links, rechts, oben, unten, und Trevor steuerte es.

Es war kein Computerspiel – es war noch nicht einmal ein richtiger Prototyp, aber Neil starrte begeistert auf den Bildschirm. »Das ist großartig, Trevor«, flüsterte er schließlich. In seinem alten Leben wäre dieses Programm vollkommen bedeutungslos gewesen, in einer

Welt ohne Videogames jedoch war es der Anstoß zu einer Revolution. Der erste Schritt auf einem Weg, der ihn aus El Monte führen konnte, zurück in sein Penthouse und wer weiß wohin noch. Neil zitterte vor Aufregung.

»Kannst du aus dem Quadrat ein Rechteck machen? Und die Bewegung auf unten und oben beschränken?«, fragte er.

Trevor beendete das Programm und startete ein anderes. Codezeilen flimmerten über den Bildschirm, Zeichen und Wörter, deren Sinn Neil nicht verstand, die aber offensichtlich dafür sorgten, dass ein weißes Quadrat auf einem schwarzen Hintergrund angezeigt werden konnte. Er hatte sein ganzes Leben lang Computerspiele gezockt, sich jedoch nie wirklich mit der *Entwicklung* eines solchen auseinandergesetzt. Natürlich besaß er eine ungefähre Vorstellung davon, was ein Algorithmus war, aber die Verwandlung von ein paar Dutzend Zeichenketten in eine Grafik auf einem Monitor erschien ihm in diesem Moment wie Zauberei.

Nachdem Trevor einige Werte verändert und ein paar Codezeilen hinzugefügt hatte, war das Quadrat verschwunden, und stattdessen bewegte sich ein Rechteck hinauf und hinunter, wenn man die Cursortasten betätigte. Das erste *Paddle* von PONG. Neil war begeistert und gab Trevor weitere Anweisungen. Die Welt um sie herum versank in Bedeutungslosigkeit, das Interesse der beiden galt allein dem kleinen Bildschirm des Laptops und den weißen Rechtecken darauf. Angestrahlt vom kühlen Licht des Monitors saßen sie nebeneinander auf der alten Couch, und Neil freute sich über jede kleine

Änderung, die das Programm näher an das Spiel in seiner Erinnerung heranrücken ließ. Er feuerte Trevor an, der hochkonzentriert Feature um Feature einbaute.

Sie verloren jegliches Zeitgefühl, und als Neil endlich keine Verbesserungswünsche mehr vorbrachte, dämmerte es bereits. Er hatte die Bemerkungen auf der PONG-Seite in seinem Notizbuch nach und nach abgehakt: Startbildschirm, Punktestand, Schwierigkeitsgrad, Soundeffekte –, bis auf den Umstand, dass ihnen die Joysticks fehlten und sie mit der Tastatur spielen mussten, war Neil überzeugt, dem Original so nah wie möglich gekommen zu sein.

Sie hatten die Nacht durchgemacht, aber an Schlafen war nicht zu denken, denn nun spielten sie eine Partie nach der anderen und forderten sich immer wieder gegenseitig heraus. Zwei Freunde, die vor einem Bildschirm saßen, ein Videogame zockten und die Zeit vergaßen. Es war wie früher.

»Alter, ich hätte nie gedacht, dass Computerspiele dermaßen Spaß machen!«, sagte Trevor, nachdem er eines von unzähligen Matches für sich entscheiden konnte. Inzwischen drangen die ersten Sonnenstrahlen durch die Ritzen des Garagentores. »Hast du Hunger? Ich hol schnell Frühstück, dann zocken wir weiter«. Er stand auf und betätigte den Schalter für das Tor, das sich ratternd öffnete. Tageslicht flutete den Raum, und Neil kniff geblendet die Augen zusammen.

Während sich Trevor auf die Suche nach einem Fast-Food-Restaurant machte, das am Sonntagmorgen geöffnet hatte, lag Neil zufrieden auf der Couch. Sie hatten ihr erstes Game entwickelt, das allererste überhaupt in dieser Welt! Und Trevor hatte sich von der Idee »Computerspiel« vollkommen überzeugen lassen, und zwar durch eines der simpelsten Spiele aller Zeiten: PONG. Die Neugier seines Freundes auf die Welt der Computerspiele war entfacht. Vielleicht würde er damit auch Kirilla Angelis überzeugen können. Es war eine Sache, Videogames in einem Vortrag erklärt zu bekommen, aber eine ganz andere, selbst ein Spiel zu spielen.

Trevor kam kurz darauf mit Rührei, Bacon, Bratkartoffeln und Toast zurück, und beide schlangen das Frühstück hinunter. Eine halbe Stunde später saßen sie wieder vor dem Laptop und zockten gegeneinander. Das fröhliche Geschrei der beiden lockte einige Kinder an, zwei Jungen und zwei Mädchen, die auf der Straße spielten und nun neugierig herübersahen. Interessiert beobachteten sie die beiden merkwürdigen Typen, die in einer offenen Garage vor einem Laptop saßen, je eine Hand auf der Tastatur, und sich lachend anschrien. Als Neil die Kinder entdeckte, winkte er sie zu sich.

»Mal sehen, wie andere auf unser Spiel reagieren«, sagte er leise zu Trevor. Der verstand sofort.

»Ah! Marktforschung!«, raunte er und grinste.

Die beiden älteren Kinder waren Afroamerikaner: Jerry, 16 Jahre alt, und seine Freundin Catherine, 14. Beide rollten auf Skateboards heran. Die anderen beiden Kinder fuhren gemeinsam auf einem Fahrrad, das Mädchen auf dem Gepäckträger, und Neil erkannte sofort die Verwandtschaft zur Sánchez-Familie. Rodrigo war

13 Jahre alt, seine Schwester Maria zehn; sie waren die Enkel von Ms Sánchez.

Da immer nur zwei Personen gleichzeitig spielen konnten, wurde kurzerhand eine Art Turnier organisiert, und schon im zweiten Durchlauf schafften es weder Neil noch Trevor ins Finale. Die Kinder lernten schnell. Neil beobachtete ihre hochkonzentrierten Gesichter, vor allem das von Rodrigo, dessen Zunge – wenn er an der Reihe war – immer im linken Mundwinkel zum Vorschein kam. Neil lächelte über die Empörung, wenn eines der Kinder glaubte, etwas sei unfair gelaufen, und über die unbändige Freude, wenn jemand ein Match gewann. Die Begeisterung war ihnen anzusehen.

Er kopierte ein Backup auf einen USB-Stick. Trevor überließ ihm den Laptop, damit er das Spiel präsentieren konnte. Morgen früh um 9 Uhr würde er wie immer den Bus nach Downtown nehmen. Es war das erste Mal, dass Neil ungeduldig den Arbeitsbeginn herbeisehnte. Er musste eine Möglichkeit finden, Kirilla das Spiel zu zeigen, sie musste es selber spielen, es erleben, ebenso wie Trevor und die Kinder es erlebt hatten. Wenn er *das* schaffte, würde vielleicht auch die alte KiraNightingale zum Vorschein kommen.

Mit PONG würde er die Welt verändern.

KAPITEL 9

Als er am nächsten Morgen das ATRIA-Gebäude betrat, fühlte er sich gut vorbereitet. Den Sonntagnachmittag hatte er noch dafür genutzt, einige Moodboards herzustellen. Es waren Screenshots, mit Kugelschreiber und Markern nachgezeichnet, so gut er dazu in der Lage war. *Breakout*, *Space Invaders*, *Pac-Man* und sogar *Street Fighter*. Die Bilder waren bei Weitem keine Kunstwerke, aber sie würden zusammen mit seinen Erklärungen einen Eindruck des Gameplays vermitteln. Zumindest hoffte er das.

Falls Kirilla Interesse an PONG zeigte, konnte er direkt mit weiteren innovativen Ideen aufwarten. Sie musste verstehen, dass er kein *One-Hit-Wonder* war, sondern über einen unerschöpflichen Pool an Ideen verfügte. Gleichzeitig durfte er sie nicht wieder durch Fachbegriffe und wirre Vorträge irritieren; die Screenshots würden einerseits Kirilla einen visuellen Anhaltspunkt bieten, andererseits dienten sie Neil als Leitfaden, damit er in seinem unerschöpflichen Pool nicht vom Kurs abkam.

Eine weitere Hürde war Gregory. Er weigerte sich, Neil die Erlaubnis zu erteilen, Kirilla Angelis während der Arbeitszeit aufzusuchen. »Hör mal, Junge«, sagte Gregory besänftigend, »ich wünsche dir wirklich, dass du die Liebe deines Lebens findest, das ist weiß Gott nicht einfach. Aber es hilft, die Erwartungen auch etwas realistisch zu halten, wenn du verstehst, was ich meine.«

Neil verdrehte die Augen. »Darum geht es nicht. Was ich mit Kirilla zu besprechen habe, ist rein geschäftlicher Natur. Es geht um Business«, gab er zurück.
Gregory grinste und zuckte mit den Schultern.

»Du musst selber wissen, was das Richtige ist. Aber nach deiner Eskapade vor drei Wochen ist es vielleicht nicht gerade schlau, die Arbeitszeit wieder mit irgendeinem Unsinn zu verplempern.«

»Eine halbe Stunde, Gregory, mehr brauche ich nicht!«

»Ich sag dir was: Wir strengen uns heute an, und wenn wir vor Feierabend mit allen Aufgaben fertig sind, lass ich dich früher gehen, und du kannst tun, was du nicht lassen kannst. Einverstanden?«

Neil nickte grimmig. Ihm blieb nichts anderes übrig, als diese schamlose Erpressung zu akzeptieren. Den ganzen Tag über summte Gregory fröhlich, während Neil im Laufschritt Seife und Papiertücher nachfüllte, den Boden moppte, Müll entsorgte und mit einem Wedel den Staub von Geräten wischte. Seine Mittagspause verkürzte er freiwillig auf zehn Minuten. Tatsächlich gelang es ihm, 45 Minuten vor Arbeitsende mit den Tagesaufgaben fertig zu werden, und Gregory erklärte sich großmütig bereit, den Trolley alleine im Lager zu parken. Neil begab sich augenblicklich zu den Fahrstühlen.

Das 17. Stockwerk wurde durch Glaswände unterteilt. Kein Großraumbüro, sondern einzelne Arbeitszimmer, die dennoch vom Flur aus einsehbar waren. Auf den Glastüren standen die Namen der Mitarbeiter, und Neil musste das halbe Stockwerk ablaufen, bis er endlich den

Namen »Kirilla Angelis« fand. Die Einrichtung ihres Büros bestand aus einem Schreibtisch, Stühlen und einer kleinen Couch auf der gegenüberliegenden Seite, darüber eine Pinnwand, an der alle möglichen Zettel und Ausdrucke hingen. Bodentiefe Fenster mit einem großartigen Ausblick auf die Skyline erinnerten Neil an das Penthouse. Ansonsten war der Raum leer. Von einer Kollegin erfuhr er, dass Kirilla sich in einem Meeting befand, er aber gerne warten könne. Vor dem Büro stand eine Sitzbank, auf die er sich erschöpft niederließ.

Er sah an sich hinunter. Vielleicht hätte er andere Kleidung mitnehmen sollen. Ein Hemd, eine saubere Jeans. Er saß mit seinem fleckigen ATRIA-Overall im 17. Stock, inmitten von Leuten, die elegante Businessanzüge und glänzende Lederschuhe trugen. Er wirkte vollkommen fehl am Platze. Aber wo sollte er auf die Schnelle passende Kleidung herbekommen? Neil musste darauf vertrauen, dass sein Produkt für sich sprechen würde.

»Hey, was machst du denn hier?«

Martha stand plötzlich neben ihm, ein Tablet unterm Arm, und lächelte ihn an. Sie kaute auf einem Kaugummi herum. Neil war dankbar für das vertraute Gesicht zwischen all den ernsten Projektleitern, die immer wieder an ihm vorbeirauschten.

»Hi Martha! Ich warte ... auf Kirilla Angelis.«

»Bist du unter die Programmierer gegangen?«

Neil lächelte verlegen. »Sozusagen.«

Martha riss die Augen auf. »Ui, sag bloß, du hast ein Computerspiel programmiert?« Martha setzte sich kurzerhand neben ihn. Ihr Atem roch nach Erdbeere. »Zeig mal!«

Neil sah sich um. Niemand beachtete sie, und Kirilla war weit und breit nicht zu sehen. Martha schien ehrlich interessiert zu sein, fast aufgeregt. Zögernd öffnete er Trevors Laptop.

»Seit du mich damals gefragt hast, habe ich ein paarmal darüber nachgedacht – also über Computerspiele«, sagte sie. »Ich finde die Idee interessant. Im Internet gab's kaum Infos dazu. Ich hab etwas über eine Künstliche Intelligenz gelesen, die zum Beispiel den besten Zug in Schach oder Mühle berechnen kann. Aber das sind ja eigentlich nur Brettspiele auf dem Computer.« Neil startete PONG und erklärte ihr das Spiel.

»Hm«, machte sie und verlor den ersten Punkt. Und ebenso den zweiten. Neil grinste, und Martha veränderte ihre Sitzposition, beugte sich vor und war nun konzentrierter, aufmerksamer. Es gelang ihr, den nächsten Ball für sich zu entscheiden. Sie lachte auf. »Noch mal!« forderte sie. Doch plötzlich stand Kirilla vor ihnen, und Neil beendete hastig das Programm.

»Wartet ihr auf mich?«, fragte sie und blickte die beiden fragend an.

»Äh ja, ich würde dir gerne etwas zeigen«, sagte Neil schnell. »Dauert nicht lange! Fünf Minuten, maximal zehn!« Kirillas Augenbrauen zogen sich zusammen. Sie hatte offensichtlich die kleine Unterredung in der Cafeteria nicht vergessen.

»Wirf einen Blick drauf, Kirilla, es lohnt sich!«, schaltete sich Martha unerwartet ein. Neil entdeckte in ihren

Augen die gleiche Begeisterung wie bei Trevor und lächelte unwillkürlich. Kirilla schien kurz zu überlegen und zuckte schließlich mit den Schultern. Sie öffnete die Tür und sagte im Hineingehen: »Du hast zwei Minuten.«

»Viel Glück«, raunte Martha und ging zum Fahrstuhl. Neil blickte ihr kurz nach, beeilte sich dann aber, Kirilla ins Büro zu folgen. Er nahm auf einem der Gästestühle Platz. Bevor er auch nur ein Wort sagen konnte, klopfte es an der Tür. Neil erstarrte, als er Ethan Anderson erkannte, den unsympathischen Schreihals, der ihn in seinem Penthouse aufgeweckt hatte.

»Ah, Ethan«, sagte Kirilla. »Du bist sicher wegen Gashwick hier, komm rein, das dauert nicht lange.« Anderson betrat das Büro, ohne Neil anzusehen oder zu begrüßen, nickte lediglich Kirilla zu, holte ein Mobiltelefon hervor und setzte sich auf das Sofa.

»Nun?«, fragte Kirilla. Neil presste die Lippen zusammen. Augen zu und durch.

Er präsentierte PONG, wie er es geübt hatte. Weniger reden, mehr zeigen. Eine kurze Einführung in die Bedienung, dann ließ er Kirilla selbst spielen. Machte es ihr einfach. Schenkte ihr Punkte, ließ den Ball absichtlich ins Aus laufen. Sie sollte eine positive Erfahrung machen. Neil beobachtete, wie Ethan Anderson sein Smartphone wegsteckte und das Match zwischen ihm und Kirilla verfolgte. Ob er interessiert war oder gelangweilt, ließ sich an seinem Gesichtsausdruck nicht ablesen.

Dasselbe Problem hatte Neil mit Kirilla. Sie war so

kontrolliert, ihr Gesicht auch während des Spielens so ausdruckslos, dass es ihm unmöglich war, eine Emotion zu erkennen, ob positiv oder negativ. Keiner der beiden sagte etwas, und dieses fehlende Feedback nagte an seinem Selbstbewusstsein. Er war sich unsicher, ob er Kirilla weiter spielen lassen oder doch lieber mit Erklärungen über Marktchancen und Skalierbarkeit fortfahren sollte. Er entschied nach sieben Spielen, sich wie geplant an den gezeichneten Screenshots entlangzuhangeln, um wenigstens etwas an Sicherheit zurückzugewinnen.

Er redete, um die Stille zu vertreiben. Über *Breakout*, das nächste Computerspiel in der Reihe, das ein vertrautes Element – das Paddle – anders einsetzte und eine neue Spielmechanik einführte. Er hatte sich Schlüsselworte zurechtgelegt, von denen er glaubte, sie seien Marketing-Sprech. *Breakout* nannte er »fesselnd und clever«. Danach *Space Invaders* mit Gegnern in Form von Außerirdischen, die unvermeidlich näher kamen und den Spieler immer mehr unter Druck setzten. Nervenaufreibend und bedrohlich. *Pac-Man*, mit zeitloser Grafik und familienfreundlichem Gameplay. Aufregend und geschlechterübergreifend. *Street Fighter* als Ausblick auf die Möglichkeiten der Computerspiele, mit aufwendigen Animationen, Effekten und einem Multiplayermodus. Kompetitiv und actiongeladen. Als Bonus offenbarte er noch eine ganz neue Hardware-Komponente: den Joystick, mit dem alleine schon Millionen zu verdienen wären. Innovativ und rentabel.

Ethan Anderson stand auf und sah sich die Screenshots

genauer an. Er blätterte durch die Seiten, studierte jede Zeichnung einige Sekunden, bevor er zur nächsten überging. Neil glaubte – hoffte –, eine gewisse Neugierde in seinem Blick zu erkennen. Kirilla lächelte ihn an, und es war nicht das spöttische Lächeln der Nachtigall, sondern ein ehrliches, freundliches Lächeln.

»Sag mir noch mal deinen Namen, bitte.«
»Neil Desmond.«
»Neil, das war … wesentlich verständlicher. Du hast dir sichtlich Mühe gegeben, und das Spiel ist auch … ansprechend.« Sie schien bemüht, die richtigen Worte zu finden. »Ich befürchte bloß, dass meine Antwort nicht anders ausfällt als beim letzten Mal. Wir sind ein IT-Unternehmen. Unterhaltungsprodukte, so innovativ sie auch sein mögen, passen nicht zu unserem Portfolio.«

Neil sank in sich zusammen. Es war eine erneute klare Absage. Er hatte wirklich etwas anderes erwartet. Trevor war von PONG sofort begeistert gewesen, und auch Martha schien das Potenzial auf der Stelle erkannt zu haben, sonst wäre sie vorhin nicht für ihn eingestanden. Warum war bei Kirilla der Funke nicht übergesprungen? War sie doch so anders als KiraNightingale?

»Ich hatte gedacht, mit einem spielbaren Prototyp …«, murmelte Neil, doch er wurde von Ethan Anderson unterbrochen.

»Jetzt weiß ich wieder, woher ich dich kenne!«, rief er aus. »Du warst der Typ im Apartment, der auf dem Sofa eingepennt ist!« Anderson lachte, wandte sich an Kirilla und sprach in ungezwungenem Plauderton zu ihr: »Steh ich am Neujahrsmorgen im Penthouse, weil die Chinesen von Hiang Electrical vorbeikommen, und unser Putzmann-*Slash*-Programmierer hier liegt seelenruhig auf dem Sofa und schläft seinen Rausch aus. Da musste ich natürlich erst mal durchgreifen!« Er blickte wieder zu Neil. »Nichts für ungut, alles verziehen und vergessen! Hab dich erst nicht erkannt, aber ich dachte mir schon: Irgendwoher kenn ich den!« Anderson lachte erneut, als Einziger.

»Wie auch immer. Das hier«, er hob den Stapel Screenshots hoch, »nennen wir klassisches *Unvestment* oder auch *Bullshit*. Kirilla hat das freundlicher formuliert, aber du bist mit einer Business-Idee angekommen, dann kriegst du auch eine Business-Antwort. Wir sind ein börsennotiertes Unternehmen. Wenn ich als CEO solche Luftschlösser umsetzen ließe, würde mich der Vorstand mit gutem Recht feuern. In der öffentlichen Wahrnehmung liegen Computertechnik und Entertainment weit auseinander, da gibt es haufenweise Analysen dazu. Allein der Marketingaufwand wäre enorm! Mal ganz zu schweigen davon, dass das Produkt nach zwei Minuten uninteressant wird. Unterm Strich: Wir sprechen hier von einem Nischenmarkt mit wenig Zukunftsperspektive. Ich finde deine Initiative gut, aber denk dir was anderes aus, was Realistisches. Und mach deine Hausaufgaben! Komm mit harten Zahlen vorbei, die belastbar sind. Es genügt nicht, dass du selber etwas als bahnbrechend deklarierst, du musst das auch beweisen können. Sorry, aber das hier ist schlicht wertlos.« Anderson ließ die gezeichneten Screenshots in einen

Abfalleimer neben dem Schreibtisch fallen, klappte den Bildschirm zu und reichte einem vollkommen verdatterten Neil den Laptop.

»Nimm's nicht persönlich, okay? Sorry, dass ich so kurz angebunden bin, aber ich muss mit Kirilla dringend ein paar Sachen besprechen. Echtes Business, das uns viel Geld einbringt!« Mit einem Augenzwinkern schob er Neil zur Tür und schloss sie hinter ihm. Durch das Glas hindurch hörte Neil ihn noch in die Hände klatschen. »Gashwick! Bring mich kurz noch mal auf den neuesten Stand, Kirilla. Ich war am Mittwoch mit dem CEO im *Elysium Spa*, da schien alles noch ...«

Neil tapste wie ferngesteuert zum Fahrstuhl. Es war keine bewusste Entscheidung, eher ein Reflex. Weg von dem Büro, weg von Kirilla und Anderson. Es fühlte sich an, als hätte er eine Ohrfeige bekommen. Wie betäubt drückte er auf den Knopf, um den Fahrstuhl zu rufen, hörte das »Ting« nicht, sondern nahm lediglich aus den Augenwinkeln wahr, dass sich die Türen öffneten. Er betrat die Kabine und drückte auf einen Kopf, ihm war egal welcher. Mit einem Mal übermannte ihn das Gefühl, dass ihm der Boden unter den Füßen weggezogen wurde.

Aber es war nur der Fahrstuhl, der sich nach unten in Bewegung setzte.

Eine lange Busfahrt und eine Viertelstunde Fußmarsch später öffnete Neil seine Garage. Erschöpft tauschte er seinen Overall gegen Jogginghose und Hoodie aus. Kurz darauf klopfte Trevor und brachte eine Kühlbox mit, in der zwei Sixpacks auf Eis lagen. »Entweder wir feiern, oder wir brauchen ein wenig Aufmunterung«, feixte er. Anhand von Neils Reaktion verstand er ohne weitere Erklärung, dass die PONG-Präsentation nicht so gelaufen war, wie sie beide gehofft hatten. Sie setzten sich auf die Campingstühle, tranken Budweiser aus der Dose und starrten gedankenverloren auf die Werbetafel gegenüber.

»Also doch keine Millionäre, was?«, versuchte Trevor, ihn aufzumuntern. Es gelang ihm einigermaßen, denn Neil lächelte kurz.

»Nee.«

»Na ja, ich hätte diese Idylle auch vermisst«, fuhr Trevor fort. »Garagen-Romantik mit ... Aussicht auf das beste Druckerzeugnis, das die Werbeindustrie seit Langem hervorgebracht hat. SmootchiDoo! Hat auch nicht jeder ...«

Neil fuhr sich mit der Hand über das Gesicht. »Vielleicht hätten wir doch mit einem anderen Spiel starten sollen. Vielleicht ist PONG einfach zu ... simpel ... zu unscheinbar. Ich hätte etwas auswählen müssen, bei dem das Potenzial von Computerspielen deutlicher sichtbar wird. Mehr Grafik, mehr Sounds, komplexeres Gameplay.« Er seufzte. »Vielleicht war PONG einfach die falsche Entscheidung.«

Trevor schüttelte den Kopf. »Ehrlich gesagt weiß ich

nicht, ob ich eines der anderen Games hingekriegt hätte. Von denen, die du aufgemalt hast. Die sahen ziemlich kompliziert aus. PONG war schon nicht einfach zu programmieren. Und außerdem – den Kids hat's gefallen.«

Neil zuckte mit den Schultern. »Hm. Vielleicht hast du recht. Ist aber auch egal, eine zweite Chance bekommen wir sowieso nicht. Das war's! Zumindest bei ATRIA. Die werden mich nicht noch einmal anhören.«

Schweigend saßen sie in der Einfahrt, tranken Bier und sahen zu, wie die Sonne hinter den Häusern verschwand. Die wenigen Wolken wurden orange-rot angestrahlt und hingen am Himmel wie glühende Wattebäusche, die langsam erloschen. Das leuchtende Blau hinter ihnen verdunkelte sich, bis am Horizont nur noch ein schmaler Streifen Restlicht auszumachen war. Die Straßenlampen schalteten sich nacheinander mit einem Surren ein, von links nach rechts, im Abstand von ein paar Sekunden.

Der Motor eines Autos heulte in der Ferne auf und durchbrach die Stille. Der Fahrer schien es eilig zu haben, denn das Fahrzeug kam schnell näher. Zu Neils Überraschung hielt es mit quietschenden Reifen vor der Einfahrt, entgegen der Fahrtrichtung. Es war ein kompakter Sportwagen, tiefergelegt, gelb, mit großen Alufelgen, Lufteinlass auf der Motorhaube und einem riesigen Heckspoiler – das Auto sah aus wie ein Modell aus einem Racing-Game. *Forza* oder *Need for Speed*. Abrupte Stille, als der Motor abgeschaltet wurde. Nur noch ein leises Ticken war zu hören. Neil und Trevor hatten sich in ihren Campingstühlen aufgesetzt und warfen sich einen fragenden Blick zu. Die Fahrertür öffnete sich mit einem Klicken.

»Martha?!?«, stieß Neil hervor. *Sie* hätte er niemals hinter dem Steuer vermutet. Er machte immer noch den Fehler, die Leute nach ihrer früheren Persönlichkeit einzuschätzen. Die Martha in dieser Welt war nicht das schüchterne und unauffällige Mädchen hinter der Kamera. Hier trug sie ausgeflippte Kleidung und fuhr einen Rennboliden.

»Honda Civic R-Type«, sagte sie stolz, als Trevor nachfragte. »2,0 Liter, vier Zylinder, 320 PS. Ich mag schnelle Autos. Aber deswegen bin ich nicht hier.« Sie holte ihr Smartphone hervor, schaltete es ein und warf es Neil zu, der es ungelenk auffing. »Ich wollte dir das hier zeigen.«

Auf dem Handybildschirm sah Neil eine Seite des App-Stores. Ein großer Schriftzug als Überschrift: PONG. Darunter ein Untertitel in kleinerem Font: *Play a Game On Your Phone!* Auf der linken Seite ein Icon, das zwei Paddles, einen Ball und die Mittellinie in einem kleinen schwarzen Quadrat zeigte. Weiter unten Screenshots: Startmenü, Spielfeld, Endgrafik.

»Huh!«, machte Neil.

»Sieh dir die Downloadzahlen an!« Martha konnte vor lauter Aufregung nicht stillstehen und lief vor ihnen auf und ab.

Neil musste kurz suchen: über 50.000 Downloads. Er zeigte es Trevor, der sich neugierig über die Lehne seines Campingstuhls beugte, dass die dünnen Metallstreben knarzten.

»Woa! 50K!«, stieß Trevor hervor.

»Aber wie...«, begann Neil, doch Martha unterbrach ihn ungeduldig.

»Das Ganze war ein Versehen, ehrlich! Ich wollte dich überraschen, das war alles! Wir haben ja nur kurz gespielt, aber es hat echt Spaß gemacht. Also habe ich das Spiel nachprogrammiert und dann noch eine einfache KI hinzugefügt, damit man es auch gegen den Computer spielen kann.« Marthas Wangen waren vor Aufregung rot und passten dadurch gut zu ihren pinken Haaren. »Jedenfalls hab ich überlegt, wie ich dir das schicken kann, und dachte, ich lade es in den Store, dann kannst du es einfach herunterladen. Ich wollte dir einen privaten Link schicken, aber anscheinend habe ich irgendwo einen falschen Haken gesetzt oder irgendwas hat nicht richtig funktioniert, auf jeden Fall ist das Spiel online gegangen, ohne dass ich es wollte.« Sie hielt inne und blickte Neil schüchtern, fast ängstlich an.

»Du hast das Spiel nachprogrammiert?«, staunte Trevor. »Einfach so? Und jetzt funktioniert es auf dem Handy?«

Martha presste die Lippen aufeinander und kniff die Augen zu.

»Martha, das ist Trevor«, sagte Neil trocken. »Er hat PONG programmiert. Das Original. Also ... unseres.« Trevor nickte ihr freundlich zu, während Martha das Gesicht verzog, als habe sie Schmerzen.

»Es tut mir wirklich leid, ich wollte nicht eure Idee klauen. Ehrlich! Aber als ich eine halbe Stunde später wieder draufgeguckt habe, hatte das Spiel schon über

20.000 Downloads. Ich habe es unter deinem Namen veröffentlicht, siehst du?« Sie nahm Neil das Smartphone aus der Hand, scrollte kurz und hielt es ihm wieder hin. Tatsächlich stand dort »Entwickler: Neil Desmond«. »Hab die Mitarbeiter-Datenbank bei ATRIA eingesehen, wegen dem Nachnamen, aber auch wegen deiner Adresse. Jedenfalls ist alles so schnell gegangen, und dann dachte ich, dass es dich ja vielleicht freuen würde. Ich kann es natürlich wieder offline nehmen, aber so viele Downloads in so kurzer Zeit ist echt ungewöhnlich ...«

Trevor lachte laut los. »Das ist total crazy!«

Auch Neil konnte nicht anders, als breit zu grinsen. Nach dem Fiasko in Kirillas Büro war er kurz davor gewesen, diese Welt ohne Computerspiele als endgültig und unveränderbar zu akzeptieren. Martha hatte, ob gewollt oder nicht, durch ihren kleinen Fauxpas die Karten neu gemischt. Sie hatte ihm die Hoffnung zurückgegeben, die Ethan Anderson ihm genommen hatte. PONG war zwar nicht der finanzielle Erfolg, den er und Trevor sich gewünscht hatten, aber die 50.000 Downloads sprachen eine eindeutige Sprache. Sie zeigten Neil, dass Computerspiele auch in dieser Welt einen Platz hatten. Er war bei ATRIA nicht weitergekommen, aber es gab offensichtlich noch andere Wege, die er beschreiten konnte. Martha hatte die richtige Tür aufgestoßen, er musste nur hindurchgehen.

»Alter, die Anzeige ist gerade auf 80.000 Downloads gesprungen«, rief Trevor und lachte ungläubig.

»Ihr seid mir also nicht böse?«, fragte Martha. Neil

stand auf, schob Martha seinen Campingstuhl hin und reichte ihr eine Dose Budweiser. »Im Gegenteil«, sagte er, während er Trevors Kühlbox zu einem Hocker umfunktionierte. »Wir sind dir sogar dankbar!«

Zu dritt saßen sie vor der Garage, tranken Bier, plauderten und lachten. Trevor installierte das Spiel auf seinem Smartphone und löcherte Martha mit Fragen zur Programmierung. Es dauerte nicht lange, bis beide dermaßen mit Fachbegriffen um sich warfen, dass Neil der Unterhaltung nicht mehr folgen konnte. Aber das machte ihm nichts aus. Er genoss die Anwesenheit der beiden, freute sich über das kalte Bier und den lauen Abend.

Eine Stunde später hatte PONG 100.000 Downloads überschritten.

KAPITEL 10

In den nächsten Tagen kontrollierte Neil fast stündlich den Download-Zähler und las die Kommentare, die zu Hunderten gepostet wurden. Die meisten waren positiv, nur hin und wieder tauchte Feedback auf, das den Sinn von PONG in Frage stellte und dem Spiel nichts abgewinnen konnte. Doch solche Kommentare waren die Ausnahme und hatten keine Auswirkung auf die wachsende Anzahl der Downloads. Zwei Tage nach der ungewollten Veröffentlichung von PONG am 23. Januar 2030 um 16:35 Uhr sprang der Zähler auf über eine Million Downloads.

Neil war zu dem Zeitpunkt mit Gregory im 15. Stockwerk des ATRIA-Gebäudes und saugte den Teppichboden des Konferenzraums JULIET, was ihm erlaubte, von Zeit zu Zeit sein Handy hervorzuholen und die Appstore-Seite neu zu laden. Gregory wischte den großen Tisch ab und beäugte ihn argwöhnisch.

»Guckst du schon wieder auf deine App? Das ist jetzt bestimmt das hundertste Mal!«, rief er ihm zu.

»Eine Million Downloads!«, rief Neil zurück und strahlte übers ganze Gesicht.

Gregory hielt inne. »Eine Million?«, fragte er ungläubig. »Mit sechs Nullen?«

Neil nickte und schob den Staubsauger zu Gregory. Stolz hielt er ihm das Handy hin. Gregory starrte einige Zeit auf den Bildschirm und schüttelte schließlich den Kopf.

»Tatsächlich! Eine Million! Hätte ich nicht gedacht.« Es schien ihn wirklich zu beeindrucken, denn er nahm seine Wischarbeit nicht wieder auf. Stattdessen starrte er ins Leere, und sein Kopfschütteln wurde langsam zu einem Nicken. »Eine Million. Das sind verdammt viele Menschen!« Plötzlich blickte er Neil ernst an. »Ich bin ehrlich, Neil, meine Tochter hat mir das Spiel gezeigt, und ich konnte nicht allzu viel damit anfangen, aber – was weiß ich schon! Scheint ja eher etwas für junge Leute zu sein. Aber eine Million ist ... unglaublich! Ich weiß zwar nicht, *was*, aber ihr solltet damit irgendetwas machen. So eine Chance bekommt man nicht alle Tage! Ihr müsst da dranbleiben! Auf so einem Erfolg müsst ihr aufbauen, einen Nachfolger entwickeln, was weiß ich ... irgendwas!«

Neil blickte Gregory überrascht an. Er hatte sich an die oftmals grummelige, aber immer gutmütige Version von Gregory gewöhnt, aber jetzt erinnerte ihn der Mann an seinen Manager von früher. An den Gregory, der ihm mit Rat und Tat zur Seite gestanden war und ihn unermüdlich angetrieben hatte, sich der nächsten Herausforderung zu stellen, woraufhin er mehr als einmal über sich hinausgewachsen war. Gregory, der Manager, hatte immer die richtigen Worte gefunden, und das, was Gregory, der Putzmann, sein Team Supervisor aus dem ATRIA-Reinigungskader mit dem übergroßen Schnauzer, gerade von sich gab, war durchaus vergleichbar mit den Motivationsreden von früher. Er nickte Gregory zu, der ihn immer noch eindringlich ansah.

»Du hast recht. Ich muss mit Trevor reden. Und mit Martha«, sagte Neil entschlossen.

Kurzerhand schickte er beiden dieselbe Nachricht: *Eine Million Downloads!!! Treffen heute. 19 h. Bei mir.*

»Hast du gesehen, dass es inzwischen Nachahmer gibt?« Trevor lief unruhig vor Neil und Martha auf und ab. »Die nennen es natürlich nicht PONG, sondern TENNIS oder MATCHBALL oder – ganz einfallsreich – PING PONG. Aber die meisten haben einfach nur unser Spiel kopiert! Und es gibt sogar welche, die dafür Gebühren verlangen! Die verdienen echtes Geld mit unserer Idee! Verbrecher sind das!«

Martha saß auf einem der Campingstühle und spielte nervös mit ihrem Autoschlüssel. »Wenn ich nur einen einzigen Dollar für die App eingestellt hätte, wären wir jetzt reich ...« Sie lachte in einer Art, die nicht nach Lachen klang.

»Beruhigt euch!«, sagte Neil. »Wenn wir PONG für Geld angeboten hätten, wäre es mit sehr hoher Wahrscheinlichkeit nicht so erfolgreich geworden. Es ist nur *ein* Spiel. Wir machen einfach ein neues. Ein besseres.«

»Stimmt!«, rief Trevor plötzlich. »Du hast doch noch mehr Ideen gehabt! Space Dingens, und, und, und Package-man oder so.«

Neil grinste. »Genau! *Space Invaders* und *Pac-Man*.

Aber das sind nur zwei von vielen Konzepten. Hier drin«, er holte sein Notizbuch aus seinem Rucksack hervor, »habe ich Hunderte von Ideen, und ich schreibe immer noch neue auf.«

»Macht ihr ein neues Spiel?« Das war die Stimme von Rodrigo. Die vier Kinder Jerry, Catherine, Rodrigo und Maria standen in der Einfahrt, und Neil konnte nicht sagen, ob sie gerade erst angekommen waren oder schon länger dort standen. Trevor begrüßte jedes der Kinder mit einem Fistbump. »Yeah, wir werden ein neues Spiel entwickeln, und ihr dürft es als Erste spielen!«

»Echt? Cool!« Jerry machte große Augen, und Rodrigo wurde so nervös, dass er fast von seinem Fahrrad fiel.

»Was ist das denn für ein Spiel?«

»Spielt man wieder gegeneinander?«

»Muss man da auch Punkte sammeln?«

»Wann können wir das denn spielen?«

Die Kinder johlten alle durcheinander, flitzten von einer Seite der Einfahrt zur anderen und waren so aufgeregt, dass selbst Martha, die immer noch zerknirscht über ihren Fehler bei der Veröffentlichung nachgedacht hatte, lachen musste. Neil stellte sie den Kindern vor und erklärte, dass Martha PONG auch für das Smartphone möglich gemacht hatte. Sofort zückte Jerry sein Handy, um sich die App zu installieren. Er war der Älteste und der Einzige mit einem eigenen Mobiltelefon, doch so konnten nun, zusammen mit Trevors Laptop, alle vier gleichzeitig spielen.

»Also«, sagte Trevor schließlich. »Welche von deinen Ideen willst du denn als Nächstes umsetzen?«

Neil blätterte kurz in seinem Notizbuch und entschied sich für *Space Invaders*. Es war zwar nicht der direkte Nachfolger von PONG, aber er hatte das Gefühl, dass die Menschheit für einen nervenaufreibenden Alienangriff aus dem All bereit war. Andere Entwickler hatten PONG schon leicht verändert, und es war nur eine Frage der Zeit, bis jemand auf *Breakout* oder ein ähnliches Gameplay kam. Neil musste mit seinen Ideen immer einen Schritt voraus sein, Videogamegenres vorwegnehmen, bevor andere per Zufall darauf kamen.

»In Ordnung. Und wie stellen wir das an?«, fragte Martha. »Wir brauchen Hardware dafür! Ich kann nicht ständig den Rechner von ATRIA für so was benutzen, das kommt irgendwann raus, und dann feuern die mich.«

»Ich habe nur den einen Laptop«, sagte Trevor und kratzte sich am Kopf, »und der ist schon ein paar Jahre alt. Keine Ahnung, wie das ist, wenn wir erst mal die aufwendigeren Spielideen umsetzen wollen.«

»Dann kaufen wir halt welche. So teuer werden die schon nicht sein ...«, meinte Neil schulterzuckend.

Martha zog die Augenbrauen hoch. »Wir brauchen nicht unbedingt die High-End-Maschinen, die wir bei ATRIA haben, aber das Zeug ist teuer. Du wirst leicht 6000 Dollar für einen Computer hinlegen müssen, und dann hast du noch keine Peripherie: Monitor, Maus, Tastatur, Kabel. Die kosten dann auch noch mal mindestens 1500 Dollar.«

»7500 Dollar für einen Midrange-PC?« Neil starrte Martha an.

»Wenn du Glück hast, ja.«

Neil schüttelte den Kopf. Für 7500 Dollar hätte er früher einen High-End-Gaming-Computer mit LEDs und anderem Schnickschnack kaufen können. Doch eine kurze Suche im Internet bestätigte die hohen Preise. Warum waren Computer in dieser Welt so verdammt teuer? Neil ließ sich auf das Sofa fallen und dachte nach. Das Verschwinden der Videogames hatte sein Leben stark verändert. Er war nicht mehr der millionenschwere eSportler Orkus666, sondern einfach nur Neil Desmond, der als Putzmann arbeitete. Es war naheliegend, dass die Nichtexistenz der Computerspiele nicht nur Auswirkungen auf sein eigenes Leben hatte, sondern auch auf das der anderen.

Es war durchaus möglich, dass in dieser Welt bestimmte Entwicklungen ohne Computerspiele sehr viel langsamer stattgefunden hatten oder sogar niemals eingeleitet worden waren. Ohne Games gab es keinen eSport und ohne eSport keine Turniere, keine Preisgelder, nichts. Keine eSport-Moderatoren, keine Gamedesigner, keine Gaming-Magazine, keine Cheat-Sammlungen oder Betatester. Niemand stellte Modding-Hardware her, in keiner Fabrik wurden Konsolen, Gamecontroller, VR-Brillen oder Cartridges produziert. Let's Plays existierten genauso wenig wie Cosplays, Spielerezensionen, Machinima oder Internetportale wie Steam.

Die Computerspielindustrie war ein wichtiger Katalysator für die Weiterentwicklung von Hardware gewesen. Immer schnellere Grafikkarten, größere RAM-Bausteine, SSD-Festplatten, Low-Ping-Verbindungen – dass all diese Errungenschaften mit der Zeit kostengünstiger wurden, lag zu einem überwältigenden Anteil an der unersättlichen Nachfrage der Gaming-Community. High-End-Hardware wurde zwar auch in anderen Gebieten genutzt, aber erst der Erfolg der Videogames hatte den Anstoß zur Massenproduktion von leistungsstarken Grafikkarten, schnelleren RAM-Bausteinen und Prozessoren gegeben. Nahm man die Computerspiele aus dieser Gleichung heraus, musste dies massive Auswirkungen auf das Hardware-Angebot haben. In dieser Welt wurden High-End-Computer nur in einem professionellen Umfeld genutzt – vielleicht in Special-FX-Studios oder bei der NASA – und kosteten viel Geld.

»So viel haben wir nicht«, murmelte Neil und ballte die Hände zu Fäusten. Es war zum Verzweifeln.

»Können wir nicht auch mit gebrauchten Computern arbeiten?«, fragte Trevor. »Vielleicht finden wir da was Günstiges!«

Martha nickte, während sie mit ihrer Halskette spielte, an der ein Totenschädel mit herzförmigen Augen hing. »Wir haben ein Mitarbeiter-Forum bei ATRIA, da werden immer mal wieder Computer angeboten. Aber für etwas halbwegs Anständiges brauchen wir trotzdem um die 2000 Dollar.«

»Für drei Rechner?«

»Für einen.«

Neil fluchte. Nachdem ATRIA sein Gehalt überwiesen und er seine Schulden bei Ms Sánchez beglichen hatte, blieben ihm noch etwa 900 Dollar, die kaum für seinen Lebensunterhalt ausreichten. 2000 Dollar für einen Rechner waren einfach nicht drin. Es würde Monate dauern, den Betrag anzusparen. Und er bezweifelte, dass es Trevor anders ging – er arbeitete in einem Fast-Food-Restaurant und gab sein Erspartes für Gras und Metal-CDs aus. Martha schien die Einzige zu sein, die nicht vollkommen pleite war.

»Ha! Vergiss es!«, rief sie, als sie Neils Blick bemerkte. »Ich arbeite erst seit zwei Monaten als Programmiererin und muss die nächsten fünf Jahre meinen Wagen abbezahlen ...«

Frustriert blickte Neil in die Runde. »Vorschläge?« Aber Martha und Trevor schauten nur ratlos zurück. Neil fuhr sich mit beiden Händen durchs Gesicht.

Maria, die auf dem Boden gesessen und mit Catherine auf Trevors Laptop gespielt hatte, stand auf und setzte sich neben Neil auf das Sofa. Sie trug ein rotes T-Shirt, eine kurze schwarze Sporthose und war barfuß. Ihre Knie wiesen zwei Schürfwunden auf, die sie sich wohl beim Spielen zugezogen hatte. Sie legte eine Hand auf Neils Schulter und sah ihn ernst an.

»Ich habe eine Idee für ein Spiel«, sagte sie. »Ich finde, du solltest was mit Ponys machen! Weil Ponys mag jeder, und ich hätte auch gern eines.« Neil musste lächeln.

»Ein Pferdespiel?«

Maria schüttelte heftig den Kopf. »Nein, Ponys! Die sind besser! Mein Onkel Paco in Mexiko hat Pferde und auch ein Pony, und das ist viel niedlicher!«

Neil musterte das Mädchen. »Dein Onkel ...«, murmelte er. Und plötzlich explodierte die Erkenntnis in seinem Kopf: Mario, der Schrottplatz, das Recycling von Leiterplatten, die Fässer voller Platinen, Motherboards, Grafikkarten und RAM-Bausteinen.

»Was wäre, wenn wir die Computer selber zusammenbauen?«, fragte er Martha und Trevor aufgeregt. »Aus Einzelteilen!«

Trevor zuckte mit den Schultern. »Habe ich noch nie gemacht. Glaube nicht, dass das so easy ist ...«

»Wofür gibt es YouTube?«, gab Neil zurück. Dann hielt er inne. »Es gibt doch YouTube, oder?«

Martha nickte. »Die Videoplattform? Klar! Mein Dad hat dort einen Kanal für Kuchenrezepte.«

»Was? Gregory?«, platzte Neil heraus. »Dein Dad backt Kuchen auf YouTube?«

»*50 Shades of Cake*. Hat inzwischen über 8000 Abonnenten. Ich helfe ihm dabei.«

»Ist nicht wahr!« Neil starrte Martha mit einem eingefrorenen Lachen im Gesicht an.

»Das hast du nicht von mir!«, sagte sie schnell.

»Was ist denn jetzt mit den Ponys?«, rief Maria verärgert. »Könnt ihr euch mal *konzertieren*?«

Trevor, Neil und Martha mussten laut lachen, und auch Maria verlor ihren wütenden Gesichtsausdruck und rollte kichernd auf dem Sofa herum. »Das sagt unsere Lehrerin immer in der Schule, wenn wir nicht aufpassen«, gab sie zu.

»Okay, also, am Samstag fahren wir nach San Diego zu Mario«, fuhr Neil schließlich fort, als sich alle wieder beruhigt hatten. »Bis dahin gucken wir YouTube-Tutorials, wie man einen PC zusammenbaut. Und dann ...«

»… programmieren wir Space Invaders!«, vollendete Trevor den Satz.

Maria sprang vom Sofa. »Mit Ponys!«, quietschte sie vergnügt.

Mario und Melissa freuten sich, Neil wiederzusehen, und begrüßten Martha und Trevor ebenso herzlich wie ihn. Neil erklärte kurz, weswegen sie gekommen waren.

»Hm«, brummte Mario. »Ihr könnt gerne die Fässer und Kisten durchsuchen. Ob ihr da fündig werdet, kann ich euch aber nicht sagen. Ich habe keine Ahnung, woher die Leiterplatten stammen. Die sind nicht nur von Computern. Solche Platten finden sich in allen möglichen Geräten. Stereoanlagen, Waschmaschinen, sogar in manchen Spielzeugen. Viele sind schon kaputt, wenn wir sie bekommen. Ihr müsst auf Schmauchspuren oder Risse achten.«

Martha nickte. »Ich kenne mich ein wenig aus. Ein Motherboard oder eine Grafikkarte kann ich identifizieren.«

Mario zuckte mit den Schultern. »Ihr werdet auch ein Gehäuse benötigen. Kommt mal mit.« Er führte sie zur rechten Seite der großen Halle, in der auch die Shakertables ratterten, und zu einem Tisch mit Werkzeugen. »Die Fässer mit den Leiterplatten, die dort drüben stehen, werden uns so angeliefert, sozusagen schon vorsortiert, aber wir nehmen auch selber Elektroschrott auseinander. Wir trennen die Platinen heraus und sortieren den Rest in Metall und Kunststoff. Hier ...«, er deutete mit einem Finger auf einen Frachtcontainer, »sammeln wir die neuen Anlieferungen. Da solltet ihr zuerst einmal reinschauen.«

Er öffnete die Metalltüren des Containers. In ihm stapelten sich Elektrogeräte aller Art. Alte Fernseher, Telefone, Mixer, Boxen, Lampen und ... Computer. Schon auf den ersten Blick entdeckte Neil fünf graue Computergehäuse in dem Schrott, eines davon arg in Mitleidenschaft gezogen, aber die anderen schienen in einem guten Zustand zu sein. Auch ein Flachbildschirm stand auf der rechten Seite, die Oberfläche unversehrt. Neil grinste breit.

»Viel Glück! Seid nicht allzu traurig, wenn vieles nicht funktioniert. Wir sind immerhin ein Schrottplatz! Ihr könnt die Werkzeuge gerne benutzen!« Mario tippte sich an seinen Strohhut und begab sich zu den Shakertables. Neil, Martha und Trevor machten sich an die Arbeit.

Der Schrottplatz stellte sich als echte Fundgrube heraus. In dem Frachtcontainer fanden sie insgesamt zehn Monitore, zwei davon funktionierten auf Anhieb. Ein dritter, nachdem Trevor ein Kabel ersetzt hatte. Durch YouTube-Tutorials hatte er gelernt, einen Lötkolben zu benutzen. Martha wählte die drei Gehäuse aus, die am besten aussahen, und schraubte aus anderen Computerleichen Motherboards und Netzteile heraus. Da sie sich von den dreien am besten mit der Hardware auskannte, hatte sie den Zusammenbau übernommen. Neil und Trevor arbeiteten ihr zu, durchsuchten die Fässer nach passenden RAM-Bausteinen, Grafikkarten, Kabeln, Lüftern und Festplatten. In den meisten Fällen ertönte beim Einschalten ein enervierendes Warnsignal, das auf defekte Hardware hinwies, aber hin und wieder drückte Martha den Knopf und auf dem Bildschirm erschienen weiße Buchstaben auf schwarzem Grund. Anscheinend war das ein Erfolg, denn Martha klatschte jedes Mal zufrieden in die Hände.

Als sie am Abend den Schrottplatz verließen, war es ihnen tatsächlich gelungen, drei funktionierende Systeme zusammenzustellen, sogar je mit eigener Maus und Tastatur. Zur Sicherheit hatte Martha noch einige Ersatzteile mitgenommen: zwei Grafikkarten, eine Handvoll RAM-Bausteine, Netzteile und zusätzliche Festplatten. Mario verkaufte ihnen das Ganze für zehn Dollar pro Kilo, und somit zahlten sie für alles zusammen gerade einmal 380 Dollar.

»Hätten wir das Zeug neu gekauft, wären das sicher mehr als 10.000 Dollar gewesen«, freute sich Martha auf dem Rückweg. Sie saßen zu dritt in Neils altem Ford. In der Ferne hing die Sonne dicht über dem Wasser, glutrot und riesig, und Neil genoss den Ausblick, der sich ihm bot. Sie hatten heute viel erreicht. Obwohl sie ihre Hardware auf einem Schrottplatz zusammengeklaubt hatten, lagen die daraus entstandenen Computer laut Martha in der oberen Leistungsklasse. Mit anderen Worten: Der Gründung des ersten Spielestudios dieser Welt stand nichts mehr im Wege.

»Wie sollen wir unser Studio denn nennen?«, fragte Martha, als Neil seinen Wagen in der Einfahrt der Lexington Street 473 parkte.

»Gute Frage«, antwortete er und dachte nach.

»Wie wärs mit ›Lizzard Games‹?«, fragte Trevor und zeigte auf das Garagentor, auf dem das Graffiti der gelben Eidechse mit dem Irokesen und der Brille im Scheinwerferlicht aufleuchtete. »Dann hätten wir auch ein cooles Logo.«

»Lizzard Entertainment!« Neil lächelte. Es war passend. Er hatte *WoW* und *StarCraft* geliebt. *Diablo* nicht so sehr, vor allem als die Micropayments eingeführt wurden, aber dafür gab es alte Klassiker wie *Blackthorne*, *The Lost Vikings* oder *Rock'n'Roll Racing*, die sich ihren Platz in seiner privaten *Hall of Fame* gesichert hatten. Er besaß SNES-Cartridges von allen dreien – nun, er *hatte* sie besessen. Und gespielt. Er war stundenlang durch die düstere Welt von *Blackthorne* geschlichen, um sein Volk von dem Joch des niederträchtigen Sarlac zu befreien. Er hatte mit *World of Warcraft* seine ersten Raids erlebt, er hatte *HearthStone*, *StarCraft* und *Overwatch* gezockt. Dass sein eigenes kleines Studio eine geheime Reminiszenz an *Blizzard Entertainment* sein würde, gefiel ihm.

Trevor nickte zustimmend. »Nice!«

Sie luden die Technik von der Ladefläche des Pickups. Der einzige Tisch in der Garage war der niedrige Couchtisch, auf dem der Fernseher stand. Neil räumte kurzerhand die Kommode frei und stellte den Fernseher darauf. »Wir nehmen die Kissen vom Sofa und setzen uns an den Couchtisch«, sagte er, »bis wir irgendwo ordentliche Möbel herbekommen.«

Drei ramponierte Computer an einem zu niedrigen Tisch in einer armseligen Garage mitten im Nirgendwo des kalifornischen Siedlungsgebietes. Lizzard Entertainment war wirklich das schäbigste Entwicklerstudio, das Neil je gesehen hatte. Aber es war seines. Und es war das einzige auf der Welt! Zusammen mit Trevor und Martha konnte in diesen vier Wänden Großes entstehen, und die Verwirklichung von *PentaGods* war ein gutes Stück näher gerückt. Sie waren jetzt ein Team. Zufrieden betrachtete er seine beiden Programmierer, die schon die erste Software auf den neuen Computern installierten. Die Gründung ihres Studios musste gefeiert werden. In angemessenem finanziellem Rahmen, natürlich.

Neil bestellte Pizza.

Als er am nächsten Morgen aufwachte, blieb er nicht wie sonst an einem Sonntag faul im Bett liegen, sondern streckte sich ausgiebig und stand auf. Er fühlte sich so gut wie schon lange nicht mehr. Sie hatten gestern so viel geschafft! Die neuen Computer, der Name für ihr kleines Studio, die Pläne, die sie geschmiedet hatten. Es war aufregend, elektrisierend! Er wollte etwas tun, er wollte am liebsten sofort mit der Programmierung von *Space Invaders* beginnen; irgendwie musste er diese

Energie, die in ihm steckte, freilassen. Er drohte, vor lauter Tatendrang zu platzen.

Gut gelaunt nahm er sich eines der Pizzastücke, die noch vom Vortag übrig waren, und ließ das Garagentor hinauffahren. Frische Luft und Sonne. Das kalifornische Wetter enttäuschte ihn nicht. Gegenüber, auf der anderen Straßenseite, arbeiteten zwei Männer an der Plakatwand. *SmootchiDoo* und der lachende Esel wurden überklebt. Mit einer Leiter und zwei Besen an langen Stangen brachten sie gerade die letzte Bahn des neuen Plakates an. Und Neil fiel das Stück Pizza aus der Hand.

SPACE INVADERS stand in großen, stählernen 3D-Buchstaben auf dem neuen Plakat. Darunter »*a new game for your smartphone – get it now!*«. Auf der linken Seite das Bild eines Mobiltelefons, auf dem Bildschirm die typischen Pixelmonster, fünf Reihen mit je elf Aliens, am unteren Ende eine Laserkanone und vier Bunker in Grün. Es war eins zu eins das originale *Space Invaders*. Hinter dem Smartphone eine riesige Explosion, fliegende Raumschiffe, Laserschüsse. Ein QR-Code und der Link zu einer Website hingen schwerelos im Weltall.

Und rechts unten in der Ecke das Logo von ATRIA Data Alliance.

KAPITEL 11

»Das war Kirilla! Diese falsche Schlange!« Neil war außer sich und lief mit geballten Fäusten von links nach rechts und wieder zurück. Martha und Trevor saßen auf dem Sofa und blickten abwechselnd auf den wütenden Neil und auf das *Space Invaders*-Plakat, das auf der anderen Straßenseite prangte. Es war die erste Krisensitzung von Lizzard Entertainment, und sie hatten noch nicht einmal damit begonnen, ein Spiel zu programmieren.

»Das wäre überhaupt nicht ihre Art, ich habe schon öfter mit ihr ...«, begann Martha, aber sie wurde von Neils wütendem Aufschrei unterbrochen.

»Wer denn sonst? Sie und Anderson, das waren die Einzigen, mit denen ich gesprochen habe. Die haben den Erfolg von PONG gesehen – guck mal, eine Million Downloads – und plötzlich ist der Groschen gefallen, dass die Idee von dem dummen Putzmann vielleicht doch gar nicht so dumm ist. Und – hey! – der hatte doch noch weitere Spielideen, dann lass uns doch schnell eine von denen umsetzen und uns einen Teil vom Kuchen abschneiden.«

Neil blieb plötzlich stehen. »Oh, verdammt«, sagte er leiser und fuhr sich durch die Haare. »Ich habe denen ja nicht nur *Space Invaders* gezeigt. Sondern auch *Pac-Man*! Und *Street-Fighter*! Mit den Moods habe ich denen die Spiele sozusagen vor die Füße gelegt.«

Trevor saß mit grimmiger Miene auf dem Sofa. Er trug ein Iron-Maiden-T-Shirt und sah fast so wütend aus wie der Eddie auf seiner Brust. »Dann verklagen wir ATRIA eben!«

Martha schüttelte den Kopf. »Vergiss es! Wir müssten erst einmal beweisen, dass ATRIA die Idee von Neil geklaut hat. Es gibt keinen Schriftverkehr, keinen offiziellen Termin, nichts! Da steht deren Wort gegen unseres, und ATRIA hat ein ganzes Stockwerk voller Anwälte, gegen die kommen wir nicht an. Keine Chance! Außerdem ist es wahrscheinlich, dass die inzwischen Patente angemeldet haben.«

Und ATRIA hat mehr Programmierer, dachte Neil verbittert. Die Entwicklungszeit von *Space Invaders* hatte maximal vier Tage betragen, vielleicht sogar weniger. ATRIA verfügte über genug Manpower, sogar um parallel schon an einem zweiten Titel zu arbeiten. Selbst wenn Martha und Trevor heute noch mit der Arbeit an *Pac-Man* oder *Street Fighter* beginnen würden, war es unwahrscheinlich, dass sie ATRIA mit einer Veröffentlichung zuvorkommen konnten. Tagsüber steckten sie alle drei noch in ihren Jobs, und keiner von ihnen konnte es sich leisten zu kündigen.

Er war so naiv gewesen! Er hatte sich von der neuen Kirilla täuschen lassen. Sie schien seriös und kontrolliert und aufrichtig, aber sie kannte die psychologischen Spielchen offensichtlich genauso gut wie die alte Kira-Nightingale. Und sie war ebenso ehrgeizig; sie nahm Chancen wahr, wenn sich ihr welche boten, und kümmerte sich nicht allzu sehr um moralische Dilemmas, die sich daraus ergaben. Ihr feiner Chef Ethan Anderson hatte Kirilla für diesen Coup wahrscheinlich sogar befördert. Ihm traute Neil dieselbe Kaltschnäuzigkeit zu, wenn nicht sogar Schlimmeres. Vielleicht war Ethans ganzer Auftritt – die abweisende Art, der Diskurs über harte Zahlen und Business-Analysen, das demonstrative Wegwerfen der Moods – ein einziges Schauspiel gewesen, und er war der Idiot, der sich hatte täuschen lassen.

In den nächsten Tagen erschienen Plakate, Anzeigen und Werbespots von *Space Invaders*, und es kam Neil vor, als seien die Werbungen allein an ihn gerichtet, als verhöhne ATRIA ihn damit. Nahezu stündlich erinnerten ihn Jingles, Print- oder Online-Ads an seine Naivität. Eine großangelegte Werbekampagne pries das neue Medium Computerspiel an, und die amerikanische Bevölkerung folgte dem Ruf: Der Download-Counter von *Space Invaders* hatte PONG schon bald überholt. Artikel wurden veröffentlicht, zunächst nur auf kleinen Special-Interest-Websites, doch als die App, die für 1,99 Dollar angeboten wurde, fünf Millionen Downloads knackte, begannen sich auch News-Outlets und Printmedien dafür zu interessieren. Plötzlich witterten Finanzportale eine neue Investmentmöglichkeit, einen Geheimtipp für risikofreudige Finanziers. Technikbegeisterte riefen eine neue Ära des Entertainments aus, und die Appstores richteten eine zusätzliche Kategorie ein: Games.

Und Neil fiel noch etwas auf: *Space Invaders* war nicht nur in den USA bekannt. Auch in Europa, in China, Japan und Australien begannen die Menschen, sich für diese neue Art der Unterhaltung zu interessieren. PONG profitierte sogar in gewisser Weise von diesem Interesse, da viele zunächst ein kostenloses Spiel ausprobieren wollten. Und ähnlich wie bei der Veröffentlichung von PONG wurde auch *Space Invaders* kopiert. Allerdings gerieten diese meist recht offensichtlichen Plagiate umgehend ins Visier des ATRIA-Anwaltsbataillons. Viele der Nachbildungen verschwanden dementsprechend schnell wieder, doch einigen Entwicklern gelang es, eine Gameplay-Variante zu erstellen, die gegen einen Plagiatsvorwurf bestehen konnte.

Neue Spiele wurden veröffentlicht, mit kruden Grafiken und oftmals ohne Animationen oder Soundeffekte. Programmierer auf der ganzen Welt begannen zu experimentieren, sie veränderten die Perspektive, die Bewegungsfreiheit, platzierten neue Gegner oder variierten die Schussfrequenz. Neil entdeckte Spiele, die ihn stark an *Defender* und *Asteroids* erinnerten, in dieser Welt jedoch *Human Protector* und *Space Rocks* hießen. Andere Veröffentlichungen spielten sich wie *Galaga*, *Centipede* oder *Missile Command*, wiesen jedoch vollkommen andere Grafiken auf. Dennoch waren die Parallelen zu frühen Arcade-Hits unverkennbar. Es schien, als wolle das Universum das Gleichgewicht wiederherstellen, als versuche es, den Glitch der fehlenden Videogames selbst zu reparieren.

Und mitten in diesem Netz aus Weiterentwicklungen und neuen Ideen saß ATRIA wie eine fette Spinne. *Space Invaders* dominierte die Top Ten und wurde als das erste echte Computerspiel vermarktet. Es war zum Grundstein einer neuen Branche deklariert worden, während PONG als Experiment abgetan wurde. ATRIA Data Alliance galt als visionäre Tech-Company und als der weltweit größte Spieleentwickler. Die Marketingabteilung nutzte die Publicity, um den nächsten Titel anzukündigen: *Pac-Man*. Für Neil ein weiterer Schlag ins Gesicht.

»Nun komm schon, Junge, guck nicht so deprimiert«, sagte Gregory eines Tages und legte Neil eine Hand auf die Schulter. »Es lohnt sich einfach nicht, wegen so etwas Trübsal zu blasen. Rückschläge gehören zum Leben wie Gelenkschmerzen zum Alter. Keiner mag sie, aber man muss sich mit ihnen arrangieren.«

Doch Gregory irrte sich. Neil war nicht trübsinnig. Er war wütend! Auf ATRIA, aber auch auf sich selbst. Und er dachte nicht daran aufzugeben, auch wenn er Martha und Trevor angewiesen hatte, die Füße still zu halten. Die Antwort auf ATRIAs Veröffentlichungen musste monumental werden – ein Erdbeben in der gerade entstehenden Gaming-Community. Etwas, das keinen Zweifel daran ließ, dass *er* an der Spitze der Innovation stand. Lizzard Entertainment würde ATRIA von ihrem unrechtmäßig erworbenen Thron stoßen.

Doch das war einfacher gesagt als getan. Am nächsten Freitag schließlich rief er Gregory an und meldete sich krank. Er brauchte Zeit zum Nachdenken, um eine Entscheidung treffen zu können. Je länger er diese vor sich herschob, desto weiter konnte ATRIA seine Vormachtstellung ausbauen. Er musste den richtigen Titel wählen, der erstens für Trevor und Martha umsetzbar war, sich zweitens von den veröffentlichten Spielen ausreichend absetzte, ohne jedoch – drittens – die Leute mit allzu innovativen Features zu überfordern. Keine einfache Aufgabe.

Nachdem er sich den ganzen Vormittag über den Kopf zermartert hatte, beschloss Neil, die Garage zu verlassen. Er brauchte frische Luft, außerdem konnte er den Spaziergang für einen Abstecher zu einem 7Eleven nutzen. Drei Dosen Energydrinks, eine Packung Toastbrot, Instant Noodles, Peanuts, Chips, Orangensaft, String Cheese, italienische Salami und eine neue Zahnbürste. Zwei Äpfel für das gute Gewissen. An der Kasse sprangen ihm die Schlagzeilen der Magazine und Zeitungen ins Auge: *Space Invaders is a Stroke of Genius – Why You Should Try Space Invaders – The Secret of ATRIA's Success – Pac-Man: Everything You Need to Know.* Er zahlte und verließ den Laden, so schnell es ging.

Als er wieder in die Lexington Avenue einbog, sah er schon von Weitem, dass zwei Fahrzeuge vor der Garage parkten. Eines davon war Marthas gelber Honda. Drei Personen standen daneben, die sich beim Näherkommen als Martha, Gregory und … Kirilla Angelis herausstellten. Neils Miene verhärtete sich. Was zur Hölle hatte Kirilla hier zu suchen? War es nicht genug, dass ATRIA ihn 24 Stunden am Tag mit der Werbung belästigte? Musste ihm auch noch Kira zu Hause auf die Nerven gehen?

»Es ist nicht, was du denkst …«, rief Martha ihm zu, bevor er etwas sagen konnte. Stumm ging er zu ihnen, stellte die Papiertüte mit den Einkäufen vor die Garage und musterte die drei. Martha war nervös und trat unruhig von einem Bein aufs andere. Sie spielte mit ihrer Halskette, an der heute ein etwa vier Zentimeter großes Quietscheentchen hing. Gregory sah aus wie sonst auch, er hatte sogar noch den ATRIA-Overall an. »Halsschmerzen also, ja?«, brummte er und ließ Neil durch ein Augenzwinkern gleichzeitig wissen, dass er ihm wegen der Lüge nicht böse war.

Kirilla wirkte verändert. Auf den ersten Blick schien sie makellos wie immer, doch wenn er genau hinsah, konnte er kleine Mängel in ihrem Erscheinungsbild erkennen. Einzelne Strähnen waren dem streng nach hinten zusammengebundenen Dutt entkommen. Der Kragen war auf der linken Seite leicht zerknittert, und am Ärmel ihres Blazers entdeckte er einen Fleck, wahrscheinlich Kaffee. Kein Make-up, was – wie Neil fand – sogar besser aussah. Ihre Schuhe erschienen fast schon *casual* gegenüber den Stilettos, die sie üblicherweise trug.

Er war durchaus neugierig, was zu dieser »Entgleisung« geführt hatte und weswegen Kirilla sich herabließ, ihn in seiner bescheidenen Behausung aufzusuchen. Doch er sträubte sich, einfach so zu tun, als sei nichts gewesen; seine Feindseligkeit würde sich nicht einfach in Luft auflösen, und so beschloss er, gar nichts zu sagen, sondern sie nur anzusehen. So wie sie es auch mit ihm gemacht hatte. Es war vielleicht kleinlich, aber immerhin ein wenig Genugtuung.

Kirilla räusperte sich. »Neil, ich ... Es tut mir leid.«

Neil zuckte mit den Lidern, hatte sich aber schnell wieder unter Kontrolle. Das hatte er nicht erwartet.

»Es tut mir wirklich leid«, wiederholte sie. »Ich habe dich und deine Idee nicht ernst genommen. Ich habe dein Spiel ... PONG ... vollkommen unterschätzt. Und ich habe auch nie geglaubt, dass so etwas für ATRIA von Interesse sein könnte.« Sie machte eine kurze Pause. »Offensichtlich habe ich mich in beidem geirrt ...« Neil reagierte weiterhin nicht, auch schon deshalb, weil er nicht genau wusste, worauf Kirilla hinauswollte.

»Ethan war unnötig hart zu dir, aber so ist er öfter, auch mit mir. Mich hat nur gewundert, dass er deine Zeichnungen wieder aus dem Papierkorb geholt hat, nachdem du im Fahrstuhl verschwunden warst. Er hat sie mitgenommen. Nachdem PONG so erfolgreich wurde, hat er mich beauftragt, ein Team zusammenzustellen, um *Space Invaders* programmieren zu lassen. Ich sollte das zu meiner *Top-Priority* machen.«

»Hast einen guten Job gemacht ...«, knurrte Neil mit einem Blick auf das Plakat auf der anderen Straßenseite.

»Neil«, unterbrach Martha ihn. »Kirilla wurde gefeuert. Sie arbeitet nicht mehr bei ATRIA. Weil sie sich geweigert hat, deine Ideen ohne dein Einverständnis umzusetzen.«

Überrascht blickte er erst zu Martha, dann zu Kirilla. Das würde die Makel erklären. Wenn sie tatsächlich ihren Job verloren hatte, war das keine Kleinigkeit. Es bedeutete Stress, plötzliche Umorientierung, Zukunftsangst, vielleicht auch finanzielle Unsicherheit – er stellte fest, dass er kaum etwas über Kirillas Lebenssituation wusste. Und was vielleicht noch viel schlimmer war: Es bedeutete, dass sie nicht die kaltschnäuzige, berechnende Betrügerin war, für die er sie gehalten hatte. Auch er hatte sich geirrt.

»Das stimmt.« Kirilla nickte. »Ich habe Ethan damit konfrontiert, dass ATRIA keine Rechte an der Idee hat. Aber Ethan war das egal. Er meinte, die Anwälte würden das im Fall des Falles für ihn klären. Also habe ich mich geweigert. Daraufhin hat er mir fristlos gekündigt.«

Immerhin in Ethan hatte Neil sich nicht geirrt. Der Mann ging über Leichen. Und er hatte Erfolg damit. »Tut mir leid für dich«, brummte Neil. Doch Kirilla winkte ab.

»Mir geht's gut. ATRIA muss mir eine ordentliche Abfindung zahlen. Aber«, sagte sie und presste kurz die Lippen aufeinander, »ATRIA ist schon dabei, auch die anderen Spiele umzusetzen. Ich habe noch ein paar alte Freundinnen dort, die mich auf dem Laufenden halten. *Pac-Man* ist ja schon angekündigt. Aber die entwickeln noch eines, den Namen habe ich aber vergessen.«

»*Street Fighter*«, murmelte Neil.

»Genau! Aber das Spiel wollen sie mit zusätzlicher Hardware herausbringen, die hattest du in deinem Vortrag auch erwähnt. Mit einem Joystick.«

Gregory lachte laut auf, und zuckte mit den Schultern, als die anderen drei nicht mit einstimmten. »Joystick klingt für mich unanständig. Das können die doch niemals unter dem Namen verkaufen. Und auch noch für Kinder!«

»Jedenfalls«, fuhr Kirilla fort und atmete tief ein, »wollte ich dich wissen lassen, dass ich bereit wäre, für dich auszusagen, solltest du vor Gericht gehen wollen.

Immerhin war ich Projektmanagerin, mein Wort könnte da Gewicht haben ...«

Kirilla verstummte. Alle blickten Neil an, warteten auf eine Reaktion. Martha hatte die Augen weit geöffnet und ein Lächeln auf den Lippen, als wollte sie sagen: *Das ist doch toll, oder?* Aber Neil schüttelte den Kopf. »Danke für das Angebot, ist nett, aber ich werde nicht gegen ATRIA vor Gericht ziehen. Lohnt sich nicht.«

»›Lohnt sich nicht‹?«, wiederholte Gregory. »Junge, Martha hat das mal ausgerechnet, die haben mit diesem Space-Dingens inzwischen locker über eine Million Dollar eingenommen! Gewinn! Nicht Umsatz!«

Neil nickte. »Und das wird noch wesentlich mehr werden. Ist mir klar.«

»Na, worauf wartest du dann?«, rief Gregory. »Wir sind in den USA! Wir haben das liberalste Rechtssystem der Welt! Denk an Glyphosat, denk an BMW, die Geschichte mit den Airbags, General Motors, BP, Johnson & Johnson. Da gibt es Anwälte, die machen extra Werbung dafür, die helfen einem, gegen die großen Corporates anzukommen, Saul Goodman oder wie die heißen.«

»Saul Goodman ist von *Breaking Bad*, Dad.«

»Na, von mir aus. Dann halt ... Morbid & Morbid oder Lawkins & Mayweather oder wie die alle heißen. Da gibt's einen ganzen Haufen Kanzleien!«

Neil hob abwehrend die Hände. »Erstens habe ich keine Lust, die nächsten Monate, vielleicht sogar Jahre in Gerichtssälen zu verbringen. Das bringt doch nichts! Am Ende läuft das auf einen Vergleich hinaus, bei dem

ATRIA ein paar Dollar zahlen muss und sich die Hände reibt. So leicht will ich die nicht davonkommen lassen. Und zweitens haben wir jetzt unsere eigenen Computer! Vom Schrottplatz zwar, aber immerhin!« Er hielt inne und überlegte kurz.

»Vom Schrottplatz«, murmelte er und grinste schließlich. Er wusste endlich, welches Spiel sie entwickeln würden. Lizzard Entertainment würde ATRIA mit einem Paukenschlag den Krieg erklären. Er holte die Chipstüte aus der Einkaufstasche und riss sie auf, nahm sich eine Hand voll und reichte die Tüte an Martha weiter. »ATRIA hat gerade einmal drei Spiele. Das ist nur die Spitze. Ich habe den Eisberg darunter.«

Martha lächelte ihm zu, und Neil wusste sofort, dass er auf sie zählen konnte. Gregory schüttelte immer noch ungläubig den Kopf und beschloss, seine Aufmerksamkeit lieber der Chipstüte zu widmen. Kirilla aber sah ihn neugierig an. »Soll das heißen, du hast noch mehr Ideen? Für weitere Computerspiele?«

»Hunderte! Das Problem ist die Zeit, weil wir alle noch in unseren Jobs gefangen sind.«

Sie blickte ihn kurz mit zusammengekniffenen Augen an und schien zu überlegen.

»Dann lass mich helfen«, schlug sie schließlich vor. »Martha hat mir von eurem Studio erzählt. Lizzard Entertainment, richtig? Wie inzwischen alle wissen, bin ich zurzeit auf der Suche nach einer neuen Stelle. Als Referenz kann ich vorweisen, dass ich drei Jahre lang Projektleiterin bei ATRIA war und für Ethan Anderson gearbeitet habe.« Sie grinste. »Ich bin also hochmotiviert, denen in den Arsch zu treten. Und da ATRIA mir eine großzügige Abfindung zahlt, könnte ich dieses Geld – gegen eine Firmenbeteiligung von 25 %, versteht sich – in Lizzard Entertainment investieren. Damit zum Beispiel Gehälter gezahlt werden können und niemand mehr ›in seinem Job gefangen ist‹ ...«

Neil stutzte. Das war ein verlockendes Angebot. Aber konnte er Kirilla wirklich trauen? Bis vor wenigen Minuten hatte er sie für die Mutter aller falschen Schlangen gehalten – nicht unbedingt eine gute Grundlage dafür, zusammen ein Gamestudio zu gründen. Zudem gab es da noch diese tiefsitzende Aversion, die aus der Zeit ihrer eSport-Rivalität stammte, wenn sie auch zugegebenermaßen nicht dieser Kirilla galt, sondern der alten KiraNightingale. Die Frau war einfach verwirrend! In beiden Welten! Die Frage blieb trotzdem, wie stark sich Kirilla wirklich von KiraNightingale unterschied ...

»Ich habe 60.000 Dollar«, sagte Kirilla vorsichtig, als Neil länger nicht geantwortet hatte. »Ich komme euch nicht in die Quere. Alle kreativen Entscheidungen bleiben bei dir, ich kümmere mich um Vertrieb, Businesspartner, Promotion, da verstehe ich mehr davon.«

Neil biss sich auf die Unterlippe. Sein Instinkt sagte ihm, dass Kirilla ihn reinlegen wollte, dass alles ein großangelegter Trick war. Die Entlassung konnte vorgetäuscht sein, dazu eine großzügige Spende von 60.000 Dollar – Peanuts für ATRIA –, um Vertrauen aufzubauen. Sollte sie für ATRIA spionieren, konnte sie über alles berichten, was in Neils Garage besprochen wurde. Aber die Chance, die sich ihm und damit Lizzard Entertainment bot, war verlockend. Sie könnten sich mehrere Monate vollends auf die Entwicklung konzentrieren. Zweifelnd blickte er zu Martha, die ihm fast unmerklich zunickte – in ihrem Gesicht glaubte er, eine gewisse Vorfreude zu erkennen. Sie schien bereit, fast schon begierig, diesen Schritt zu machen. Sie hatte von Anfang an positiv von Kirilla gesprochen. Martha vertraute ihr. Konnte er das auch?

»Ich unterschreibe euch ein NDA«, sagte Kirilla plötzlich.

»Ein was?«

»Ein *Non-Disclosure-Agreement*. Das ist üblich in der IT-Branche. Eine Art Vertrag, der mir verbietet, irgendwelche Informationen an Dritte weiterzugeben. Zum Beispiel an ATRIA. Das ist zwar keine Garantie dafür, dass ich keine Spionin bin, aber immerhin hättet ihr eine rechtliche Handhabe.«

Neil blickte Kirilla verlegen an. Sie hatte seine Gedanken erraten, und irgendwie war ihm das unangenehm. Und es machte es noch schwerer, ihr Angebot abzulehnen.

»Also gut«, gab er schließlich nach und bemerkte, dass Martha erleichtert aufatmete. Gregory hatte die Chipstüte inzwischen geleert und zerknüllte den Rest geräuschvoll in seinen Pranken. »Na, dann sind jetzt wohl alle wieder Freunde«, brummte er zufrieden.

»Ich ruf schnell Trevor an«, platzte Martha heraus und entsperrte ihr Mobiltelefon. Sie strahlte über das ganze Gesicht. Kirilla machte einen Schritt auf Neil zu und reichte ihm die Hand. Er nickte und ergriff sie stumm.

»Lass uns ATRIA fertigmachen!«, sagte Kirilla.

»Aber Ethan Anderson gehört mir!«, gab er zurück, und sie lächelte erschöpft, aber auch zufrieden. Plötzlich kamen ihm der Kaffeefleck, die losen Strähnen und die einfachen Schuhe nicht mehr wie Makel vor; er mochte diese Kirilla, die nicht ganz so streng und kontrolliert wirkte. Sie schien freier und gelöster, vielleicht war das aber auch nur der Moment. Neil zumindest hoffte, dass sie nicht wieder in ihre übliche Contenance zurückfiel.

»Hm«, brummte Gregory, der plötzlich neben ihm stand. »Dann werde ich wohl meinen Teamkollegen verlieren. Ist aber nicht die feine englische Art!« Neil wusste nicht, was er sagen sollte.

»Ich mach doch nur Spaß!«, beruhigte Gregory ihn. »Wenn Martha davon überzeugt ist, dann weiß ich, dass ihr da eine gute Sache laufen habt. Ich werde deine missmutige Visage morgens trotzdem vermissen.« Er zwinkerte Neil zu. »Und? Was bringt ihr jetzt als Nächstes heraus? Noch so ein Baller-Game? *Space Fighter*? Oder vielleicht *Street Invader*?«

Neil lächelte. »Nein«, antwortete er. »Unser nächstes Spiel nennt sich *Super Mario*.«

KAPITEL 12

Super Mario war in der neuen Welt kein Klempner, sondern Schrotthändler. Er trug eine blaue Latzhose, rotes Shirt und weiße Handschuhe wie das Original, aber keine rote Schirmmütze, sondern einen Cowboyhut aus Stroh. Den opulenten Schnauzer veränderte Neil zu Mario Sánchez' dünnem Schnurrbart. Und natürlich musste der Super Mario in dieser Welt seine Prinzessin Melocotón retten, nicht Peach. Es sollte eine Überraschung für Mario werden, zum Dank für die günstige Hardware.

Ansonsten hielt sich Neil an das Erfolgsrezept von Shigeru Miyamoto: eine phantastische Welt in gesättigten Farben, niedliches Charakterdesign im Comic-Stil und freundlich lächelnde Wolken im Hintergrund. Von all den *Super Mario*-Spielen erinnerte Neil sich am besten an *Super Mario Allstars*, die Wiederveröffentlichung der NES-Spiele auf dem *Super Nintendo*, da er sie als Kind mehrfach durchgespielt hatte. Zumindest das erste *Super Mario Bros.* kannte er bis ins Detail auswendig. World 1–1. Erste schwebende Fragezeichenbox, *kablink*, erste Münze, die 200 Punkte brachte. Pilzgegner. Zweite Fragezeichenbox, in der sich der erste Fliegenpilz mit Augen befand, der den kleinen Mario in einen großen Mario verwandelte – es sei denn, er war schon aufgeladen; in dem Fall erschien nämlich eine blinkende Blume, die Mario noch einmal verbesserte und ihm einen

Feuerschuss gewährte. Neil kannte die genauen Positionen der versteckten Boxen, der Geheimgänge und der Sterne, die Mario für exakt zehn Sekunden unverwundbar werden ließen. In *Super Mario* gab es kein Tutorial, alles erschloss sich aus dem intelligenten Leveldesign. Natürlich durfte die obligatorische Fahnenstange am Ende des Levels nicht fehlen, bei der man bis zu 5000 Punkte holen konnte, je nachdem, wie hoch man dagegensprang.

Das Wichtigste jedoch waren die Controls, kombiniert mit einer geschmeidigen Bewegungsinterpolation. Mario rannte nicht auf Tastendruck einfach los, sondern beschleunigte für einen kurzen Moment, bis er seine maximale Laufgeschwindigkeit erreichte. Diese Beschleunigung, so unscheinbar sie auch schien, und das minimale Nachgleiten, wenn man anhalten wollte, waren ein Markenzeichen von *Super Mario* – und Neil quälte Trevor, der die Controls programmierte, immer wieder mit Änderungswünschen.

Dabei bewertete Neil seine Arbeit ebenso streng: Seine Aufgabe war die Erstellung der Grafiken, und er stellte schnell fest, dass die pixelgenaue Reproduktion der Sprites eine echte Herausforderung war. Auf seinem Bildschirm flimmerten statische Pixelwolken in 400-facher Vergrößerung, die in dieser Ansicht wenig mit den animierten Charakteren aus seiner Erinnerung gemein hatten. Selbst an etwas so Simplem wie an der Fragezeichenbox arbeitete Neil zwei volle Tage hin. Ein einzelner Farbpunkt war im finalen Bild kaum auszumachen, nahm man ihn jedoch weg, fehlte plötzlich etwas. Es erforderte viel Präzision, die Pixel an die richtige Stelle zu setzen. Doch er lernte mit jedem Sprite, das er fertigstellte. Nach und nach erschlossen sich ihm die Gesetzmäßigkeiten der Pixelgrafik.

Generell hatte die Entwicklung von *Super Mario* nichts mehr mit dem Schnellschuss bei PONG zu tun, sehr zum Leidwesen von Trevor, der sich unter Marthas Anleitung tiefer in die Programmierung einarbeitete und regelmäßig mit verzweifeltem Gesichtsausdruck vor Fehlermeldungen saß. Während ATRIA *Pac-Man* herausbrachte und damit die Rekorde von *Space Invaders* übertraf, hatte Lizzard Entertainment noch nicht einmal das erste Level fertiggestellt. Neil hatte eine klare Vorstellung davon, wie sich *Super Mario* anfühlen sollte, aber das in Worte zu fassen, um es an seine beiden Programmierer weiterzugeben, stellte sich schwieriger heraus als erwartet.

Doch die Pedanterie zahlte sich aus. Als das erste Level zwei Wochen später von vorne bis hinten spielbar war, gab selbst Trevor zu, dass sich die ständigen Anpassungen gelohnt hatten. »Das ist echt etwas anderes als PONG«, gestand er kopfschüttelnd. »Ich meine, PONG macht Spaß und so, aber *das* hier ist echte Unterhaltung!«

Super Mario spielte sich schon so gut, dass die vier Kinder, die nun regelmäßig nach der Schule zu Besuch kamen und die von Martha einfach »Minions« genannt wurden, sich nicht daran störten, nur das erste Level spielen zu können. Sie wiederholten es einfach immer und immer wieder, versuchten, so viele Punkte wie möglich zu sammeln oder die Bestzeit zu unterbieten. Neil stellte amüsiert fest, dass er den ersten Speedrun der Welt beobachtete.

»Es hat gar keine Ponys!«, protestierte Maria bei Neil. Es klang vorwurfsvoll.

»Das stimmt. Die Ponys müssen noch ein wenig warten. Dafür kommen im nächsten Level Schildkröten dazu«, antwortete er ihr. Das schien sie – zumindest für den Moment – zu vertrösten.

Martha und Trevor kamen gut voran. Unter der Anleitung von Neil wurde *Super Mario* Stück für Stück zusammengesetzt, und je weiter die Entwicklung voranschritt, desto schneller konnten neue Level erstellt werden. Martha wendete ihr Wissen aus der ATRIA-Arbeit an und programmierte ein kleines Hilfsprogramm, das ihnen bei der Platzierung von statischen Elementen und Gegnern half.

»Ich nenne es *Magic Asset Placement Tool*«, sagte sie stolz.

»Wie wär's einfach mit Leveleditor?«, fragte Neil.

»Hm«, machte Martha und warf Neil einen argwöhnischen Blick zu. »Leveleditor. Nicht ganz so blumig wie *Magic Asset Placement Tool*, aber nicht schlecht.« Sie schüttelte den Kopf. »Woher hast du nur immer diese vielen Wörter? ›Side-scrolling Platformer‹, ›Speedrun‹, ›Multiplayer‹ und die ganzen Namen für die Monster: Goomba, Koopa Troopa und so. Ist ja fast unheimlich, wie schnell du dir solche Bezeichnungen ausdenken kannst!« Neil zuckte als Antwort nur mit den Schultern und lächelte schief.

An einem Freitagnachmittag saßen sie gemeinsam vor der Garage, tranken Bier und sahen den Kindern dabei zu, wie sie das Spiel zockten. In dieser Woche hatte Martha den Zwei-Spieler-Modus integriert, was von den Kindern begeistert aufgenommen wurde. Neil beobachtete nachdenklich, wie Jerry und Rodrigo enthusiastisch auf die Tastatur von Trevors Laptop eindroschen. Es war erstaunlich, dass das Gerät noch nicht auseinandergebrochen war. Er räusperte sich.

»Sag mal, Kirilla, weißt du irgendetwas über den Joystick? Was sagen deine Kontakte bei ATRIA?«

»Der soll mit *Street Fighter* herauskommen. Für 20 Dollar. Bin aber nicht sicher, wann. Es gibt noch keinen Termin.« Kirilla sah ihn fragend an. Neil zupfte an seiner Unterlippe. Es dauerte ein wenig, bevor er weitersprach.

»Ich würde gerne einen eigenen Controller rausbringen. In Konkurrenz zu ATRIA.«

Jerry und Rodrigo brachen in Jubel aus, da sie irgendein Level geschafft hatten. Nun waren Catherine und Maria an der Reihe.

»Noch einen Joystick?«, fragte Trevor. »Ist es nicht einfacher, den von ATRIA zu benutzen, sobald es ihn gibt?«

»Keinen Joystick. Sondern etwas Neueres, einen Nachfolger sozusagen. Besseres Handling, mehr Möglichkeiten, robusteres Design. Man nennt es … Ich nenne es ›Gamepad‹. Damit könnten wir ATRIA gleich zweifach die Stirn bieten. Zum einen mit dem Spiel, zum anderen mit einer eigenen Hardware.« Neil stand auf, nahm sich ein Blatt Papier und zeichnete die Umrisse eines Gamepads. Links das Steuerkreuz, rechts vier Buttons mit den Bezeichnungen »A«, »B«, »X« und »Y«. Zwei Schultertasten und noch »Start« und »Select«. »Wenn wir wollen, dass *Super Mario* auf Computern gespielt wird, brauchen wir das hier: ein Lizzard-Entertainment-Gamepad. Wir bieten es günstiger an; wenn ATRIA 20 Dollar verlangt, kostet unseres eben nur 15 Dollar oder noch weniger.«

Trevor blickte interessiert auf die Zeichnung. »Ich habe keine Ahnung, wie man so was entwickelt. Oder herstellt. Braucht man da nicht eine Fabrik oder so?«

»Wir brauchen zuerst mal einen Prototyp«, sagte Kirilla. »Den entwickelt ein Ingenieur. Ich habe ein paar Kontakte, bei denen ich anfragen könnte. Erst wenn man weiß, aus welchen Einzelteilen das Produkt besteht, kann man die Herstellung angehen. Aber ich sage euch gleich, das wird nicht billig.«

Jerry kam neugierig herbei und blickte über Trevors Schulter. »Cool! Ist das für *Super Mario*?«

Neil lächelte und nickte. Jerry nahm Trevor das Blatt aus der Hand und betrachtete die Zeichnung eingehend. »Und wie wird das angeschlossen?«

Neil zuckte mit den Schultern. »Mit USB, denke ich. Das wird das Einfachste sein.«

»Also wie eine Tastatur, nur mit weniger Tasten.«

»Genau. Man hält es in beiden Händen, so in etwa.« Neil tat so, als hielte er ein Gamepad in den Fingern. »Man benutzt den linken Daumen für das Steuerkreuz, den rechten für die Knöpfe; mit den Zeigefingern bedient man die Schultertasten.«

»Das wär voll *ace*«, sagte Jerry. »Viel besser als die Tastatur!«

»Was ist denn *ace*?«, fragte Trevor.

»Das sagt man jetzt für ›toll‹ oder ›mega‹. Oder ›super-duper‹. Je nachdem, aus welcher Generation du kommst.« Martha grinste breit.

»Wie auch immer«, fuhr Neil fort. »Gamepad! Wir brauchen so was! Die Spielerfahrung wird dadurch flüssiger. Und wir können ATRIA eins auswischen!«

Kirilla kratzte sich am Kopf. »Dann werde ich wohl mal ein paar Telefonate führen.« Sie stand auf und zückte ihr Smartphone.

Neil blickte ihr nach. Tatsächlich hatte Kirilla ihren Kleidungsstil verändert, seit sie ATRIA verlassen hatte. Sie trug ein einfaches T-Shirt und Bluejeans, angenehm anders als die elegante, seriöse Kleidung von früher. Neil mochte den neuen Look. Und sie hatte sich schnell eingelebt – Martha verstand sich hervorragend mit ihr, aber auch Trevor hatte sie sofort akzeptiert. Ihre Kontakte in die Business-Welt konnten ihnen äußerst nützlich sein, aber das war nicht der einzige Grund, warum Neil sich freute, sie ins Team geholt zu haben. Ihr Interesse an Computerspielen war geweckt – vor allem seit der Multiplayer-Modus funktionierte, hatte er öfter beobachten können, wie sie mit den Kindern oder mit Martha spielte und Spaß dabei hatte.

Er lehnte sich zufrieden zurück. Was für ein Glück, dass er damals nur den Joystick gepitcht hatte. Wenn sie es schafften, das Gamepad kurz nach der Veröffentlichung von *Street Fighter* herauszubringen, dann wäre

ATRIAs Joystick nur wenige Tage nach der Markteinführung schon überholt. Das Gamepad hatte das Potenzial, Lizzard Entertainment auch im Bereich Hardware an die Spitze zu katapultieren.

Eine halbe Stunde später kam Kirilla zurück, die aufgrund des Lärmpegels in der Garage während ihrer Telefonate oftmals auf die Straße flüchtete. Sie verzog das Gesicht zu einer Grimasse. »Schwierig. Von zehn Kontakten sind acht angestellt, davon zwei sogar bei ATRIA. Einer hat sich umorientiert und verkauft jetzt Thermounterwäsche. Bitte keine Fragen dazu, denn ich habe keine Antworten. Der Einzige, der Zeit hätte, meinte, unter 75.000 Dollar wäre da nichts zu machen. Reine Entwicklungskosten.«

Trevor stieß einen Pfiff aus. »Das ist ... viel. Autsch!«

»75.000 Dollar!«, platzte Catherine heraus, die plötzlich neben Neil stand. Sie trug zwei Zöpfe, die wegen der krausen Haare zur Seite abstanden. »Habt ihr *so viel* Geld?«

»Nein«, brummte Neil. »Haben wir nicht. Und damit auch kein Gamepad.«

»Vielleicht sollten wir erst mal das Spiel rausbringen«, sagte Martha. »Wenn sich das verkauft, dann können wir das Gamepad immer noch in Angriff nehmen ...«

Unzufrieden nippte Neil an seiner Flasche Bier. Es wäre so passend gewesen – *Super Mario* und das Gamepad hätten sich zum perfekten Sturm vereinen können. Das Spiel würde auch ohne eigenen Controller ein Erfolg werden, aber gerade die Kombination wäre der harte Schlag gegen ATRIA gewesen, den er sich wünschte.

Jerry hielt immer noch Neils Zeichnung in der Hand. »Dann mach *ich* das halt! Ich will keine 75.000 Dollar!«

Neil lachte. »Lass mich raten, Jerry, du willst lediglich eine Flasche Bier als Bezahlung.« Der Junge hatte schon öfter versucht, ein Budweiser von ihm zu bekommen, indem er ihn zu Matches herausforderte oder versuchte, an den Kühlschrank zu gehen, wenn keiner aufpasste. Bisher ohne Erfolg. Er war ein Lausebengel, dessen breites Grinsen meist verriet, dass er irgendwas aushecke. So wie jetzt.

»Nein, im Ernst!« Jerry riss die Augen auf und tat so, als sei er schockiert und empört von Neils Andeutung. »Ich hab zu Hause einen Elektronik-Baukasten von *Adventure Circuits*. Den großen!«

»Kein Bier!«, blockte Neil ab und nahm demonstrativ einen Schluck aus seiner Flasche. Jerry verdrehte die Augen und ließ die Arme hängen. Catherine kicherte.

Neil stand auf und begab sich zu seinem Schreibtisch – ein stabiler Gartentisch, den Ms Sánchez ihnen überlassen hatte. Seufzend schaltete er den Monitor ein. Die Fahne am Levelende musste überarbeitet werden – zum zehnten Mal. Irgendwas stimmte mit der Animation noch nicht. Die war noch nicht *ace*.

Das Spiel machte große Fortschritte, doch Neil war unzufrieden. Das Gamepad ging ihm nicht aus dem Kopf. Es war eine Geheimwaffe im Kampf gegen ATRIA, und es wurmte ihn, diese Chance ungenutzt zu lassen. Ganz zu schweigen davon, dass auch *Super Mario* sein volles Potenzial nicht entfalten würde, wenn es mit Tastatur gespielt werden musste. Es war frustrierend.

Doch Kirillas Bemühungen, einen Ingenieur aufzutreiben, scheiterten. Es fehlte Lizzard Entertainment einfach an Kapital – während ATRIA diesbezüglich aus dem Vollen schöpfen konnte. Angeblich arbeitete ein ganzes Team aus zehn Männern und Frauen an der Realisierung des Joysticks, und sie kamen gut voran. Inzwischen hatte ATRIA einen Veröffentlichungstermin bekannt gegeben, was für Neil weiter Druck aufbaute. Ihnen lief die Zeit davon.

Ein paar Tage später saßen Martha, Trevor und Neil wie üblich in der Garage. Das Garagentor stand offen, da es in dem kleinen Raum sonst schnell stickig wurde. Sie starrten stumm auf ihre Bildschirme, jeder arbeitete konzentriert für sich, und niemand bemerkte die vier Kinder, die sich in der Einfahrt aufgestellt hatten. Erst als Catherine sich übertrieben laut räusperte, blickte Neil auf.

»Huch ... Hallo Minions!«, sagte Martha. »Ihr seid heute aber früh dran.«

Neil runzelte die Stirn. Die vier hatten sich nebeneinander aufgereiht und wirkten so feierlich und ernst, dass man meinen konnte, sie würden jeden Moment ein Christmas Carol anstimmen. Ihm fiel auf, dass die Kinder nicht wie üblich gekleidet waren. Statt Bermudashorts und L.A.-Lakers-T-Shirt trug Jerry heute eine braune Cordhose und ein weißes Hemd. Auch Catherine hatte sich statt Jeansshorts und Shirt Stoffhose und Bluse angezogen. Rodrigo einen Kommunionanzug. Marias Haare waren mit einer Schleife zurückgebunden, und sie trug ein Kleid. Die vier sahen aus wie zu klein geratene Erwachsene.

Jerry löste sich von der Gruppe und kam feierlich auf Neil zu. Er hielt einen Schuhkarton in den Händen. Ohne ein Wort zu sagen, setzte er die Schachtel vor Neil auf den Tisch und trat einen Schritt zurück. Jerry wirkte auf den ersten Blick ruhig und ernst, doch Neil kannte den Jungen inzwischen zu gut. Ein kaum sichtbares Zucken um die Mundwinkel. Die fest gegeneinander gepressten Hände. Flache Atmung. Der sonst so coole Jerry war aufgeregt wie ein kleiner Junge am ersten Schultag.

Neil warf Martha und Trevor einen Blick zu, die beide ratlos mit den Schultern zuckten. Der Schuhkarton bestand aus brauner Recyclingpappe mit einem schwarzen Aufdruck der Marke *Premium Fledger's – Top Balance 2025*. Doch es war zweifelhaft, dass sich in der Schachtel tatsächlich Schuhe befanden; der Karton war schon älter und hatte offensichtlich über die Jahre als Behältnis für alles Mögliche hergehalten. Mit Edding hatte jemand *Jerry Lawson, 10B, Mountain View High School* auf die Seite geschrieben. Neil griff schließlich nach dem Deckel.

Er hielt überrascht inne. In dem Karton lag ein Gamepad, eingebettet in zerknüllte rote Servietten. Eine weiße Hülle aus Kunststoff, auf der linken Seite ein schwarzes Steuerkreuz, rechts vier schwarze Knöpfe. Daneben hatte jemand mit einem Filzstift die Buchstaben geschrieben. Zwei weitere längliche Knöpfe in der Mitte, ebenfalls schwarz, und Schultertasten. Oben kam ein Kabel heraus, das in einem USB-Anschluss endete. Es hatte die richtige Größe, war vielleicht etwas dicker als die SNES-Gamepads, aber immer noch dünner als die Playstation-Controller. Neil starrte mit offenem Mund auf das Gebilde.

»Tadaaa«, machte Jerry. Die anderen Kinder kamen nun auch näher, und Martha und Trevor standen ebenfalls auf, um zu sehen, was sich in dem Karton befand.

»Holymoly!«, stieß Trevor hervor. »Das gibt's doch nicht! Wie habt ihr *das* denn hingekriegt?« Er drückte testweise ein paar Buttons.

»Ich habe einen Microcontroller aus einer alten Tastatur ausgebaut«, sagte Jerry mit vor Aufregung zitternder Stimme. Er räusperte sich zweimal. »Das war einfacher, als alles neu zu bauen. Ich hab einfach die entsprechenden Tasten ausgebaut und dann alles auf eine Platine gelötet, und Catherine hat die Abdeckungen und die Hülle gemacht, damit es so wie auf der Zeichnung aussieht. Für die Knöpfe habe ich Drucktaster mit Rubber Pads verwendet.«

»Die Schultertasten waren am schwersten«, fuhr Catherine dazwischen. Auch sie war aufgeregt. »Das Material heißt *Polymorph*, damit bastel ich öfter was.« Neil erkannte jetzt kleine Unebenheiten in der Oberfläche des Gamepads. Es waren kleine Mulden, die Catherines Finger beim Modellieren hinterlassen hatten.

Neil schüttelte ungläubig den Kopf. »Das heißt, ich kann das Ding anschließen? Das funktioniert auch?«

Jerry nickte stolz. Er nahm das Gamepad aus dem Karton und steckte es in Neils Computer. Kurz darauf erschien eine Nachricht auf dem Bildschirm, dass ein neues Gerät erkannt wurde. Neil startete *Super Mario*, und Jerry überreichte ihm feierlich das Gamepad.

Neil drückte auf dem Steuerkreuz nach rechts, und Mario begann tatsächlich zu laufen. Er drückte auf »B«, und der Charakter sprang in die Höhe und gegen den ersten schwebenden Klotz. Das Gamepad funktionierte einwandfrei, und Neil spürte einen Kloß im Hals. Der Controller fühlte sich zwar nicht exakt so an wie beim Super Nintendo; die Oberfläche des Polymorph-Materials wirkte weniger wertig, und die Buttons hatten nicht die gleiche Haptik – aber er funktionierte, und das war mehr, als Neil je erwartet hätte.

»Jerry, das ist der absolute Hammer!«, flüsterte er. Jerry strahlte übers ganze Gesicht.

Trevor lachte laut auf und umarmte den Jungen. »Voll *ace*! Du bist ja ein echter Ingenieur!«

»Hab ich doch gesagt!«, rief Jerry und verdrehte in gespielter Frustration die Augen. »Ich bin in der Schule in einem Kurs, in ›Electronics‹. Da bauen wir ständig irgendwelche Sachen. Und an Weihnachten hat mir mein Dad das *Adventure-Circuits-Junior-Kit* geschenkt. Und das Gamepad ist kein wirklich kompliziertes Gerät, das habe ich an einem Nachmittag gemacht, das war easy!« Catherine warf Jerry einen ernsten Blick zu, der sich sofort räusperte und hinzufügte: »Aber das war ich nicht alleine. Catherine ist wirklich gut mit diesem Polymorph-Zeug, und Rodrigo hat von seinem Onkel die Tastatur organisiert.«

»Ich hab auch geholfen!«, rief Maria.

»Ach ja? Was hast du denn gemacht?«, fragte Martha.

»Ich habe Kekse aus der Küche geholt!«, antwortete sie stolz. Sie verschränkte die Arme hinter dem Rücken und trat von einem Bein aufs andere. »Und Mountain Dew!«

Neil gab das Gamepad an Trevor weiter, stand auf und begab sich nach draußen. Er musste Kirilla anrufen. Mit einem funktionierenden Prototyp ergaben sich neue Möglichkeiten, das hatte sie selbst immer wieder gesagt. Es war einfacher, von einer Bank einen Kredit zu bekommen, wenn man ein Produkt in Händen hielt – auch wenn es nur ein vorläufiges Modell war, das aus formbarem Plastik, Heißkleber und recycelten Komponenten bestand. Kirilla versprach, so schnell wie möglich vorbeizukommen.

Nachdenklich blickte Neil in die Garage. Martha spielte gerade, und auch ihr schien das Gamepad zu gefallen. Trevor und die Kinder feuerten sie an, lachten und grölten, und vor allem Maria und Rodrigo konnten vor lauter Aufregung nicht stillhalten und hüpften mit der feierlichen Kleidung auf der Stelle oder tanzten um den Tisch herum. Neil lächelte. Die Minions hatten den Auftritt geplant, sie hatten sich abgesprochen und extra herausgeputzt, damit er, Trevor und Martha sie ernst nahmen. Es hatte funktioniert.

Kirillas Wagen hielt eine Viertelstunde später vor der Garage. Nachdem auch sie ein Level mit dem Gamepad gespielt hatte, nickte sie zufrieden. »Damit lässt sich was machen. Ich weiß genau, wem ich das zeige. Brend Davis. Ein privater Financier, der auch schon in ATRIA investiert hat. Relativ jung, hat reich geerbt, technologieaffin, liebt Start-ups. Und außerdem hat er mich schon zweimal auf ein Date einladen wollen.« Kirilla lächelte in die Runde, und Neil musste sich zusammenreißen, um nicht loszuprusten. Es war das Lächeln der Nachtigall! Das charakteristische Hochziehen des linken Mundwinkels, doch diesmal galt es nicht ihm.

Schließlich blickte sie Jerry an und warf dann Neil einen Blick zu. »Jetzt müssen wir nur noch über die Bezahlung für unser junges Team aus Ingenieuren reden.«

Neil hielt inne. Sie hatte recht. Er hatte den Prototyp zwar »erfunden«, aber Jerry und Catherine hatten anhand seiner Zeichnung ein funktionierendes Gerät konstruiert. »Ähm … okay. Was wollt ihr denn dafür haben?«, fragte Neil unbeholfen. Es klang, als würde er auf dem Flohmarkt nach einem Preis fragen. Jerry kratzte sich am Kopf und tauschte einen ratlosen Blick mit Catherine. Anscheinend hatten sie gar nicht daran gedacht, den Prototyp zu verkaufen.

»Wie wär's mit 75.000 Dollar?«, brachte Catherine schließlich hervor.

Für einen kurzen Moment glaubte Neil tatsächlich, dass sie es ernst meinte. Doch Trevor lachte laut auf, und kurz darauf brachen auch die beiden Kinder in Gelächter aus. Sogar Maria quietschte ausgelassen, auch wenn sie gar nicht verstand, was denn so lustig war.

Jerry wollte kein Geld annehmen. Er schien glücklich damit, Neil beeindruckt zu haben und nicht mehr mit der Tastatur spielen zu müssen. Auch Catherine winkte ab, hatte aber stattdessen eine andere Idee: Sie wollte jedes Spiel, das Lizzard Entertainment herausbringen würde, kostenlos und vorab zur Verfügung gestellt bekommen. Auf Lebenszeit. Jerry gefiel die Idee, und Neil willigte ein.

»Und Eiscreme!«, rief Rodrigo, der noch am Computer saß und *Super Mario* spielte. »So viel Eiscreme, wie wir wollen!«

»In Ordnung.« Neil schüttelte feierlich erst Jerrys, dann Catherines und schließlich noch Marias Hand. »Je eine Vorabkopie und eine Auswahl an verschiedenen Eissorten für euch in unserem Kühlschrank.«

Es war Lizzard Entertainments erster Businessdeal.

KAPITEL 13

Super Mario schlug ein wie eine Bombe. Wenige Tage nach der Veröffentlichung war das Spiel in der wachsenden Gemeinschaft der Videospieler so gut wie allgegenwärtig; die Gaming-Community hatte einen neuen Gott auserkoren, und dieser Gott bestand aus 420 Pixeln, trug eine blaue Latzhose und war der niedlichste Schrottplatzhändler der Welt. *Super Mario* war in aller Munde. Spötter und Kritiker, die den Computer als Unterhaltungsmedium belächelt hatten, revidierten ihre Aussagen. Magazine, Zeitungen, Websites und Podcasts berichteten verblüfft von dem unwiderstehlichen Sog, den das Spiel ausübte, attestierten dem Entwickler Lizzard Entertainment »ein feines Gespür für Timing und Spielerführung« und lobten »die spielerische Tiefe sowie die versteckten Gimmicks«.

Der Erfolg war auch Brend Davis zu verdanken. Er hatte sich von Gamepad-Prototyp und Spiel überzeugen lassen und sofort angeordnet, den Controller an mehreren seiner internationalen Produktionsstätten herzustellen. Der Release von *Super Mario* gerade einmal eine Woche nach der Veröffentlichung von ATRIAs *Street Fighter* war nur dank der gut funktionierenden Logistik des Brend-Davis-Firmenkonglomerats möglich. Auf Anraten von Neil stattete Davis zudem 500 der wichtigsten Einkaufszentren der USA mit Computern aus, an denen Kinder und Jugendliche mit fest installierten

Gamepads *Super Mario* probespielen konnten. Die Verkäufe hatten sich keine zwei Tage später verzehnfacht.

Neil biss in eine Enchilada und genoss die Geschmacksexplosion in seinem Mund. Vor ihm erstreckte sich ein zehn Meter langes Buffet aus mexikanischen Köstlichkeiten: Tacos, Tamales, Esquites, Tostadas, Guacamole, Quesadillas, Pambazos, Chimichangas und noch viele andere Gerichte mit vokalreichen Namen, die Melissa ein ums andere Mal geduldig wiederholte. Eine *Banda* spielte mexikanische Klassiker; der nasale Gesang des Frontmanns setzte sich jammernd von Bass, Gitarre und Schlagzeug ab. Den anwesenden Gästen schien es zu gefallen, vor allem Ms Sánchez unterstützte den Sänger lauthals, während sie vor der kleinen Bühne im Rhythmus klatschte und tanzte.

Neil hatte es sich nicht nehmen lassen, die verspätete Release-Party auf dem Schrottplatz auszurichten. Natürlich hatte Mario schon längst von seinem Neffen Rodrigo erfahren, dass er als Held in einem Computerspiel verewigt worden war, aber erst als er das Spiel auf der Feier endlich selbst einmal spielen konnte, verstand er, was das bedeutete. »Und das spielen jetzt Kinder in ganz Amerika?«, fragte er fassungslos.

»Nicht nur Kinder und nicht nur in Amerika«, klärte Kirilla ihn auf. »Auch in Großbritannien und Australien. Und in ein paar Tagen werden wir die internationalen Versionen ausliefern. Spanisch, französisch, deutsch, italienisch und noch etwas später japanisch und chinesisch.«

»Das ist ja unglaublich!« Lachend steuerte Mario

seinen pixeligen Doppelgänger in einen Abgrund. »Game Over« erschien auf dem Bildschirm. Mario musste von vorne beginnen. »Ist aber nicht einfach«, brummte er.

So vieles hatte sich in den letzten Tagen verändert. Lizzard Entertainment war aus Neils karg ausgestatteter Garage aus- und in ein eigenes Stockwerk im Industriegebiet von Alhambra eingezogen, einer Stadt zwischen Los Angeles und El Monte, keine zehn Minuten mit dem Auto von der Lexington Avenue entfernt. Die alten Computer vom Schrottplatz wurden zwar noch als Back-ups verwendet, aber inzwischen hatte Kirilla nagelneue Rechner für die Firma besorgt. *Super Mario* und das Gamepad spülten einiges an Geld in die Kasse, auch wenn es bisher nicht so viel war, wie Neil gehofft hatte. Material- und Produktionskosten, Transport und die Kommissionen der Händler ließen pro verkauftem Gamepad lediglich ein paar Cent Gewinn übrig. Zudem mussten Brend Davis' Auslagen beglichen werden. Doch immerhin verdiente Lizzard Entertainment genug, um sich das neue Büro mit besserer Hardware, ein paar zusätzliche Angestellte und eine Releaseparty auf dem Schrottplatz leisten zu können.

Neil schlenderte mit einer Quesadilla über den Vorplatz zu Martha, Kirilla und Trevor. Alle drei hielten eine Flasche *Jarritos* in der Hand. Sie prosteten ihm zu, als er näher kam. »Auf unseren ersten Bestseller!«, rief Martha. Neil lächelte. Ihr exzentrisch-bunter Look schien heute weniger außergewöhnlich inmitten der *Chicanos*, die mit ihrer farbenfrohen Kleidung, dem

Schmuck und – bei einigen – Tätowierungen den Schrottplatz in eine echte *Fiesta* verwandelten. *Super Mario* war in der mexikanischen Bevölkerung Kaliforniens außerordentlich beliebt und wurde einfach *Súper* genannt. Neil hatte in El Monte City sogar schon einen Low-Rider gesehen, dessen Motorhaube ein übergroßer Pixel-Mario zierte.

»Ach, übrigens!« Trevor stieß ihn mit dem Ellbogen an. »Ich habe heute in einem Podcast gehört, dass man dich als ›visionären Spiele-Entwickler‹ bezeichnet. Klingt gut, was?« Neil zuckte bescheiden mit den Schultern. In dieser Welt hatte nicht Miyamoto *Super Mario* erfunden, sondern er. Trotzdem fühlte es sich manchmal falsch an, wenn ihm solch hochtrabende Titel angehängt wurden. Ihm war durchaus bewusst, dass all die revolutionären Ideen nicht von ihm stammten, sondern dass er sich des Genies anderer bediente. Er zog es vor, nicht allzu viel darüber nachzudenken.

»Du bist jetzt berühmt!«, setzte Trevor nach.

»Apropos berühmt …«, mischte sich Kirilla ein. »Ich habe eine Anfrage bekommen, Neil, die wollen dich bei einer Podiumsdiskussion dabeihaben, sozusagen als den neuen Star der Gaming-Szene. Könnte ganz gute Publicity sein.«

»Und? Was ist das Problem?«, fragte Neil, da Kirilla das Gesicht verzog, als müsse sie eine schlechte Nachricht überbringen.

»Na ja … Ethan Anderson ist auch eingeladen.«

Nun verzog auch Neil das Gesicht. »Muss ich drüber nachdenken.« Kirilla nickte.

Trevor aber grinste. »Ich würd's machen! Ich glaube, ATRIA ärgert sich tierisch über *Super Mario*.«

Die Leute bei ATRIA hatten das *Street Fighter*-Moodboard von Neil bis ins Detail ausgeschlachtet, und die Umsetzung war ihnen gelungen. In Bezug auf die Grafik hatten sie sogar das Original übertroffen; immerhin waren die Computer in dieser Welt mit 32Bit-Grafiken schon wesentlich weiter entwickelt als die damaligen 8Bit-Konsolen. Zudem beschäftigte ATRIA echte Artists, die wussten, was sie taten, und nicht – wie Neil – das Handwerk erst mühsam erlernen mussten. ATRIA hatte ein gutes Spiel abgeliefert, vielleicht in Bezug auf das Gameplay nicht ganz so innovativ wie *Super Mario*, aber dafür waren Animationen, Soundeffekte und Musik auf einem höheren Niveau.

»Mein Dad hat mir erzählt, dass Ethan Anderson Gift und Galle gespuckt hat«, nuschelte Martha, während sie versuchte, mit einem Zahnstocher etwas zwischen ihren Zähnen zu entfernen. »Irgendein armer Typ hat *Super Mario* auf seinem Arbeitsrechner installiert, und Ethan hat das zufällig mitbekommen. Gab 'nen Riesenanschiss.«

»Wo ist Gregory eigentlich?«, fragte Neil. Martha wies mit dem Kopf in Richtung Buffet. »Der liefert gerade an.«

Es dauerte einen Moment, bis er Gregory zwischen den anderen Menschen ausmachte. Es war das erste Mal, dass Neil ihn ohne ATRIA-Overall sah. Stattdessen trug Gregory einen Anzug, der so gar nicht zu ihm passen wollte, und hielt drei große, runde Tupperboxen in den Händen. Er nahm den Deckel von der obersten und stellte sie neben einigen mexikanischen Süßspeisen ab. Neil warf Martha einen fragenden Blick zu. Sie nickte. »Ja, das sind selbstgemachte Kuchen. Er stand gestern den ganzen Tag in der Küche. Ich habe ihm gesagt, dass wir Catering geordert haben, aber er wollte unbedingt etwas backen.«

Neil aß das letzte Stück seiner Quesadilla und ging zu Gregory hinüber. »Hey G!«, begrüßte er ihn.

»Ah! Neil, mein Junge! Schön, dich zu sehen. Hier, ich habe Kuchen gebacken, nimm dir ein Stück!« Gregory strahlte über das ganze Gesicht und hatte drei verschiedene Torten ausgepackt, die alle in irgendeiner Form an *Super Mario* erinnerten: ein Quadrat mit einem Fragezeichen, ein Goomba und der Kopf von *Super Mario*. Neil lächelte. »Die sind großartig!«

»Ach, habe ich gerne gemacht. Ich ... also ...«, er beugte sich zu Neil und sprach etwas leiser. »Das ist sozusagen mein Hobby. Ich habe einen YouTube-Kanal, auf dem backe ich Kuchen.«

»Ich weiß. *Fifty Shades of Cake*.«

»Du kennst den?« Gregory blickte Neil erstaunt an. »Na, jedenfalls habe ich gestern gebacken und auch ein Video dazu hochgeladen. Und jetzt stell dir vor! Das Video ist durch die Decke gegangen! Ich hab da über 50.000 Views drauf! Die Leute sind total begeistert! Der absolute Wahnsinn!« Neil lachte laut. So profitierte sogar Gregory von dem Erfolg.

»Ich bin wirklich stolz auf euch, Neil. Auf dich und auf Martha und eure ganze Truppe. Ihr habt da was Tolles hingekriegt! Ich war am Anfang ja skeptisch, auch weil Martha ihre Festanstellung nach nur zwei Monaten geschmissen hat, aber …«, er legte Neil eine Hand auf die Schulter, »… ich bin froh, dass ihr das durchgezogen habt.« Gregory zog ihn heran und umarmte Neil so fest, dass ihm die Luft aus den Lungen gepresst wurde.

»Und jetzt probier gefälligst ein Stück von meinem Kuchen!«, knurrte er ihm ins Ohr.

Neil entschied sich, an der Podiumsdiskussion teilzunehmen. Immerhin fand sie im *Los Angeles Convention Center* statt, im Rahmen einer Messe mit dem Namen *Advances in Technology 2030*. Es war eine gute Möglichkeit, Präsenz zu zeigen. Und wenn sich die Chance bot, Ethan Anderson verbal eins auszuwischen, umso besser.

Trevor, Martha und Kirilla begleiteten ihn. Sie traten zusammen als Lizzard Entertainment auf, auch wenn nur er auf die Bühne gebeten wurde. Das *Convention Center* war ein langgezogener Quader, in dem Gänge mit poliertem anthrazitfarbenem Boden ein Dutzend Säle miteinander verbanden. Darin wurde man von feuerfestem Teppichboden, von endlosen Reihen miteinander verzahnter Stühle in blassem Dunkelgrün und von kaltem Licht aus Deckenpaneelen empfangen. Neil wünschte sich plötzlich bunte Cosplayer herbei; Fans in Fantasy-Rüstungen und schillernden Kostümen, die das triste Grau vertrieben hätten. Doch in dieser Welt existierte kein Cosplay – zumindest noch nicht. Stattdessen musste er sich durch einen nicht enden wollenden Strom aus Anzugträgern und adretten Business-Frauen kämpfen, die von einem Saal zum nächsten eilten.

Wie er schienen sich auch Trevor und Martha vollkommen fehl am Platze zu fühlen. Sie wirkten wie Paradiesvögel zwischen den grauen Menschen, zwischen zugeknöpften Hemden, gediegenen Sakkos und akkurat sitzenden Blazern. Allein Kirilla, deren Kleidungswahl heute an ihre Zeit bei ATRIA erinnerte, schritt durch die Menschenmassen, ohne verwunderte Blicke auf sich zu ziehen.

Die Podiumsdiskussion fand in einem der größeren Säle statt. Neil schätzte, dass hier leicht 500 Personen Platz finden konnten, trotzdem gab es Leute, die im Stehen zuhören mussten, da sie keinen freien Stuhl mehr fanden. Neil wurde von einer jungen Moderatorin, die sich als Informatikstudentin der *UCLA* vorstellte und vor lauter Aufregung ihren Namen nicht nannte, zusammen mit zwei anderen auf die Bühne gebeten: einem älteren Herrn mit dem Namen Bernhard Lichtenberg – CEO eines Unternehmens, das Computerhardware herstellte – und Ethan Anderson, der Neil zur Begrüßung lächelnd die Hand gab, als sei nie etwas zwischen ihnen vorgefallen.

Nach einer kurzen Einleitung wandte sich die Moderatorin direkt an Neil: »Herzlichen Glückwunsch, Mister Desmond, zu dem unglaublichen Erfolg von *Super Mario*!« Neil warf einen schnellen Blick zu Anderson, dessen Gesicht sich für einen Augenblick verhärtete. Die Moderatorin schien das nicht zu bemerken. »Ich muss gestehen, ich bin ein echter Fan von dem Spiel, auch wenn ich noch nicht weiter gekommen bin als bis zu Welt 2–4.« Freundliches Lachen aus dem Publikum. »Ich denke, viele der hier Anwesenden werden sich dieselbe Frage stellen: Wie entsteht ein solches Meisterwerk?«

Neil räusperte sich, um Zeit zu gewinnen. Er war nervös, allerdings nicht wegen der vielen Leute im Saal. Es war eher die Anwesenheit von Ethan Anderson, der keinen Meter von ihm entfernt mit übergeschlagenen Beinen auf seinem Stuhl saß und ihn geradezu gönnerhaft observierte. Ethan war kein Schönling, das konnte auch der elegante Anzug nicht kaschieren. Das harte Licht der Scheinwerfer brachte die Geheimratsecken zur Geltung; die kurzen Haare, die prominente Nase und die kleinen Augen verliehen ihm etwas Raubvogelartiges. Trotzdem hatte er ein gewisses Charisma, ihn umgab eine Aura des Erfolgs. Seine Körperhaltung suggerierte Selbstsicherheit, Willenskraft, Führungsstärke, verriet aber auch die Arroganz einer Person, die es gewohnt war, anderen Menschen Befehle zu erteilen.

Neil konzentrierte sich auf die Frage. »Der Erfolg eines Computerspiels hängt von vielen Faktoren ab. Aber am Anfang steht meiner Meinung nach immer die Idee. Es muss etwas Einzigartiges sein, etwas Neues.« Ein amüsierter Zug um Ethans Mund. Neil fuhr fort: »Eine gute Idee ist vielleicht das Wertvollste in der Computerspielentwicklung. Ohne Idee kein Spiel.« Bei den Worten blickte er Ethan Anderson in die Augen und lächelte arglos. »Würdest du mir in diesem Punkt zustimmen, Ethan?«

Ethan starrte ihn für einen Moment verblüfft an. Die Moderatorin und auch Mr Lichtenberg richteten ihre Augen auf Ethan, der sich nun seinerseits räusperte. Der überraschte Gesichtsausdruck verschwand und wurde von jener Miene jovialer Überlegenheit ersetzt, die Neil schon aus Kirillas Büro kannte.

»Eine gute Idee ist entscheidend, das ist vollkommen richtig, weswegen ich eine solche Idee mit allen Mitteln geheim halten würde.« Er blickte Neil eindringlich an. »Denn: Ideen können urheberrechtlich nicht geschützt werden. Wusstest du das, Neil? Steht alles im Gesetz. Erst die Umsetzung – also zum Beispiel ein fertiges Game oder auch ein Prototyp – kann geschützt werden. Was ist also wichtiger? Die Idee oder vielleicht doch die Umsetzung?«

Neil presste die Lippen zusammen. Er hatte gehofft, dass seine Worte Ethan vielleicht verunsichern würden, ihn im besten Falle in Verlegenheit brächten. Stattdessen war Ethan ohne zu zögern zur Gegenattacke übergegangen. »Dann bin ich ja froh, dass ich wenigstens *Super Mario* geheim gehalten habe«, versetzte Neil. Zufrieden bemerkte er, dass Ethans Kiefermuskeln für einen Moment hervortraten, als dieser die Zähne zusammenbiss. Das Publikum lachte, und einige applaudierten sogar. Sie nahmen den Satz als Scherz auf und verstanden nicht, dass Ethan und er sich gerade einen geheimen Schlagabtausch lieferten. Ausgenommen Kirilla, Martha und Trevor, der ihm in der ersten Reihe grinsend einen Daumen nach oben zeigte.

Kurz darauf lächelte Ethan wieder. »ATRIA hat immer verstanden, dass Ideen und Innovationen essenziell sind! *Street Fighter* ist unser drittes Spiel. Wir haben uns mit jedem Titel weiterentwickelt und jedes Mal Grenzen überwunden. Ich bin stolz auf unsere Errungenschaften! Wir bei ATRIA haben die ersten Schritte getan mit *Space Invaders* und *Pac-Man*.« Einige Leute klatschten und jubelten. »Man könnte sagen, dass wir den Weg geebnet haben, auch damit so etwas wie *Super Mario* entstehen konnte. Und ich verspreche, dass – egal, wohin die Reise geht – ATRIA immer an der Spitze der Entwicklung stehen wird. ATRIA steht für innovative Technologie, und wir sind stolz auf unsere Computerspiele.«

Wieder klatschte das Publikum. Neil tippte nervös mit dem Zeigefinger auf seinen Oberschenkel. Das Gespräch entwickelte sich nicht so, wie er gehofft hatte. Ethan Anderson hatte eindeutig die Oberhand. Die Moderatorin ordnete kurz ihre Karten und wollte zu einer neuen Frage ansetzen, doch Neil kam ihr zuvor: »Ja, ich muss anerkennen, dass *Space Invaders*, *Pac-Man* und *Street Fighter* gute Games sind! Ich hätte es selbst nicht besser machen können.«

»Vielen Dank!« Ethan lächelte ihn schamlos an. Er hatte makellos weiße Zähne.

»Ich bin ehrlich gesagt schon ganz gespannt darauf, was für eine Innovation sich diese klugen Köpfe bei ATRIA als Nächstes ausdenken.« Neil grinste zurück. »Nicht, dass euch noch die Ideen ausgehen!« Dieses Mal entgleisten Ethans Gesichtszüge nicht, aber Neil bemerkte, wie Ethan seine rechte Hand unwillkürlich zu einer Faust ballte. Ethan lachte Neil scheinbar freundschaftlich zu.

»Wir haben so einiges in Vorbereitung! Nur wie ich vorhin schon sagte, ist Geheimhaltung *sehr* wichtig.« Ethan zuckte entschuldigend mit den Schultern.

»Das verstehen wir natürlich!«, fuhr die Moderatorin dazwischen, froh, auch mal wieder etwas sagen zu dürfen. Neil hörte ihr nur mit halbem Ohr zu. Er kochte innerlich. Ethan saß selbstherrlich auf seinem Stuhl, genoss den Beifall, und bis auf ein paar schnippische Bemerkungen hatte Neil ihm nichts entgegenzusetzen. Die Moderatorin stellte eine weitere Frage, und Ethan antwortete.

»Sehen Sie, das unterscheidet uns von kleinen Studios«, monologisierte er und blickte dabei großspurig in die Ferne. »Wir sind ein Unternehmen. Wir haben unsere Programmierer und Artists, aber wir bringen auch Erfahrung aus anderen Bereichen mit: Businesspläne, Marktanalysen, Planungssicherheit, eine funktionierende Firmenstruktur. Wir bieten unseren Mitarbeitern Sicherheit, was sich in der Qualität unserer Produkte widerspiegelt.«

»Aber euch fehlt die Vision!«, knurrte Neil. Im selben Moment wünschte er sich, es nicht gesagt zu haben.

»Können Sie das etwas genauer ausführen?«, fragte die Moderatorin überrascht.

Alle Blicke richteten sich auf ihn. Auch Ethan sah ihn aus zusammengekniffenen Augen an. Neil holte tief

Luft. »ATRIA ist ein großes Unternehmen, das ist richtig, Hunderte Mitarbeiter, Expertenwissen, was auch immer! Aber ein Computerspiel ist mehr als ein Businessplan und Marketing. Ich meine ... Es gibt noch so vieles zu entdecken, was niemand kennt – vor allem ATRIA nicht! Wir stehen noch ganz am Anfang, wir sind sozusagen noch nicht einmal über das erste Level hinausgekommen ...« *Und nur ich weiß, was noch alles möglich ist. Nur ich weiß, was noch kommen wird. Ich kann in die verdammte Zukunft sehen*, dachte Neil. Aber natürlich konnte er so etwas nicht laut sagen. Man würde ihn für verrückt erklären. Er erinnerte sich an das erste Gespräch mit Kirilla. Er durfte nicht in dieselbe Falle tappen und das Publikum mit wirren Äußerungen befremden.

Er hielt kurz inne, um sich zu sammeln, und fuhr dann fort: »Mit Vision meine ich: über den nächsten Titel hinausdenken, nicht nur dem Profit hinterherjagen. Mir geht es um das Computerspiel an sich. Darum, die Grenzen des Erlebbaren zu verschieben. Technik weiterzuentwickeln. Neues zu erfinden. Ich spreche von einem echten Paradigmenwechsel; einem *Coming-of-age* der digitalen Unterhaltung.«

Mit jedem Satz verfinsterte sich Ethans Gesichtsausdruck, und Neil genoss den Moment. Er hatte sich warm geredet. »Unser nächstes Spiel«, sagte er und sprach dabei langsam und deutlich, sodass jeder im Saal ihn verstehen konnte, »wird größer, realistischer, spannender, härter und unterhaltsamer. Wir werden den Spieler in eine eigene Welt eintauchen lassen, in der die Grenze zwischen Spiel und Realität scheinbar verschwimmt. Ein neues Genre, ein vollkommen neues Gameplay, eine neue Technik. Drei Dimensionen. Echte Bewegungsfreiheit. Multiplayer über das Internet. Es wird alles, was man bis jetzt kennt, in den Schatten stellen.«

Kirilla, Martha und Trevor saßen erstarrt in der ersten Reihe, keine vier Meter von ihm entfernt. Martha schüttelte leicht den Kopf, als er ihr zunickte. Alle drei hatten erschrockene Gesichter, und er konnte es ihnen nicht verdenken. Immerhin hatte er gerade Dinge versprochen, die unerreichbar schienen. Aber Neil war sich seiner Sache sicher.

»Jetzt haben Sie uns aber neugierig gemacht«, sagte die Moderatorin mit großen Augen. »Ist das eine offizielle Ankündigung? Gibt es schon einen Namen für dieses neue Projekt?«

Neil blickte Ethan direkt in die Augen und antwortete: »Ja, es heißt *Doom*.«

Es klang wie eine Drohung, und das war es auch.

KAPITEL 14

Auf dem Heimweg war es still. Nicht nur wegen des kaum hörbaren Elektroantriebs von Kirillas *Genesis GV70*, sondern auch, weil niemand sprach. Neil blickte aus dem Fenster und stellte sich ein kleines Männchen vor, das über die vorbeiziehenden Briefkästen sprang, auf Geländern entlangflitzte oder von Poller zu Poller hechtete. Ein *Jump 'n Run*, das er sich schon als Kind ausgemalt hatte, wenn ihm auf langen Fahrten im Auto langweilig gewesen war.

Er wusste, dass er vor allem Martha und Trevor mit seiner Ankündigung überrumpelt hatte. Sie waren wahrscheinlich von einem weiteren *Super Mario* ausgegangen oder zumindest von einem Spiel, bei dem die 2D-Engine, die sie mühsam erarbeitet hatten, wiederverwendet und erweitert werden konnte. Er hatte über ihre Köpfe hinweg entschieden, und auch wenn er die Entscheidung an sich nicht bereute, so hätte er vorher mit ihnen darüber sprechen und sie darauf vorbereiten müssen.

Aber *Doom* war die richtige Entscheidung. Der erste *First Person Shooter* dieser Welt würde Lizzard Entertainment nicht nur auf ewig in der Historie als wichtigen Impulsgeber verankern, er würde auch die Entwicklung der Grafikkarten vorantreiben. Wenn Millionen von Gamern plötzlich bessere Hardware benötigten, weil sie *Doom* zocken wollten, musste das eine erhebliche Auswirkung auf die Produktion und damit die Preisgestaltung von Computerteilen haben. Und nur so konnte er irgendwann auf ein Spiel wie *PentaGods* hoffen. *Doom* war nicht nur der beste Schritt für Lizzard Entertainment, sondern auch für die Welt der Videogames an sich. Neil hoffte, dass mit der günstigeren Hardware auch die entsprechende Software entstehen würde: 3D-Editoren, Game-Engines, spezialisierte Bildbearbeitung, Texture-Generatoren, Raytracer, Renderer. Aber er musste den Anstoß dafür geben.

Neil seufzte und ließ das kleine Männchen in einer Seitenstraße verschwinden. Er blickte zu Martha, die neben ihm auf der Rückbank saß und ebenfalls aus dem Fenster starrte. Sie kaute auf einem Kaugummi herum und knetete zugleich erbarmungslos den Anhänger ihrer Kette durch, eine Art Schrumpfkopf aus Schaumstoff.

»Es tut mir leid«, sagte Neil, »dass ich das nicht mit euch abgesprochen habe. Ich habe mich hinreißen lassen.«

Martha warf ihm einen kurzen Blick zu, ließ den Kaugummi knallen und starrte dann wieder aus dem Fenster. Auch Kirilla reagierte kaum auf seine Worte. Nur Trevor drehte sich auf dem Beifahrersitz umständlich um und sagte: »Mir ist klar, dass du Ahnung von Computerspielen hast. Mehr als ich oder Martha oder Kirilla. Und das ist vollkommen in Ordnung, wir setzen das um, was du dir ausdenkst. Aber die Dinge, die du auf der Bühne versprochen hast, sind technisch 'ne ganz andere Nummer. Ich weiß überhaupt nicht, wo ich anfangen soll! 3D? In Echtzeit? Multiplayer über Internet? Keine Ahnung, ob das überhaupt möglich ist! Ich habe mich vor drei Monaten das erste Mal ernsthaft mit Programmierung beschäftigt!«

»Ich weiß, ich weiß.« Neil suchte nach Worten. Er musste ihr Vertrauen wiedergewinnen, aber wie sollte er ihnen erklären, woher sein Wissen kam? Er konnte ihnen schlecht erzählen, dass er aus einer Welt stammte, in der Computerspiele schon zu einem Massenphänomen geworden waren, dass er Spiele deswegen so detailliert und zielsicher beschreiben konnte, weil er sie schon gespielt hatte. Er *wusste*, dass seine Konzepte erfolgreich sein würden, weil diese Konzepte sich schon längst bewährt hatten. Es war, als habe er einen Cheatcode für die Welt, er war ein Gamedesigner im *Godmode*. Er seufzte.

»*Doom* ist der nächste Schritt. Ich weiß, dass die Features neu und kompliziert und vielleicht sogar unrealistisch klingen. Aber das sind sie nicht! Glaubt mir! Ich werde euch helfen ... auch mit der Technik! Wir werden das gemeinsam hinkriegen! Ich ... weiß, was ich tue ...«, stammelte er hilflos. Martha starrte immer noch aus dem Fenster. Trevor sah ihn zweifelnd an und drehte sich stumm wieder nach vorne. Eine Zeit lang sprach niemand ein Wort, und Neil überlegte verbissen, was er noch sagen könnte.

Kirilla bog auf den Freeway ab und beschleunigte. »Okay. Ich vertraue dir«, sagte sie plötzlich. »Vielleicht, weil ich dir noch etwas schulde, wegen damals bei ATRIA. Da habe ich dir auch nicht geglaubt.« Neil atmete erleichtert auf. Wenn er Kirilla auf seiner Seite hatte, würden vielleicht auch Trevor und Martha folgen. »Aber«, fuhr Kirilla fort, »zukünftig musst du deine … Entscheidungen … mit uns absprechen. Du musst uns zumindest eine Möglichkeit geben, unsere Bedenken vorzubringen. Erst wenn alle einverstanden sind, gehen wir an die Öffentlichkeit. Egal, was es betrifft. Du bist das Genie mit den revolutionären Einfällen, einverstanden, aber Lizzard Entertainment besteht immer noch aus vier Leuten.«

»In Ordnung!« Neil spürte ein überwältigendes Gefühl der Dankbarkeit gegenüber Kirilla, was ihm seltsam vorkam. Er hatte sie aufgrund der früheren Rivalität immer als Gegnerin gesehen, aber jetzt war sie es, die versuchte, eine Brücke zu schlagen. Und anscheinend war es ihr gelungen. Martha kaute zwar immer noch stumm auf dem Kaugummi herum, aber sie starrte nicht mehr ganz so düster aus dem Fenster und hatte auch von dem Schrumpfkopf abgelassen.

Trotzdem waren die nächsten Tage nicht leicht. Je mehr er Martha und Trevor über *Doom* erzählte, desto größer wurden die Zweifel und die Besorgnis der beiden. Sie mussten eine Game-Engine entwickeln, die dreidimensionale Räume in Echtzeit anzeigen konnte – es war eine immense technische Herausforderung. Kirilla gab Anzeigen auf, dass Lizzard Entertainment zwei neue Programmierer suchte, doch auch die Aussicht auf Unterstützung konnte Marthas und Trevors Stimmung nicht heben.

Während des darauffolgenden Wochenendes schloss Neil sich in seiner Garage ein und versuchte, sich an jedes noch so kleine Detail von *Doom* zu erinnern. Er war zuversichtlich, die Grafik und das Leveldesign in großen Teilen reproduzieren zu können. Doch der Code war problematisch. Neil war in einer Zeit aufgewachsen, in der 3D-Engines Millionen von Polygonen darstellen konnten, in der Schatten, Licht und Effekte von optimierten Algorithmen berechnet wurden. Das gab es alles in dieser Welt nicht. Hier blieb ihnen nichts anderes übrig, als von vorne anzufangen. Trevor und Martha mussten die tatsächliche *Doom*-Engine nachbauen oder zumindest etwas sehr Ähnliches. Mit 15 Jahren hatte er sich einmal für kurze Zeit mit der Erstellung eigener Maps für *Doom* beschäftigt – aus Neugierde. Er hatte ein paar unspektakuläre Level fertiggestellt und sie auf irgendeiner Modding-Website hochgeladen. Außerdem kannte er ein paar Videos, Interviews von John Carmack und Vorträge auf Conventions von John Romero, zwei der Schöpfer des legendären Shooters. Von der Technik hinter *Doom* besaß er eine rudimentäre Kenntnis, für Fans gehörte das inzwischen fast zur Allgemeinbildung. Die Frage war nur, ob dieses Halbwissen ausreichte, um Martha und Trevor in die richtige Richtung zu stupsen.

Er schrieb alles auf, was ihm einfiel. Simple Grundprinzipien: Punkte vereinigen sich zu Linien, die sich zu Polygonen zusammensetzen. So weit alles easy. Er erinnerte sich allerdings, dass Carmack immer von *Sektoren* gesprochen hatte, nicht von Polygonen. Der *BSP-Tree*! Neil hatte einen Artikel darüber auf Wikipedia gelesen. Das war allerdings mindestens fünf Jahre her! Es ging um Aufteilung der Levelgeometrie und die Darstellung der Elemente in der richtigen Reihenfolge, nahe Sektoren mussten vor weiter entfernten Sektoren gerendert werden. *BSP* optimierte und beschleunigte den Prozess um ein Vielfaches. Doch was bedeutete BSP? Stand das S für *Sector*? Es war so lange her, dass er darüber gelesen hatte! Das P stand für *Partitioning*, da war er sich sicher. Und B stand für … *Binary*!

Binary Space Partitioning! Es fiel ihm wieder ein! Neil erinnerte sich dunkel an eine schematische Darstellung von Punkten, die hierarchisch in einer Weise miteinander verbunden waren, dass sie einem Baum mit Ästen ähnelten. Er zeichnete das Bild nach, vielleicht würde Martha damit etwas anfangen können. Die *Doom*-Engine war keine echte 3D-Engine, sondern war oft als 2.5D-Engine bezeichnet worden – ein evolutionärer Zwischenschritt von 2D zu 3D. Das hatte sie so berühmt gemacht, denn sie war in einer Zeit entstanden, als Computer noch nicht leistungsfähig genug waren, um Polygone zu berechnen. In einem *Doom*-Level gab es kein *Darüber* oder *Darunter*, sondern nur ein *Dazwischen*. Das Level war de facto flach, zweidimensional. Boden und Decke lagen zunächst aufeinander, die Wände zu einer Linie zusammengestaucht wie ein plattgedrücktes Sandwich. Die dreidimensionale Grafik von *Doom* war ein optischer Trick, indem Decke und Boden auseinandergezogen und auf die entstehenden Wände eine Textur berechnet wurde, Pixelsäule für Pixelsäule. Außerhalb dieses Raums war das Nichts; der Spieler und die Gegner mussten sich immer *im Inneren* eines dieser auseinandergezogenen Quader befinden, die sich aneinanderreihten und die Levelgeometrie formten. Unterschiedliche Höhen der Decken und Böden wurden zu Räumen, Gängen, Treppen, Hallen und sogar Außenbereichen. Die Decken- und Bodenhöhe konnte auch dynamisch verändert werden, wodurch Aufzüge oder Türen entstanden. Der Spieler befand sich zu jedem Zeitpunkt zwischen genau einer Decke und genau einem Boden. Die Dreidimensionalität von *Doom* war eine der genialsten Täuschungen in der Geschichte der Videogames.

Zwei Tage später präsentierte Neil seine Aufzeichnungen. Trevor schüttelte immer wieder den Kopf, aber Martha las sich die handschriftlichen Notizen aufmerksam durch. Neil beobachtete ihr Gesicht genau. Hin und wieder wurde sie dermaßen von den Informationen vereinnahmt, dass sie vergaß, ihre Augenbrauen grimmig zusammenzuziehen. Stattdessen schnellten sie erstaunt in die Höhe oder kräuselten sich für kurze Zeit. Schließlich hatte Martha auch die letzte Seite gelesen und starrte stumm vor sich hin. Neil blickte sie fragend an. Nach endlosen zwei Minuten knurrte sie endlich: »Wie zur Hölle bist du da drauf gekommen? Ich verstehe es nicht! Du kannst noch nicht mal ein ›Hello World‹ in C schreiben! Wie kommst du auf solche Konzepte? *Sector Partitioning? Raycasting? Backface Culling? What. The. Fuck!*«

Trevor kratzte sich am Kopf, zog die Notizen heran und begann, sie ein zweites Mal zu lesen. Er hatte zu schnell aufgegeben und versuchte nun, nachdem Martha anscheinend mehr verstanden hatte als er, im zweiten Durchgang aufzuschließen. »Was ist ein WAD-File?«, fragte er.

»Nur ein Container-Format«, antwortete Neil. »Es steht für *Where is all the data?*« Das humorige Akronym war während der Entwicklung des originalen *Doom* entstanden, und Neil hatte es kurzerhand übernommen.

»In Ordnung«, sagte Martha. »Da ist immer noch vieles unklar, aber es ist ein Anfang. Gib mir eine Woche, dann habe ich ein paar Tests gemacht und kann vielleicht abschätzen, ob sich dieses *Doom* eventuell doch nicht auf den Untergang von Lizzard Entertainment bezieht.«

Neil verließ das Büro der beiden mit einem breiten Lächeln. Es war das erste Mal, dass Martha seine Ideen nicht als »illusorisch« und »unmöglich« abgetan hatte. Dass sie Dinge ausprobieren wollte, war ein großer Schritt nach vorne. Er hatte Martha einen Schlüssel in die Hand gedrückt, um das Tor zur Echtzeit-3D-Computergrafik zu öffnen. Na ja, vielleicht war es eher eine krakelige Zeichnung eines Schlüssels, aber er war sich sicher, dass Martha smart genug war, um damit umzugehen.

Er würde sich in der Zwischenzeit um die Grafiken kümmern müssen. Texturen, Items, Gegner. Er musste sich eine Digitalkamera besorgen und anschließend in El Monte und Alhambra auf Motivsuche gehen. Dreckige Wände. Metalltore. Rostige Eisenrohre. Kopfsteinpflaster. Gullydeckel. Asphalt. Beton. Vielleicht sollte er auch noch einmal auf Marios Schrottplatz fahren, dort konnte er sicherlich Details fotografieren, die sich zu den typischen alptraumhaften Science-Fiction-Texturen vereinen ließen. Er hatte viel zu tun.

»Das hier ist meine Pumpgun, und hier ist eine M4, die ist auch voll *ace*, die hat Timmy mir geliehen, aus der Schule. Timmy hat immer die besten Waffen, weil sein Dad ist bei der Army. Und dann, hier, die UUUUUZI«, Rodrigo zog das U von dem Wort in die Länge, »die macht frfrfrfrrrrrr, und hier noch eine alte Cowboy-Pistole, da ist aber schon was abgebrochen. Und dann hab ich noch ein Messer mitgebracht, das ist ein Survival-Messer!« Rodrigo strahlte über das ganze Gesicht, während er seine Spielzeugwaffen-Sammlung präsentierte. Neil hatte die Minions gebeten, jedes Spielzeug, das wie eine Schusswaffe aussah, mitzubringen. Die Kinder hatten schon am nächsten Tag insgesamt 23 verschiedene Modelle angeschleppt. »Gott schütze Amerika!«, murmelte Neil sarkastisch und zückte seine Kamera, um die Waffen abzufotografieren.

Die Kinder besuchten fast täglich das neue Büro. Kirilla holte sie häufig direkt von der Schule ab und hatte ihnen einen eigenen Raum eingerichtet, ausgestattet mit den Computern vom Schrottplatz. Sie machten ihre Hausaufgaben, quatschten, spielten Videogames und aßen Eis, das in einer dafür vorgesehenen Tiefkühltruhe in der Gemeinschaftsküche lagerte und zuverlässig von Neil aufgestockt wurde. Die Kinder stellten die hausinternen Betatester dar und fanden immer noch hin und wieder einen Bug bei *Super Mario*, den Trevor dann so schnell wie möglich behob.

Natürlich hatten die Minions auch von *Doom* erfahren. Neil war noch unsicher, ob er die zehnjährige Maria und den dreizehnjährigen Rodrigo das finale Spiel zocken lassen würde, doch der aktuelle Status des Projektes war unbedenklich für die Kinder. Martha hatte tatsächlich den ersten Entwurf einer Engine programmiert: Wände im 90-Grad-Winkel sowie monochrome Böden und Decken. Es war ein Anfang. Sie schimpfte nach wie vor über die Komplexität einer 3D-Engine, aber Neil sah ihr den Stolz an, als sie ihm ihre Ergebnisse zeigte.

Zwei Wochen später hatte sich Marthas Engine erheblich weiterentwickelt. Nun war es möglich, herumzulaufen und sich mit der Maus umzusehen; die Level hatten das Blockartige verloren, Wände konnten in beliebigen Winkeln zueinanderstehen, Decken und Böden der Sektoren wurden mit Parametern auf unterschiedliche Höhen gesetzt. Martha hatte es auch geschafft, einen Himmel für Außenbereiche zu integrieren, und mit den von Neil erstellten Texturen nahm *Doom* allmählich Gestalt an.

»Ihr habt Riesenfortschritte gemacht!«, sagte Neil,

während er mit Trevor auf der Terrasse eines Schnellrestaurants saß, das keine drei Minuten von ihrem Büro entfernt lag. Trevor lächelte ihn schief an und zerriss abwesend eine Papierserviette. Neil musterte seinen Freund. Ihm war aufgefallen, dass Trevor in den letzten Tagen wortkarg gewesen war. Jetzt saß er ihm gegenüber wie ein Häufchen Elend. »Alles in Ordnung bei dir?«, erkundigte sich Neil vorsichtig.

Trevor atmete tief durch. »Nein, ehrlich gesagt nicht. Mir ist das mit diesem 3D-Zeug ein wenig zu hoch. Die Engine hat im Prinzip Martha im Alleingang programmiert. Da ist keine einzige Zeile von mir. Ich bin keine große Hilfe. Die zwei Neuen sind besser, die können Martha tatsächlich unterstützen. Ich störe mehr, als dass ich etwas beitrage ...«

Neil biss in seinen Burger und überlegte beim Kauen. Schließlich schluckte er den Bissen runter. »Du musst dir etwas Zeit geben, mit dem Programmieren hast du gerade erst angefangen. Martha, Arthur und Cécil«– das waren die beiden Neuen –»haben Informatik studiert, du machst das alles durch *learning-by-doing*!« Neil nahm einen weiteren Bissen. Trevor nickte leicht, aber sein Gesichtsausdruck blieb düster. Plötzlich hatte Neil eine Idee.

»Was hältst du hiervon: Du wirst vormittags lernen. Guckst dir den Code von Martha an, probierst aus und experimentierst. Für dich, ohne wirklich an *Doom* zu arbeiten. Nutze die Zeit, um dich fortzubilden!«

Trevor zerriss weiter die Serviette.

»Nachmittags«, fuhr Neil fort, »wirst du einer neuen

Aufgabe nachgehen, für die du hundertprozentig qualifiziert bist.«

Trevor beäugte ihn misstrauisch. »Was soll das sein?«

Neil grinste. Trevor saß in einem *Nine-Inch-Nails*-T-Shirt vor ihm – ausgerechnet! In dieser Welt hatte die Band allerdings nie einen Soundtrack für *Quake* aufgenommen. »Ich will, dass du dich um die Musik kümmerst. *Doom* wird ein hartes, düsteres Spiel, und wir brauchen einen entsprechenden Soundtrack dafür. Industrial. Riffing ohne Ende. Tschn, tschn, tschn. Verstehst du?«

Trevor blickte ihn mit großen Augen an. »Tschn, tschn, tschn?«, fragte er und spielte auf einer unsichtbaren E-Gitarre. Neil nickte. Er konnte regelrecht sehen, wie es in Trevor arbeitete. »Wir bräuchten ein Studio!«

»Mieten wir! Mixing und Mastering macht jemand anderes. Du konzentrierst dich auf die Komposition. Hast du noch deine Gibson?«

Trevor nickte langsam. Wie aus einem Traum erwacht, blickte er auf den unberührten Burger vor sich, nahm ihn auf und biss hungrig hinein. Ein Lächeln umspielte seine Lippen, während Soße aus seinem Mundwinkel troff.

Während Lizzard Entertainment hochkonzentriert an der Fertigstellung des ersten Levels arbeitete, drehte sich die Welt weiter. Entwicklerstudios schossen in allen

Größen aus dem Boden, fast täglich wurden neue Spiele angekündigt oder veröffentlicht, viele der Titel ähnelten Spielen, die Neil aus seiner alten Welt kannte. Dank *Super Mario* war der *Side Scrolling Platformer* ein beliebtes Genre, und Neil entdeckte Titel wie *Citadel of the Dead* – eine Mischung aus *Castlevania* und *Ghouls 'n Ghosts* – oder *RingRush*, in dem ein blaues Gürteltier durch achterbahnähnliche Level rollte und Ringe aufsammelte. Es entstanden auch neue Genres, und inzwischen waren nicht mehr nur die Amerikaner erfolgreich. In Japan entwickelte man Spiele, in denen Neil eindeutig eine Vorversion der JRPGs erkannte. Und ein weiteres Game machte dort Furore, gelangte aber nur auf illegalen Wegen nach Amerika: *Bishojo Diaries*, eine Art Adventure, in der leicht bekleidete Schulmädchen ihre ersten sexuellen Erfahrungen sammelten. Im prüden Amerika verboten, erfreute sich das Spiel in Japan sowie in Europa großer Beliebtheit und begründete das neue Genre der *Erogē*, oder, wie es im Rest der Welt genannt wurde, *Erotic Games*. In Großbritannien erfand ein computerbegeisterter Beamter aus dem Verkehrsministerium eine Stadtsimulation, die er *Micropolis* nannte, und begeisterte damit Abertausende, die nie etwas von ihrer heimlichen Stadtplanungsleidenschaft geahnt hatten. Ebenso überraschend erfuhr ein Titel aus Deutschland weite Verbreitung, in dem Gänse im Comiclook durch eine Wald- und Wiesenlandschaft flogen. Der Spieler nahm die Rolle eines Jägers ein und musste die Tiere abknallen. Das simple Spiel hieß *Wildgans-Jagd*, und niemand verstand so richtig, warum es so erfolgreich war. Aus Russland gelangte ein Spiel nach Amerika, das sich блоки nannte und exakt wie Tetris aussah, nur dass die Blöcke von links nach rechts flogen, was Neil äußerst befremdlich fand.

Viele der Spiele waren so nah an den Originalen, dass Neil zähneknirschend dazu übergegangen war, die entsprechenden Konzepte in seinem Notizbuch mit einem großen roten Kreuz zu versehen. Und obwohl immer noch genug unentdeckte Spiele übrig blieben, beobachtete er die Entwicklung mit Besorgnis. Es passierte alles so schnell! In dieser Welt existierten Smartphones, schnelle Internetverbindungen und – zugegebenermaßen teure – 32-Bit-Computer. Die Welt jagte in Riesensätzen durch die Geschichte der Videospiele, und Neil hatte das Gefühl, den Überblick zu verlieren.

Doom zu kreieren war keine einfache Aufgabe. Neil hatte mit Hilfe von Kirilla einen Special-Effects-Artist aus Hollywood engagiert, um die Monster als animierbare Puppen bauen zu lassen – ein Trick, den auch die Macher des Originalspiels angewandt hatten. Die Figuren wurden in Pose gebracht, abfotografiert, leicht verändert, wieder fotografiert, bis sich eine Animation ergab. Die Bilder wurden anschließend bearbeitet und als Sprites in die Engine geladen. Neil musste sich trotzdem mit der Erstellung von Feuerbällen, Flammen, Schleimspuren und Blutspritzern herumschlagen.

Inzwischen existierte auch ein Leveleditor, und Neil stellte fest, dass er das Layout der Level in *Doom* nicht so präsent hatte wie bei *Super Mario*. Er erinnerte sich nur partiell an einzelne Abschnitte, die unzähligen Räume und Gänge dazwischen verschwammen zu einem großen Durcheinander. Wo waren die Secrets? Welche Power-ups waren wo zu finden? Ganz zu schweigen von der Gegnerplatzierung. Zu allem Überfluss vermischten sich in seiner Erinnerung die Level aus *Doom* 1 mit denen aus *Doom* 2. Allein schon die Bezeichnung der Schwierigkeitsgrade bereitete ihm Kopfzerbrechen, dabei waren sie so legendär gewesen. Er entschied sich schließlich für: *I'm too young to die* – das war ihm noch eingefallen –, *Please do not hurt me* und *I like it rough* – bei diesen beiden war er sich unsicher – und schließlich *Nightmare* sowie *Ultra Violence*, bei denen er sich nicht mehr erinnern konnte, welcher Begriff als letzter kam. *Doom* würde weniger eine Eins-zu-eins-Kopie werden, eher eine gut gemeinte Reminiszenz. Neil hoffte, dass es dem Erfolg des Spiels keinen Abbruch täte.

An einem regnerischen Mittwochmorgen kam Kirilla in sein Büro, in dem Neil zwischen ausgedruckten Texturen, Monsterfiguren und Levelplänen an seinem Rechner saß. Er bekam nur wenig von ihrer Arbeit mit – sie hatte sich weiter um den Vertrieb von *Super Mario* und von dem Gamepad gekümmert, was wohl erfolgreich war. Heute allerdings sah sie unzufrieden aus.

»ATRIA hat das nächste Spiel angekündigt. *Blood Punch*. Die haben online einen ganz schönen Wirbel gemacht. Haufenweise Artikel, Interviews, Trailer-Video und so weiter. Das ganze Paket.« Sie stellte sich neben ihn, beugte sich kurzerhand über seine Tastatur und tippte eine URL ein. Ihr Haar roch nach Zitronengras, und ein Knopf ihrer Bluse war offen, sodass er ihren weißen BH sehen konnte. Er konzentrierte sich wieder auf den Bildschirm.

Schon bei den ersten Bildern des Trailers erkannte Neil die Parallelen. ATRIA hatte das *Street Fighter*-Konzept auf die nächste Stufe gehoben. Parallaxe, hochauflösende Hintergründe. Charakter, die realistischer und besser animiert waren. Aufwendige Effekte. Und Blut. Viel Blut. *Blood Punch* war übermäßig brutal, mit gewalttätigen *Finishing Moves*, einer tiefen Stimme, die ein Match mit *Fight!* einleitete und mit *Finish him!* beendete. Neil starrte ungläubig auf den Bildschirm. *Blood Punch* baute auf einem Erfolgsrezept auf, das Neil gut kannte. Es war ein Spiel, das er ausgiebig mit Trevor gezockt hatte.

»*Mortal Kombat*«, flüsterte er.

Kirilla sah ihn fragend an. »Nee, *Blood Punch*! Aber *Mortal Kombat* könnte auch passen. Ist ganz schön *over-the-top*, aber ein schlauer Zug von ATRIA. Die haben zwar kein neues Spiel erfunden, aber die Gewaltdarstellung bringt ihnen eine Menge Publicity ein.«

»Wann ist Release?«

»In zwei Wochen.«

Neil fluchte leise. »Das schaffen wir niemals.«

Kirilla zuckte mit den Schultern. »Ich weiß, ich habe mit Martha gesprochen. Es ist, wie es ist. Ich würde nur ungern mit einem unfertigen Spiel an die Öffentlichkeit gehen. ATRIA ist nun mal schneller. Die können auf ihrer alten Engine aufbauen, wir nicht. Und wir haben ein finanzielles Problem. Die neuen Angestellten, das Tonstudio, die Puppen, die Hardware. Das summiert sich.

Wir werden nicht das gleiche Geld für Marketing ausgeben können wie ATRIA, und je länger wir brauchen, desto weniger Budget haben wir.«

Neil biss die Zähne zusammen. Businesspläne. Zielgruppenanalysen. Marketingstrategien. Ethan Anderson besiegte ihn genau so, wie er es Neil vorausgesagt hatte. ATRIA setzte sie unter Druck, versuchte, Lizzard Entertainment zu einer verfrühten Veröffentlichung zu zwingen. *Blood Punch* war eine ernste Konkurrenz, es war durchaus wahrscheinlich, dass ATRIA damit einen neuen Erfolg einspielen würde. Und alles, was er dem zum jetzigen Zeitpunkt entgegensetzen konnte, waren die hohlen Worte während einer Podiumsdiskussion. Er musste sich etwas einfallen lassen, er durfte das Spielfeld nicht komplett ATRIA überlassen.

Aber vielleicht gab es einen Weg. Das originale *Doom* hatte auch kein Marketingbudget benötigt. Romero und Carmack hatten sich auch in diesem Bereich nicht an Konventionen gehalten. Nachdenklich tippte er mit den Fingern auf den Tisch. »Vielleicht brauchen wir gar keinen Trailer, keine Plakate und keine Werbung, noch nicht einmal ein fertiges Spiel.« Kirilla sah ihn verständnislos an, aber er nickte zuversichtlich.

»Alles, was wir brauchen, ist ein eigener Server und eine Handvoll Level.«

KAPITEL 15

Die nächsten zwei Wochen waren die Hölle. Lizzard Entertainment hing in der *Crunch-Time*, wie Kirilla es nannte. Wenn die Zeit davonläuft, wenn die Arbeit eines Monats in zwei Wochen erledigt werden muss, wenn Fertiggerichte zur Normalität werden, dann ist das *Crunch-Time*, sagte sie.

Neil hatte noch nie selbst eine *Crunch-Time* durchgestanden, schon gar nicht als Teamleiter. Er, Martha, Arthur und Cécil fuhren inzwischen abends nicht mehr nach Hause, sondern schliefen im Büro, um auch die Anfahrtszeit einzusparen. Trevor verbrachte die meiste Zeit im Tonstudio, wo er nicht nur die Musik aufnahm, sondern sich auch um das Sounddesign kümmerte. Kirilla hatte einen Server aufgesetzt und eine Website eingerichtet, auf der ein ominöser Counter die Sekunden herunterzählte. Darüber prangte das zackige *Doom*-Logo in dreidimensionalen Lettern, deren Oberfläche aus graublauen Tech-Texturen oben und von Höllenfeuer angestrahlten Metallplatten unten bestand. Neil hatte sich an dem ursprünglichen Artwork orientiert. Der Schriftzug hatte eine fast synästhetische Wirkung auf ihn: Wenn er das Logo ansah, hörte er das markante Staccato der MIDI-Gitarren von *At Hell's Gate* in seinem Kopf. Er hatte Trevor den Riff vorgesungen, damit dieser einen zumindest ähnlichen Track aufnehmen würde.

Doom – Episode 1 – Knee-Deep in the Dead wurde am

15. April 2030 um 6:32 Uhr morgens fertiggestellt und 28 Minuten später, um 7:00 Uhr, als Download auf der Website veröffentlicht. Kirilla schickte eine Pressemeldung heraus, Martha schlief an ihrem Schreibtisch ein, und Trevor machte sich mit müdem Blick ein Bier auf. Es war seltsam still in den Räumen von Lizzard Entertainment. Kaum jemand sprach ein Wort – alle waren erschöpft und die Minions auf dem Weg in die Schule. Neil begab sich in die Männertoilette des Büros, um in einem Waschbecken lauwarmes Wasser über seinen Kopf laufen zu lassen. Als er zehn Minuten später das Bad mit nassen Haaren verließ, war der Server schon gecrasht.

Millionen von Spielern versuchten verzweifelt, die Shareware-Version von *Doom* herunterzuladen, sodass Kirilla umgehend weitere Server anmietete. Downloads wurden zum Verdruss der Spieler abgebrochen oder waren fehlerhaft und mussten erneut geladen werden. Der Andrang war einfach zu groß. Messageboards summten vor Aufregung und Frustration, Posts mit ersten Screenshots von den wenigen Glücklichen, die eine Version herunterladen konnten, wurden tausendfach geliked und mit neidischen Kommentaren versehen. Auch der extra für die Presse eingerichtete Downloadlink verbreitete sich in wenigen Minuten im Internet, wodurch selbst die großen Websites und Zeitschriften Probleme hatten, das Spiel herunterzuladen. Erst als Spieler die Installationsdatei auf ihre eigenen Server und Clouds luden, um sie wiederum ihren Freunden zur Verfügung zu stellen, entspannte sich die Situation ein wenig.

Der Release war ein Erdbeben; wie ein schäumender Tsunami überspülte *Doom* die Gaming-Community, die zwischen Begeisterung und Ehrfurcht hin- und herschwankte. Die düsteren Level mit den dämonischen Gegnern, die Waffen, die Power-ups, die grausige Dekoration aus Blutflecken, Leichenteilen und okkulten Symbolen kamen nahe an die Atmosphäre des Originals heran, auch wenn Neil den Großteil der Level neu erfunden hatte. Trevors Soundtrack klang auch anders als die originalen MIDI-Tracks – immerhin musste er sich nicht mit den Limitationen von damals herumschlagen. Die Kompositionen ähnelten deswegen eher der Musik des späteren Reboots: stampfende Industrialbeats und zermalmende Gitarrenriffe, moderne, horrorähnliche Synths und Bässe, und alles zusammen verwob sich zu einer pulsierenden Symphonie, die den Spieler unbarmherzig antrieb und den Rhythmus für *Shotgun*, *Chaingun* und *BFG* vorgab. Trevor hatte ganze Arbeit geleistet.

Die Gaming-Welt war im Schockzustand. Nicht nur wegen des drastischen Designs, sondern auch wegen der Technik. Dreidimensionalität kam vielen wie Schwarze Magie vor, als sei der Sourcecode ebenfalls das Ergebnis dunkler Mächte aus einer anderen Welt. Der Name »Martha Hillman« erschien in einigen Informatik-Fachartikeln, in denen bewundernd bis ungläubig unterschiedliche Vermutungen über die Programmierung angestellt wurden.

Und auch außerhalb der Informatik-Bubble versetzte *Doom* die Fans in Ekstase. Das Gameplay war zugleich radikal neu und hochgradig intuitiv, und Neils Leveldesign spielte – wie das Original – mit den Erwartungen der Gamer. Unvermittelt gingen Lichter aus, öffneten sich Türen mit Gegnern, materialisierten sich Dämonen hinter dem Spieler. *Doom* war der Paradigmenwechsel, den Neil vorausgesagt hatte. Die Welt der Videospiele hatte sich mit einem Donnerschlag gewandelt. Als vier Wochen später die Vollversion veröffentlicht wurde, schalteten Millionen von Spielern innerhalb weniger Stunden die zwei weiteren Episoden frei.

»Wir verdienen an jeder verkauften Kopie fast 85 %!«, sagte Kirilla grinsend, während sie auf ihrem Handy erneut den Stand des Firmenkontos aktualisierte. Für *Doom* war Lizzard Entertainment keine Kooperation eingegangen, hatte keinen Distributionsdeal oder Marketingvertrag abgeschlossen. »Allein in den letzten fünf Minuten haben wir 7.645 Dollar verdient. Oh, falsch! 7.725 Dollar!«

Neil sog die Luft ein und blickte aufs Meer. Es war eine gute Idee gewesen, hinauszufahren und das Büro für ein paar Stunden zu verlassen. Pirate Cove, Point Dume. Eine Anhöhe an der Küste hinter Malibu; ein Aussichtspunkt, deren einzige Besucher an diesem frischen Dienstagmorgen im Mai die Belegschaft von Lizzard Entertainment waren. Das kleine Plateau war gesäumt von wild wachsenden, kniehohen Büschen und einem in die Jahre gekommenen Maschendrahtzaun, der wahrscheinlich aufgrund irgendeiner unsinnigen Sicherheitsbestimmung angebracht worden war. Die Anhöhe lag etwa 30 Meter über dem Meeresspiegel, aber man konnte beim besten Willen nicht von einer

Steilküste sprechen. Neben dem Zaun führte ein Trampelpfad hinunter zum Strand und verhöhnte die Schutzmaßnahme.

Neil blinzelte. Ein sanfter Wind blies landeinwärts, und die Sonnenstrahlen wärmten angenehm. Martha stand stumm einige Meter entfernt, sah auf das azurblaue Wasser und lächelte verträumt. Trevor las mit Arthur und Cécil den Text auf einer Tafel aus Bronze, die auf einem Steinsockel angebracht war, und witzelte über irgendetwas.

»Hey, hörst du mir überhaupt zu?«

Neil sog nochmals genüsslich die Meeresluft ein. Kirilla stand neben ihm, immer noch das Smartphone mit dem Kontostand in der Hand. Er nickte. »7.725 Dollar. Hab ich gehört.« Er nahm ihr das Smartphone aus der Hand, schaltete den Bildschirm ab und gab es ihr lächelnd zurück. »Aber deswegen sind wir nicht nach Malibu gefahren.«

Kirilla sah ihn verblüfft an. Der Wind verwirbelte ihre Haare, die sie heute offen trug, und zerrte an ihrer roten Stoffjacke. In den letzten Wochen hatte sie den strengen Business-Look vollständig abgelegt. Nur in Ausnahmefällen, wenn sie etwa zur Bank oder zum IRS ging, trug sie noch Hosenanzüge und Stöckelschuhe. In den Räumen von Lizzard Entertainment hatte sie sich dem legeren Kleidungsstil angepasst. Sie ähnelte jetzt wieder mehr der *KiraNightingale*, die er kannte. Und Neil mochte das, zu seiner eigenen Überraschung.

»Hm«, brummte Kirilla und steckte das Smartphone weg. Sie blickte ebenfalls aufs Meer hinaus und kniff die

Augen zusammen. Ein paar Atemzüge lang standen sie stumm nebeneinander. Das Rauschen der Wellen drang schwach zu ihnen, und mit einem Mal wurde Neil von einer inneren Ruhe erfasst, die er seit Monaten nicht gespürt hatte. Plötzlich war er zuversichtlich, dass sich alles fügen würde. *Doom* war die richtige Entscheidung gewesen. Schon hatten erste Grafikkartenhersteller neue Modelle angekündigt, speziell für 3D-Technologie. Parallel wurden erste Deathmatch-Turniere durchgeführt, natürlich noch ohne Preisgelder, aber man konnte darin durchaus die ersten zaghaften Schritte in Richtung eSport erkennen.

Er würde sein altes Leben zurückbekommen. Es konnte alles wieder so sein wie früher. Sein Penthouse in L.A. Seine Karriere als eSportler, *PentaGods*. Vielleicht würde sogar Gregory seinen Job bei ATRIA an den Nagel hängen und zu seinem Manager werden. Plötzlich schien alles möglich. Er warf einen Blick auf Kirilla, die mit geschlossenen Augen neben ihm stand und ihr Gesicht der Sonne zugewandt hatte.

Vielleicht musste nicht alles so sein wie früher. Martha war hier keine schüchterne Social-Media-Assistentin, Trevor nicht sein persönlicher Handlanger. Und Kirilla war keine Rivalin, sondern eine Freundin, deren Anwesenheit er zunehmend genoss. Er hatte hin und wieder mit ihr gezockt, sie waren sich wie früher als Gegner gegenübergestanden, doch statt einem tiefsitzenden Groll und erbittertem Ehrgeiz hatte er Freude empfunden. Freude über das Spielen an sich, über das gemeinsame Erleben, über eine unbeschwerte Zeit zu zweit. Er musste natürlich zugeben, dass es ein gutes Gefühl gewesen war, als er sie im *Doom*-Deathmatch anfangs komplett zerlegt hatte. Aber als sie nach und nach die Maps kennengelernt und ihn schließlich das erste Mal besiegt hatte, war sie mit einem triumphierenden Urschrei von ihrem Stuhl aufgesprungen, und er hatte nicht wie früher Verbitterung gespürt, sondern sich mit ihr gefreut.

Ein *Ting* ertönte aus Kirillas Hosentasche. Sie öffnete die Augen und holte das Smartphone hervor, hielt kurz inne und sah ihn entschuldigend an. »Mag ja sein, dass eure Arbeit erst mal vorbei ist, aber meine geht weiter…« Neil nickte nur lächelnd. Sie entsperrte den Bildschirm und begann zu lesen.

Trevor schlenderte zu Martha hinüber und boxte ihr sanft gegen die Schulter. Er machte eine kurze Bemerkung, die Neil nicht hören konnte, und Martha lachte. Seit Trevor den ersten Track abgeliefert und vom gesamten Team begeisterten Beifall geerntet hatte, war sein Selbstbewusstsein erstarkt. Er war weiterhin von Marthas Code überfordert und raufte sich regelmäßig die Haare, wenn er versuchte, die Programmierung der *Doom*-Engine nachzuvollziehen, aber er hatte sich vollkommen mit seiner Rolle als offizieller Metalhead von Lizzard Entertainment angefreundet. Trevor war wieder der Alte, und das gefiel Neil ebenso wie offensichtlich auch Martha, die Trevor nun ihrerseits gegen die Schulter boxte.

»Ha!«, rief Kirilla plötzlich aus, so laut, dass alle sich zu ihr umdrehten.

»Was ist passiert?«, fragte Trevor.

»Ich habe gerade eine E-Mail bekommen. Von *Byte-*

Me!« Neil kniff die Augen zusammen. Er hatte den Namen schon gehört. *ByteMe Games* war ein Spielestudio aus Pittsburgh, das mit seinem Spiel *Arabian Hero* Aufsehen erregt hatte. Ein *Platformer*, der an *Prince of Persia* erinnerte, jedoch ohne die Zeitbegrenzung von 60 Minuten und ohne den berühmten Spiegelgegner. Neil hatte das Spiel trotzdem in seinem Notizbuch mit einem roten Kreuz versehen.

»Die sind an der *Doom*-Engine interessiert«, fuhr Kirilla fort. »Sie fragen, ob eine Lizenzierung möglich sei, und bieten 75.000 Dollar an.«

»75.000 Dollar?!«, rief Trevor und kam mit Martha näher. Kirilla nickte nur und hielt ihnen ihr Smartphone mit der E-Mail hin. Trevor schüttelte ungläubig den Kopf, und auch Martha las mit großen Augen.

»Das ist gut, oder?«, fragte sie.

»Und ob das gut ist!« Kirilla strahlte. »Alles, womit wir Einkommen generieren, ist gut. Das gibt uns Handlungsspielraum. Ein größeres Budget für das nächste Spiel. Ich habe auf so eine E-Mail gehofft, aber nach dem Release von Episode 1 kam nichts. Lizenzierungen sind auf dem Softwaremarkt durchaus üblich, also ging ich davon aus, dass unserer 3D-Engine …«

»2.5D-Engine«, unterbrach Neil sie.

»… unserer *Doom*-Engine …« Kirilla redete einfach weiter. »… auch ein solches Businessmodell offensteht. Dass *ByteMe* mit so einem hohen Angebot um die Ecke kommt, hatte ich aber auch nicht erwartet. Aber das Gute ist: Die werden mit Sicherheit nicht die Einzigen sein, da werden weitere Angebote folgen. Gut für uns!«

Neil blickte aufs Meer hinaus. Auch *Id Software* hatte die *Doom*-Engine damals an andere Studios lizenziert. Aus finanzieller Sicht war das durchaus sinnvoll. Doch er wollte etwas anderes. Er hatte kein Interesse daran, ein paar tausend Dollar mehr durch Lizenzen zu verdienen – allein der Verkauf von *Doom* würde Lizzard Entertainment ausreichend Liquidität verschaffen. Was er – Neil – tatsächlich wollte, worauf er hinarbeitete, war die Evolution von Hardware und Software. Bis zu *PentaGods* war es noch ein weiter Weg. Je mehr Studios also die Engine benutzten, desto besser.

»Wir könnten *ByteMe* antworten, dass wir ihnen die Engine umsonst überlassen«, sagte er trocken.

Martha und Trevor hielten inne. Kirilla blinzelte. »Was?«

»Wir lassen *ByteMe* ein eigenes Spiel mit unserer Engine entwickeln. Kostenlos. Ich würde sogar noch weitergehen und die Engine jedem Studio zur Verfügung stellen, das ebenfalls ein FPS machen will. Wir releasen den Sourcecode. Als Open Source.«

Für einige Sekunden sagte niemand etwas. Kirilla, Trevor und Martha sahen sich ratlos an. Schließlich räusperte sich Trevor. »Aber würden wir damit nicht unsere eigene Stellung am Markt schwächen? Ich meine, momentan sind wir die Einzigen, die über eine solche Engine verfügen. Kein anderer kann 3D-Spiele machen. Das ist doch ein Riesenvorteil!«

Neil winkte ab. »Mag sein, aber es ist ein noch größerer Vorteil, wenn mehr Studios mit unserer Engine Spiele veröffentlichen. Wir geben ja nur die Technik weiter, nicht das Design oder die Idee an sich. Wir werden für immer die Erfinder des FPS sein. Aber so können Menschen auf der ganzen Welt ihre ganz eigenen Visionen umsetzen, und nicht jedes Spiel wird ein dämonischer Horrortrip mit Gitarrenriffs sein.« Neil erinnerte sich an die verschiedenen *Doom*-Klone. »Andere Szenarien, anderes Design. Mittelalter. Fantasy. Bandenkriege. Ninjas. Sogar ganz andere Thematiken – zum Beispiel christliche Spiele – wären möglich.«

Trevor lachte laut auf. »Was denn? Die Apostel als Space Rangers?«

»*Bible Adventures*«, antwortete Neil, ohne mit der Wimper zu zucken. »*Spiritual Warfare. Super 3D Noah's Ark.*« Trevor brach in Gelächter aus. Er konnte nicht wissen, dass Neil diese Spiele tatsächlich schon gespielt hatte. Eine SNES-Cartridge von *Super 3D Noah's Ark* war ein besonderes Kuriosum seiner Sammlung und zu seiner Zeit erstaunlich erfolgreich gewesen.

»Und was genau ist jetzt der Vorteil für uns, wenn andere Studios unsere Engine benutzen?«, fragte Martha skeptisch.

»Wir schaffen damit einen Nährboden. Für Computerspiele. Für Computertechnik. Für Akzeptanz in der Gesellschaft. Und von all dem profitieren auch wir.«

»Aber uns geht doch total viel Kohle flöten!«, warf Trevor ein.

»Unsinn. Wir haben genug Geld!«, konterte Neil. »Kirilla, wie viel haben wir in den letzten fünf Minuten verdient?«

Kirilla tippte hastig auf ihrem Smartphone und grinste dann. »Knapp 9.000 Dollar.«

»Eben! Wir verdienen momentan um die 100.000 Dollar am Tag! Wir brauchen keine zusätzlichen Gewinne! Was wir brauchen, sind Verbündete in Form von anderen Softwareentwicklern, Hardware-Herstellern, Distributoren. Computerspiele sollen in der Mitte der Gesellschaft ankommen. Wir müssen größer denken!«

Neil hob die Hand, um Trevors Protest im Keim zu ersticken. »Ich würde sogar noch einen Schritt weiter gehen und auch unseren Leveleditor für *Doom* veröffentlichen. Ebenfalls kostenlos! Für alle! Wir geben Spielern das Werkzeug, das sie benötigen, um eigenen Content zu erstellen.« Neil blickte in ratlose, inzwischen teils verunsicherte Gesichter. Unbeirrt fuhr er fort: »Wie lange spielt jemand unser Spiel? Alle Level, bis zum Endgegner? 20 Stunden? 30? 50? Und was passiert danach? Was passiert, wenn man alle Geheimnisse aufgedeckt, alle Gegner besiegt, alle Items gefunden hat? Der Spieler wird eine neue Herausforderung suchen! Wenn wir der Community die Tools geben, um *eigene* Maps zu erschaffen, die für alle Spieler kostenlos sind, verlängern wir die Lebenszeit unseres Produkts. Mehr Menschen werden sich länger mit unserem Spiel beschäftigen.«

Martha kratzte sich unsicher am Handrücken, Trevor schüttelte immer noch den Kopf. Kirilla schien vollkommen perplex und öffnete ihren Mund mehrmals, nur um ihn – ohne ein Wort zu sagen – wieder zu schließen. Schließlich brach sie in Gelächter aus. Zögernd stimmten Trevor und Martha ein.

»Das ist …«, stieß sie hervor, »das Verrückteste, das ich je gehört habe.« Sie holte tief Luft und legte Neil eine

Hand auf die Schulter. »Aber vielleicht ist es gerade deswegen das Richtige. Nicht, dass du mich falsch verstehst – ich hab nur die Hälfte kapiert und halte es eher für einen grandiosen Fehler, unseren Sourcecode unentgeltlich weiterzugeben. Widerspricht allem, was ich bei ATRIA gelernt habe. Ethan Anderson würde so was niemals tun, so viel steht fest. Never! Aber ...« Sie zuckte mit den Schultern. »... aber deine Ideen haben sich bisher immer ausgezahlt, und immerhin hast du dieses Mal vorher mit uns gesprochen. Das muss man ja auch mal anerkennen.« Sie zwinkerte ihm zu. Neil lächelte.

»Also machen wir das wirklich?«, fragte Martha ungläubig. »Wir schenken einfach allen unsere Engine?«

»Du wirst berühmt werden!«, erklärte Neil lachend. »Martha Hillman, *programmer extraordinaire*, die Erfinderin der ersten FPS-Engine der Welt, die für Jahrzehnte in Hunderten von Spielen eingesetzt wird. Du wirst eine eigene Wikipedia-Seite bekommen!«

Martha lächelte schüchtern. »Quatsch!«

»Du wirst schon sehen«, sagte Neil mit einer nahezu prophetischen Gewissheit.

»*Buenos días*, Neil!«

Neil schloss gerade die kleine Seitentür zu seiner Wohngarage ab, als Ms Sánchez aus ihrem Bungalow gelaufen kam. Sie trug einen türkisen Bademantel und rote Hausschuhe und wedelte mit einer Zeitschrift über ihrem Kopf. »*Espera un momento, mihijo*! Ich habe da etwas gefunden!«

Sie musste darauf gewartet haben, dass er die Garage verließ. Wahrscheinlich hatte sie die Seitentür von ihrer Küche aus im Auge behalten. Der kurze Sprint durch den Vorgarten ließ ihren prominenten Busen unter dem Stoff auf- und abwallen, und für einen Moment befürchtete Neil, dass der simple Bademantel den physikalischen Anforderungen einer laufenden Ms Sánchez nicht gewachsen war. Doch der Bademantel hielt tapfer die Stellung. Geduldig wartete Neil, bis sie ihn schwer atmend erreicht hatte.

»Schau hier, Neil, auf Seite *cuarenta y trés*. Hier! Lizzard Entertainment! Das seid ihr, *mihijo*! Sogar mit einer *fotografía*!«

Neil nahm das Magazin an sich und betrachtete das Titelbild. Es war kein spanisches Klatschmagazin – so etwas hätte er von Ms Sánchez erwartet –, sondern überraschenderweise ein Spielemagazin mit dem Namen PLAYCENTRAL. Zweite Ausgabe. Neil schüttelte den Kopf. Er hatte gar nicht mitbekommen, dass es inzwischen auch Zeitschriften gab, die sich primär Videospielen widmeten. Er blickte Ms Sánchez fragend an.

»Habe ich beim Zahnarzt im Wartezimmer gesehen und einfach eingesteckt«, gestand sie grinsend. »Hier! Lies das! Da steht dein Name!« Ms Sánchez freute sich wie ein kleines Kind und las ihm den Absatz mit spanischem Akzent vor. »*Der Kopf von Lizzard Entertain-*

ment ist Neil Desmond – das bist du, mihijo –, ein echter Visionär, der nicht nur auf kreativer Basis überrascht, sondern auch in Bezug auf seine unternehmerischen Entscheidungen. Das klingt *súper bien!* Du bist berühmt, *mihijo!*«

Neil las weiter: *Die Entscheidung, seine Doom-Engine kostenlos anderen Entwicklern zur Verfügung zu stellen, weist all jene in ihre Schranken, die ihn zu Unrecht als aufgeblasenen Wichtigtuer bezeichnet haben. Man muss vielleicht nicht so weit gehen und Neil Desmond als den Messias der digitalen Unterhaltung bezeichnen. Aber er ist zumindest der Videospiel-Prophet, auf den wir alle gewartet haben!* Neil zog die Augenbrauen hoch. Das war mal ein Kompliment! Videospiel-Prophet. Es gefiel ihm.

»Vielen Dank, Ms Sánchez. Darf ich die Zeitschrift behalten?«

»*Claro*, Neil. Ich habe sie eh ja für dich … na ja … mitgehen lassen.« Sie gluckste gutgelaunt, machte auf dem Absatz kehrt und war kurz darauf wieder in ihrem Bungalow verschwunden.

Als er die Tür seines alten Fords öffnete, klingelte sein Smartphone. Er nahm ab.

»Hey, Kirilla! Ich fahre gerade los!«

»Gut. Beeil dich! Es gibt Ärger.«

Neil hielt inne. »Was ist passiert?«

»Ich bin mir nicht ganz sicher. Hier sind Leute vor dem Büro. Demonstranten. Und wir haben eine Vorladung zu einer Kongressanhörung bekommen. Per Einschreiben. Du wirst vor einen Senatsausschuss zitiert. Es geht anscheinend um ... Moment ... wie war das noch ... *Gewaltdarstellung in Videospielen und ihre Auswirkung auf Kinder und Jugendliche* ... Neil? Bist du noch da?«

Neil stand mit offenem Mund vor seinem Auto.

»*Fuck my life*«, sagte er leise.

KAPITEL 16

Los Angeles – Washington DC. Aufstehen um vier Uhr früh. Erdnüsse und Coca Cola Light zum Frühstück im abgedunkelten Flugzeug, enge Sitze, weil Neil sich weigerte, Erster Klasse zu fliegen. Menschenmassen im Flughafen, Warteschlange am Taxistand. Sonnenaufgang, während sie durch die breiten Straßen von Washington fuhren, dicke schwarze SUVs, Food-Trucks auf dem Standstreifen. Die geballte Ladung bedeutender Hauptstadt-Architektur: das Monument, das White House, das Smithsonian, das United States Capitol. Klassizistische Bauten in Weiß. Neil stellte sich die pixeligen *Doom*-Blutflecken auf den Gemäuern vor.

Das Thema *Gewalt in Computerspielen* war in Neils alter Welt schon mit den allerersten Games aufgekommen und Gegenstand zahlloser Studien, sozialer Experimente und Untersuchungen gewesen, die sich fortwährend gegenseitig widersprachen und widerlegten und letztendlich zum Spielball selbst deklarierter moralischer Instanzen und politischer Ambitionen verkommen waren – obwohl das Thema an sich durchaus seine Berechtigung hatte, wie Neil zugeben musste. Doch diejenigen, die es unermüdlich aufbrachten, waren oft peinlich uninformiert und wirkten wie jene, die sich zu anderer Zeit geifernd gegen Bücher, gegen Elektrizität oder Impfungen ausgesprochen hatten. Trump und andere Politiker hatten nur allzu begierig den Computerspielen die Schuld an School-Shootings in die Schuhe geschoben und aus Korrelation gerne und fälschlicherweise Kausalität gemacht. Auf der anderen Seite gab es ebenso hitzige Fanatiker, die sich jegliche Zensur verbaten und jedes noch so geschmacklose Computerspiel unter dem Banner der künstlerischen Freiheit in Schutz nahmen. Die Debatte war emotional aufgeladen und vom ersten Moment an verbissen.

Neil saß stumm auf dem Rücksitz des Taxis und blickte aus dem Fenster. Vor dem Kongressgebäude standen Demonstranten mit bedruckten T-Shirts und selbstgemachten Plakaten, auf denen *Killing is not a Game!*, *Stop Videogames* oder *Jesus says: Game Over!* stand. Warum nur hatte er nicht vorausgesehen, dass auch diese Facette des Gamings zwangsweise aufkommen würde?

»Das Ganze ist nur ein *Hearing*, wir sind nicht vor Gericht, also nur die Ruhe.« Kirillas Stimme holte Neil aus seiner Trance. Er spürte ihre Hand auf seinem Arm. »Du brauchst keine Angst zu haben.«

»Ich habe keine Angst«, gab er trocken zurück.

»Ach nein?« Kirilla beäugte ihn überrascht.

Neil lächelte sie an. Er konnte ihr schlecht sagen, dass er wusste, was heute im Kapitol passieren würde. Dass diese Anhörung letztendlich darin resultieren würde, ein Gremium, einen Ausschuss oder eine Behörde ins Leben zu rufen, ein Board, das Computerspiele einer Altersbeschränkung unterzog; ein Rating, das auch *Doom* aufgedrückt bekäme, was aber kaum Auswirkungen auf die Verkaufszahlen haben würde, eher im Gegenteil. Die

Publicity durch die Hearings konnte die Verkäufe sogar anheizen.

Also sagte er nur: »Es wird alles gut.«

Die Gesellschaft musste erst noch lernen, Computerspiele nicht nur als Spielzeug für Kinder zu sehen, sondern auch als Unterhaltungsmedium für Erwachsene. Videogames bildeten – wie jede andere Kunstform – auch die dunklen Bereiche der menschlichen Natur ab: Gewalt, Sex, Trauer, Tod. Für diese Welt war die Gewaltdarstellung in *Doom* eine neue Eskalationsstufe, für ihn – Neil –, der Spiele wie *Dead Island*, *Fahrenheit* oder *Outlast* gespielt hatte, der die umstrittene Flughafen-Mission in *Call of Duty: Modern Warfare 2* kannte und sich mit Trevor eifrig durch die Leichenberge von *Left4Dead* gekämpft hatte – für ihn war *Doom* ein harmloser, pixeliger Cartoon. Gewaltdarstellung war auch Gewöhnungssache. Über kurz oder lang würde es in dieser Welt hochauflösende Texturen geben, hohe Polygonanzahl, Motion-Capture-Animationen, Ragdolls für Leichen und für Leichenteile – *Doom* und *Blood Punch* waren lediglich die Spitze des Eisbergs. Sie schockierten eher aufgrund ihrer Neuheit und würden bald schon als vergleichsweise harmlos angesehen werden.

Was die Menschen dieser Welt – Spieler sowie Entwickler – erst noch lernen mussten, war: Gewalt ist nicht gleich Gewalt. Wichtig ist der Kontext, in dem die Gewalt auftritt. Wie in Büchern oder Filmen würden sogar Sexismus, Rassismus, Vergewaltigung oder Folter ihren Weg in die Computerspiele finden, wie sie es auch in der alten Welt getan hatten. Es war wichtig, dass Spieleentwickler motiviert wurden, über die Inszenierung solcher Gewalt nachzudenken, und dass dafür eine Richtlinie formuliert werden würde. Gamedesigner mussten sich ihres Einflusses bewusst werden. Das *Hearing* würde diesen Prozess anschieben und war genau deswegen richtig und wichtig – es war die erste Zurkenntnisnahme einer Kontroverse, die in den nächsten Jahren an Schärfe zunehmen würde. Zugleich würde ein Rating-System die Branche salonfähig machen, ihr eine gewisse Legitimation verleihen. Die Anhörung war im Grunde also durchaus positiv.

Sie war allerdings auch langwierig und dauerte den ganzen Tag. Insgesamt waren 17 Personen eingeladen worden, den Großteil kannte Neil nicht: Medienpsychologen, Journalisten, Medienwissenschaftler, Politiker und sogar ein Major der US Army. Wenig überraschend war auch Ethan Anderson anwesend; neben *Doom* war *Blood Punch* das zweite gewalttätige Videospiel, das erst vor Kurzem veröffentlicht worden und damit ebenfalls Gegenstand dieser Untersuchung war. Die meiste Zeit saß Neil auf einem harten Stuhl in einem mit dunklem Holz vertäfelten Saal, in dessen Mitte ein Tisch mit Mikrophonen stand, gegenüber einer Art Tribüne, auf der die Mitglieder des Ausschusses Platz genommen hatten. Ein hagerer Mann mit schütterem, graublondem Haar und permanenten Sorgenfalten auf der Stirn führte die Interviews. Es war ein langwieriger, ermüdender Prozess und ganz anders, als Trevor sich das Ganze ausgemalt hatte. »Du wirst gegen die ganzen verkrampften Senats-Typen antreten! Wie Dee Snider damals, der

Sänger von *Twisted Sister*, als er die Gores auseinandergenommen und den Rock 'n' Roll gerettet hat!«

Die Realität war mit endlosen Vorträgen und langwierigen Befragungen weniger glamourös. Ein Senatsmitglied las von seinem Blatt ab und benutzte Wörter wie »widerlich«, »krank« und »hochgradig gefährdend«. Ein Professor der University of Miami verurteilte die Computerspiele generell als »gewaltverherrlichend«, »sexistisch« und »rassistisch« und zeichnete ein düsteres Bild der Zukunft. Ärzte beklagten das Suchtpotenzial bestimmter Spiele, und der Major konstatierte in knappen Worten, dass man in der Army über den Wert von *First Person Shootern* als Training für neue Rekruten nachdachte.

Neil wurde zusammen mit Ethan Anderson aufgerufen. In der abwartenden Stille des Raumes begaben sie sich nach vorne und setzten sich je vor ein Mikrofon. Neil überkam eine plötzliche Nervosität, und für einen Moment war er fast dankbar, dass Ethan Anderson neben ihm saß. Die Dankbarkeit verflog jedoch mit dem ersten Blick, den Ethan ihm zuwarf. Er schien Neil anzulächeln. Neil stellte wieder einmal fest, dass Ethan Anderson einem Raubvogel ähnlich sah – sogar wenn er lächelte.

Der hagere Senator erteilte Anderson das Wort. Mithilfe von Statistiken, die auf große Hartschaumplatten aufgedruckt waren und von einer Assistentin passend ausgetauscht wurden, erklärte Ethan, dass die demographischen Untersuchungen ein Durchschnittsalter von 21 Jahren für die Käufer von *Blood Punch* ergeben hatten. Das gesamte Marketing sei an Erwachsene gerichtet gewesen, und ATRIA habe sich freiwillig dazu entschieden, *Blood Punch* nicht wie andere Spiele in *Shopping Malls* zum Probespielen aufzustellen. Neil musste zugeben, dass Ethan sich gut vorbereitet hatte.

Neil las kein Statement vor, sondern beantwortete lediglich die Fragen, die ihm gestellt wurden. Warum er nach seinem ersten Erfolg – *Super Mario* – nicht einen ähnlich harmlosen Nachfolger entwickelt hatte? Warum er als einflussreiche Figur der Videospielszene Gewalt propagiere? Was es mit den satanischen Symbolen auf sich habe? Ob er keine Gefahr in der Verbreitung solcher Inhalte sehe?

»Ich bin der Ansicht, es sollte ein System etabliert werden, das Videospiele mit einem entsprechenden Etikett kennzeichnet. Wir von Lizzard Entertainment würden das unterstützen. So wäre erkennbar, welches Game für Kinder geeignet ist und welcher Titel sich an Erwachsene richtet. Ein unabhängiges Gremium, vielleicht mit dem Namen *Entertainment Software Rating Board* – das ist natürlich nur ein Vorschlag«, sagte Neil arglos. Es war das erste Mal, dass die Sorgenfalten auf der Stirn des Senators verschwanden. Er beugte sich nach vorne zu seinem Mikrofon und fragte: »Was halten Sie von einem solchen System, Mister Anderson?«

Neil sah kurz zu Ethan hinüber. Dieser erwiderte seinen Blick, überlegte kurz und nickte dann. »Ich halte das für einen hervorragenden Vorschlag, Senator!« Der Senator nickte ebenfalls. Und nicht nur er. Alle Ausschussmitglieder nickten und warfen sich vielsagende

Blicke zu. Die Journalisten im Publikum spürten, dass etwas Bedeutendes geschehen war. Einige von ihnen tippten hastig auf ihren Laptops, andere fotografierten vorsichtshalber das Panel, um den historischen Moment festzuhalten. Neil lächelte. Nun konnte er sich sogar die Entstehung der *ESRB* auf die Fahnen schreiben. Andere solcher Gremien würden auf der ganzen Welt folgen. In Australien. In Japan. In Europa – wobei Deutschland sicherlich wieder auf einer Extrawurst bestehen würde.

Als endlich die erste Pause ausgerufen wurde, verließ Neil den Saal fluchtartig, um frische Luft zu schnappen. Zwischen den riesigen Sockeln der korinthischen Säulen am Eingang des Capitols blieb er stehen und ließ sich die Sonne ins Gesicht scheinen. Die Luft war angenehm kühl.

»Schlaucht ganz schön, was?«

Neil öffnete die Augen und blickte zur Seite. Neben ihm stand Ethan Anderson, nickte ihm arglos zu und zündete sich eine Zigarette an. Neil war so verblüfft, dass er gar nichts sagte. Ethan nahm einen Zug und blies den Rauch nach oben weg.

»Ich hab so was schon einmal gemacht, da ging es um Cybersicherheit. IT-Kram. Hat auch den ganzen Tag gedauert. ATRIA hieß damals nur ATRIA, dann haben wir ein Regierungsprojekt betreut und uns in ATRIA Data Alliance umbenannt.« Er lächelte verträumt und blickte in die Ferne. Neil fragte sich, ob er Ethan einfach stehen lassen sollte. Demonstrativ weggehen, ohne ein Wort zu sagen. Nach einem kurzen Moment des Zögerns entschloss er sich, zu bleiben.

Ethan schien ... verändert. Neil hatte das Gefühl, einer anderen Person gegenüberzustehen. Das war nicht der Ethan Anderson, den er bei ATRIA kennengelernt hatte: arrogant, selbstgefällig und überheblich. Stattdessen schien er den freundlichen Zwilling von Ethan Anderson vor sich zu haben. Höflich, versöhnlich, fast freundschaftlich. Es verunsicherte ihn. Ethan lachte.

»Du fragst dich wahrscheinlich, was in mich gefahren ist, was?«, fragte Ethan und hielt ihm seine Packung Newport-Zigaretten hin. Neil schüttelte den Kopf.

»Nun, ehrlich gesagt wollte ich dich schon länger anrufen«, fuhr Ethan fort. Er zog erneut an der Zigarette und überlegte kurz. »Wir hatten keinen guten Start.«

»Was du nicht sagst«, sagte Neil trocken. Ethan lachte erneut.

»Okay, mea culpa! Ich meine nicht die Szene im Penthouse, das war gerechtfertigt. Aber wegen *Space Invaders* und *Pac-Man* hätte ich mit dir sprechen sollen.«

»Und *Street Fighter*«, knurrte Neil.

»Und *Street Fighter*, richtig.« Ethan blickte auf seine Schuhe. Er schien ehrlich betreten. »Ich ... Es tut mir leid, Neil! Ich bin über das Ziel hinausgeschossen. Das waren *deine* Ideen, und ich hab sie mir einfach unter den Nagel gerissen. So was würde ich natürlich nicht öffentlich zugeben.« Er lächelte entschuldigend. »In dem Business kommt das schon mal vor, da ist man der Wolf unter Wölfen, und wer schneller zubeißt, der gewinnt am Ende. So hab ich das gelernt. Du darfst das nicht persönlich nehmen! Manchmal geht das mit mir durch. Macht mich erfolgreich, das kann ich nicht abstreiten –

der Vorstand und die Aktionäre lieben mich dafür, und ATRIA ist auch durch mich zu dem geworden, was es ist ...«, Ethan redete vollkommen ungezwungen, im Plauderton, als würde er über das Wetter sprechen, »... aber genau das will ich ändern.« Er stupste seine Zigarette an, sodass die Asche abbröckelte und herunterfiel, und zwinkerte Neil verschwörerisch zu.

»Ich habe das noch kaum jemandem erzählt, du bist einer der Ersten.« Er machte eine kurze Pause und fuhr dann fort: »Ich werde ATRIA verlassen. Meine Anteile verkaufen. Und dann eine eigene Firma gründen.« Er nahm einen weiteren Zug und nickte Neil zu. »Eine Firma, die sich nur um Computerspiele kümmert. Keine *Data Alliance* mehr. Nur noch Games. Und ich habe gehofft, dass wir zusammenarbeiten können.«

Neil wollte schon einen zynischen Kommentar abgeben, doch Ethan hob die Hand. »Ich meine es ernst, Neil. Ich habe es anfangs nicht erkannt, das muss ich zugeben, aber ich weiß inzwischen, dass du ein echtes Genie bist, ein Visionär. Du hast etwas, was niemand sonst hat. Ich nicht und kein anderer da draußen, der sich mit Computerspielen beschäftigt.«

»Das sagst du nur, weil *Doom* so erfolgreich ist«, brummte Neil.

»Richtig!« Ethan Anderson ließ sich nicht beirren. »Jeder andere hätte wahrscheinlich aufgegeben, aber du hast es geschafft, einem Giganten wie ATRIA die Stirn zu bieten, mit gerade einmal zwei Produkten. Das ist ... erstaunlich, und ich habe so was noch nicht erlebt. Im Ernst! Das war unglaublich! Und was du da alles auf der

Podiumsdiskussion gesagt hast – du hattest recht. Mit allem! ATRIA hat ordentliche Budgets und eine Menge Spezialisten, aber ihnen fehlt die Vision. Ich will das ändern! In meiner neuen Firma will ich Ressourcen, Know-how und Vision zusammenbringen. Stell dir vor, was wir gemeinsam erreichen könnten!«

Neil zögerte. Er spürte, wie seine harte Front gegen Ethan Anderson zu bröckeln begann. Lullte Ethan ihn ein? Ließen die Komplimente ihn weich werden? Es war eine große Genugtuung, dass sein Erzfeind ihm endlich die Achtung zukommen ließ, die ihm gebührte. Oder benutzte Ethan ihn erneut? Waren die Anerkennung und das Lob nur gespielt? Ethan schien seine Gedanken zu lesen.

»Lass uns von vorne anfangen! Vergiss ATRIA! Vergiss den alten Ethan Anderson! Wir starten bei Null; lass uns so tun, als würden wir uns heute das erste Mal treffen, du und ich, auf Augenhöhe. Partner. Ich biete dir einen Platz in einem Unternehmen, das sich rein auf Computerspiele konzentriert. Wo du all deine Ideen und Visionen umsetzen kannst. Leute, die für dich arbeiten. Die dir alle unliebsamen Aufgaben abnehmen. Das größte Spielestudio der Welt. Du, der geniale Spieledesigner, und ich, der die wirtschaftlichen und unternehmerischen Aufgaben übernimmt.«

Neil musterte Ethan aufmerksam. Kleine rote Äderchen liefen über seine Wangen, die Stirn glänzte leicht. Die Zigarette war abgebrannt, und Ethan drückte sie unter der Sohle seines linken Schuhs aus. Er behielt den Stummel in der Hand und fuchtelte mit ihm in der Luft herum, während er weitersprach. »Ihr habt mit *Doom* bestimmt eine ordentliche Stange Geld verdient. Wie viel? Eine Million? Zwei Millionen? Fünf?«

Neil zuckte mit den Schultern. Er wusste es wirklich nicht.

»Wir werden mit über 100 Millionen Dollar starten, Neil. 100 Millionen! Damit lässt sich *alles* erreichen! Außerdem werde ich Teile der ATRIA-Belegschaft übernehmen und einen Haufen neuer Leute anstellen. Ich werde sogar die Büros in L.A. behalten! Ich muss nur noch das ATRIA-Logo abmontieren. Ich bin schon seit Wochen dabei, alles vorzubereiten. Die besten Programmierer, die besten Artists. Es ist der ideale Zeitpunkt. Ich kenne das Business in- und auswendig. Das Computerspiel ist ein neues, aufregendes Produkt, aber die Abläufe, die Kontakte, die Partnerschaften sind dieselben. Ich habe Anwälte, Finanzberater, Investoren, Hardwarehersteller ...«

»Wir haben auch unsere Partner«, unterbrach Neil ihn trotzig.

»Natürlich habt ihr das! Die gehen dir ja nicht verloren! Neil, ich biete das nicht nur dir an, sondern der gesamten Belegschaft von Lizzard Entertainment. Niemand soll zurückgelassen werden, du kannst dein eigenes Team zusammenstellen, du kannst alle deine Freunde mitnehmen.«

Neil biss sich auf die Unterlippe. Er wollte ablehnen. Er wollte Ethan Anderson höhnisch einen Vogel zeigen, ihn zum Teufel schicken. Aber er zögerte. Er fühlte sich wie ein kleiner Junge, der an Halloween stolz eine Tüte voller Schokoriegel, Bonbons und Zuckerstangen gesammelt hatte und dem man plötzlich den Schlüssel zu einem gut sortierten Süßwarenladen anbot. Die Versuchung war so groß! Und Ethan hatte mit einigen Dingen nicht unrecht.

Sie hatten es geschafft, *Doom* in etwa zwei Monaten fertigzustellen. Das war eine großartige Leistung, technisch gesehen ein echter Durchbruch. Ebenso das Gameplay, das für die Menschen in dieser Welt neu war – aber zugegebenermaßen nicht sonderlich komplex. Kaum Story, die Angriffspatterns der Gegner anspruchslos, die Levelstruktur linear, die Power-ups simpel. Spiele hatten nach *Doom* drastisch an Komplexität zugelegt. Projekte wurden größer. Aufwendiger. Mehr Programmierer, mehr Artists, mehr Entwicklungszeit – Computerspiele waren mit einem Mal zu teuren, langwierigen Projekten geworden. Neil war sich noch nicht sicher, welches Spiel er als Nächstes in Angriff nehmen würde. *System Shock? Grand Theft Auto? FarCry?* Oder ein neues Genre? Ein Rollenspiel? *Fable? God of War?* Für jeden dieser Titel würden sie bei Lizzard Entertainment Monate, wenn nicht gar Jahre benötigen. Und währenddessen arbeitete auch die Konkurrenz an neuen Ideen und innovativen Technologien.

Was Ethan Anderson ihm bot, war eine Möglichkeit, schneller und zielgerichteter die nächsten Meilensteine zu produzieren. Er konnte sogar mehrere Spiele zeitgleich entwickeln. Seine Ziele, *PentaGods* zu entwickeln, den eSport in dieser Welt entstehen zu lassen und sein Leben als professioneller Gamer wiederzuerlangen, rückten so in greifbare Nähe. Auf sich allein gestellt, nur mit Trevor, Martha und Kirilla, würde Lizzard Entertainment dafür noch eine Ewigkeit benötigen.

Eine Frau kam mit eiligen Schritten zu Ethan, tippte ihm auf die Schulter und sagte: »Es geht weiter. Wir sollten wieder hineingehen.« Ethan nickte ihr zu und blickte dann ein weiteres Mal zu Neil.

»Hör zu, ich brauche heute keine Antwort von dir. Nimm dir Zeit. Ich würde mir wünschen, dass du darüber nachdenkst und nicht einfach wegen unserer etwas unglücklichen Vergangenheit ablehnst. Gib mir eine Chance, das wiedergutzumachen! Ich glaube wirklich, dass wir gut zusammenarbeiten könnten. Hier«, er überreichte Neil eine Visitenkarte, »ist meine Nummer. Ruf mich an, egal zu welcher Tages- oder Nachtzeit. Ich meine es ernst!« Er lächelte Neil noch einmal an und folgte dann seiner Assistentin ins Capitol.

Neil drehte die Visitenkarte in seiner Hand. Es war eine schlichte weiße Karte mit Namen, E-Mail-Adresse und Telefonnummer. In etwas größeren Buchstaben stand darüber: *Ethan Anderson Company*.

»Das ist nicht dein Ernst!« Martha ballte die Fäuste und starrte Neil entgeistert an.

Sie befanden sich zu viert im Büro in Alhambra, vier Tage nach der Anhörung und dem überraschenden Gespräch mit Ethan. Neil hatte sich über das Wochenende zurückgezogen und bei Fertigpizza und Zeichentrickserien in seiner Garage über dem Angebot gebrütet. In der Nacht zum Sonntag hatte er einen Entschluss gefasst, am Montag frühmorgens Donuts und Kaffee besorgt und Martha, Trevor und Kirilla in sein Büro gerufen. Er wollte die anderen davon überzeugen, dass Ethan doch kein so schlechter Kerl war. Bisher hatte er damit keinen Erfolg.

»Ethan ›ich-scheiß-auf-dich‹ Anderson?«, rief Martha. »Der Typ, der dich betrogen und Kirilla entlassen hat, weil sie dich nicht einfach übergehen wollte? Meinst du *den* Ethan Anderson?!?«

Neil kratzte sich am Kopf. Er saß wie ein kleiner Schuljunge auf seinem Drehstuhl, den er verlegen hin und her bewegte, und nippte an seinem Kaffee, bevor er antwortete: »Ich weiß auch, was Anderson getan hat, glaub mir. Immerhin waren das *meine* Konzepte, *Space Invaders*, *Pac-Man* und *Street Fighter* sind auf *meinem* Mist gewachsen, wenn du dich erinnerst.« Die leise Stimme in seinem Kopf, die flüsterte, dass diese Aussage nicht vollständig der Wahrheit entsprach, ignorierte er.

Martha schnaubte unwillig. »Dann frage ich mich, warum du das Angebot überhaupt in Erwägung ziehst!«

»Weil es eine Riesenchance ist! Denk daran, wie anstrengend und schwierig die Programmierung der *Doom*-Engine für dich war! Unser nächstes Spiel wird noch härter. Wir werden eine echte 3D-Engine benötigen, Charakter-Animationen mit Rigs, wir werden Echtzeitschatten und optimierte Shader brauchen, hochauflösende Texturen, bessere Speicherverwaltung.« Marthas Gesicht verdüsterte sich bei der Aufzählung. Neil sah darüber hinweg und fuhr fort: »Jetzt stell dir vor, du hättest ein Team, einen ganzen Stall voll von Informatikern, die für dich arbeiten. Du als *Head of Programming*! Kirilla leitet das Marketing oder Human Resources oder was auch immer sie gerne machen würde. Wir sind frei, uns neu zu erfinden, uns unsere Aufgaben auszusuchen und das Zeug, das wir nicht so gerne machen wollen, zu delegieren. Wir können uns auf das Wesentliche konzentrieren und haben nahezu unbegrenzte Möglichkeiten.«

Martha starrte ihn aus zornig funkelnden Augen an. »Aber ...« Sie rang nach Worten. »Aber ... Ethan *fucking* Anderson! Ich verstehe es nicht, dass ausgerechnet *du* plötzlich kein Problem mehr mit dem Typen hast!«

Neil presste die Lippen aufeinander. »Ich bin eben kein nachtragender Mensch«, murmelte er.

»Ach, komm schon! Verarschen kann ich mich selber!«

Neil lächelte verlegen und sah zu Kirilla. Sie und Trevor hatten bisher kein Wort gesagt, aber beide standen mit ernsten Mienen in seinem Büro. Neil hoffte, dass Kirilla wie bei den letzten Meinungsverschiedenheiten einen neutralen Standpunkt einnehmen würde und als ausgleichende Kraft Marthas Zorn besänftigen konnte. Als sie sich räusperte, nickte Neil ihr dankbar zu.

»Neil, ich befürchte, ich muss mich dieses Mal auf Marthas Seite stellen.« Neils Lächeln verschwand. Kirilla blickte ihn fast entschuldigend an. »Ich meine, ich verstehe deine Argumente, große Firma, mehr Personal, mehr Ressourcen, bla, bla bla. Aber ich will auch nicht mehr für Ethan Anderson arbeiten. Ich habe Lizzard Entertainment zu meinem Baby gemacht, und mir gefällt unser kleines Team und unser Büro hier in Alhambra.«

»Eben!«, rief Martha dazwischen. »Uns geht's doch gut bei Lizzard Entertainment! Warum willst du das einfach so aufgeben?«

»Ich will nichts aufgeben!«, entgegnete Neil frustriert. »Im Gegenteil! Ich will den nächsten Schritt machen! Ihr habt mir bisher bei jeder größeren Entscheidung widersprochen, und bei jeder Entscheidung habe ich im Endeffekt recht behalten. Ihr wolltet ATRIA vor Gericht ziehen, ich wollte lieber mit einem eigenen Spiel antworten. Was war wohl die richtige Entscheidung? Wenn es nach euch gegangen wäre, hätten wir *Doom* niemals gemacht, und wir hätten auch die Engine nicht als Open Source veröffentlicht. Wir wären aber auch nicht das visionäre Spielestudio, das auf der ganzen Welt bekannt ist und Angebote bekommt, die sonst nur in der Filmbranche oder im Profisport existieren. Ich habe immer in unserem Interesse gehandelt, und das ist dieses Mal auch nicht anders.«

»Was soll das heißen? Dass du unfehlbar bist?«, spöttelte Martha. »Wir haben auch viel Glück gehabt! Nur weil bisher alles gut gegangen ist, bedeutet das nicht, dass auch in Zukunft jeder verrückte Plan aufgehen muss. Für mich ist bei Ethan Anderson Schluss. Wenn wir mit ihm zusammenarbeiten, dann ist schon etwas schiefgelaufen.«

Martha lehnte an einem der Fenster, die Arme vor der Brust verschränkt. Neil hatte sie noch nie so wütend erlebt. Kirilla schien der Streit zwar unangenehm, aber auch ihre Körperhaltung zeigte, dass sie sich weigerte, der *Ethan Anderson Company* eine Chance zu geben. Die Situation war festgefahren. Nur Trevor blickte unsicher von einem zum anderen und schien überfordert.

Neil biss die Zähne aufeinander. Er hatte nicht erwartet, auf so erbitterten Widerstand zu stoßen. Wenn *er* Ethan Anderson vergeben konnte, wieso konnten es Martha und Kirilla dann nicht? Er hatte ihnen und der gesamten Welt ein ums andere Mal gezeigt, dass er wusste, was er tat. Er war der gottverdammte Videospiel-Prophet! Neil kniff die Augen zusammen. Es war an der Zeit, harte Geschütze aufzufahren. Vielleicht konnte ein kleiner Bluff ihnen die Augen öffnen.

»Im Endeffekt ist es egal«, sagte er trotzig. »Ich werde das Angebot annehmen. Wenn ihr ohne mich weitermachen wollt, könnt ihr das gerne tun, aber ich werde eine solche Chance nicht einfach in den Wind schießen.« Triumphierend blickte er Martha an. »Von mir aus könnt ihr Lizzard Entertainment weiterführen – nur müsst ihr dann ohne mich und meine Ideen auskommen.« Martha wusste ebenso wie er, dass die *Doom*-Engine ohne seine Hilfe niemals zustande gekommen wäre.

Doch Martha starrte ihn entgeistert an. »Was für ein Arschloch!«, presste sie schließlich hervor und verließ den Raum. Ihre Schritte hallten auf dem Gang nach, bis in der Ferne eine Tür zugeschlagen wurde. Verdutzt blieb Neil auf seinem Stuhl sitzen. Kirilla blickte ihn traurig an, kam langsam heran und legte ihm eine Hand auf die Schulter. Sie schien etwas sagen zu wollen, schüttelte dann aber nur den Kopf und verließ ebenfalls wortlos den Raum. Neil spürte einen Stich im Herzen.

Trevor blieb auf seinem Stuhl sitzen und sah aus wie ein Häufchen Elend. »Und jetzt?«, fragte er leise.

Neil starrte immer noch ungläubig auf die Tür, durch die Martha und Kirilla verschwunden waren. Der Bluff war nicht so gelaufen, wie er sich das vorgestellt hatte. Aber es war zu spät, um zurückzurudern. Müde zuckte er mit den Schultern. »Was ist mit dir? Kommst du mit?«

Nach einigen Sekunden, in denen keiner etwas sagte, nickte Trevor schließlich.

KAPITEL 17

Der Sommer in L.A. war heiß und trocken, doch Neil bekam davon kaum etwas mit. Tagsüber rannte er von einem klimatisierten Konferenzraum in den nächsten und abends saß er zusammen mit Trevor im Penthouse, ließ sich chinesisches Essen liefern und genoss den Blick auf die Lichter des Financial District. Er war wieder zurück in Downtown L.A., in seinem Luxus-Apartment, und es fühlte sich gut an. Ethan Anderson hatte seine Forderung, das Penthouse beziehen zu können, anstandslos akzeptiert.

Überhaupt hatte Ethan alle Versprechen gehalten. Trevor und er erhielten ein fürstliches Gehalt, Neil war als *Creative Director* für die Auswahl der Projekte verantwortlich und leitete insgesamt vier Abteilungen, die zeitgleich an verschiedenen Titeln arbeiteten. Sowohl Neil als auch Trevor mussten kaum noch selbst Hand anlegen, vielmehr bewerteten sie die Arbeit der Programmierer und Artists, testeten, nahmen die neuen Versionen ab oder gaben Anweisungen, was noch geändert werden sollte. Dank der genauen Vorstellungen von Neil machten die Projekte rasant Fortschritte, und schon innerhalb der ersten Wochen, noch während sich die Firma im Aufbau befand, waren zwei vielversprechende Prototypen entstanden. *The Ethan Anderson Company* wuchs zum Giganten der Spieleentwickler heran, einem Superlativ, der allein durch die schiere Größe zum

Gesprächsthema wurde, schon lange bevor überhaupt ein Produkt angekündigt worden war, und das sehr zur Zufriedenheit von Ethan Anderson.

Auch Trevor schien sich in der neuen Umgebung wohlzufühlen, stellte Neil erfreut fest. Trevor war seine rechte Hand, übernahm Meetings, wenn Neil anderweitig beschäftigt war, und durfte als Einziger das Notizbuch einsehen. »Das ist der Hammer, Alter«, raunte er, als Neil ihm das erste Mal seine Aufzeichnungen präsentierte. »Hier sind ja unfassbar viele Spiele drin!« Die nächsten drei Abende lag er auf dem Sofa und blätterte in den Notizen.

»Hey, was ist das denn?«, rief er plötzlich aus. »*Guitar Hero*? Ist das eine Gitarre? Ein Spiel mit Metalmusik? Hier steht was von *Ace of Spades*! *Raining Blood!* Uh, und *Symphony of Destruction* von *Megadeth!* Und *Black Sabbath!*« Trevor war ganz aus dem Häuschen. Neil nickte und erklärte ihm, wie das Spiel funktionierte. Trevor riss die Augen auf. »Saucool! Wann machen wir das? Ich will das spielen!« Neil lachte und versprach ihm, das Spiel in die nähere Auswahl zu nehmen. Trevor nickte zufrieden.

»Irgendwann würde ich auch gerne ein Spiel erfinden, glaube ich«, sagte er. »Was Eigenes, weißt du? Mir selbst etwas ausdenken ...«

»Klar. Warum nicht?«, antwortete Neil. »Die Welt steht uns offen!«

Doch nicht alles war perfekt. Neil musste schnell feststellen, dass sein Ruf als Videospiel-Prophet bei der Belegschaft nicht immer Wohlwollen und Respekt auslöste. Viele der Informatiker und Artists waren weitaus älter als er und ließen sich nur ungern von einem 23-jährigen Jungspund erklären, was sie zu tun hatten. Mehr als einmal musste Ethan Anderson eingreifen und den einen oder anderen in die Schranken weisen, was Neil zähneknirschend hinnahm, da ihm die Zeit fehlte, sich persönlich mit den Querulanten auseinanderzusetzen.

Dabei konnte er ihren Unmut durchaus nachvollziehen. Alle Konzepte, die er umsetzen ließ, waren radikal anders als die zur Zeit erfolgreichen Computerspiele, was Zweifel hervorrief, ob dermaßen ungewohnte Spielkonzepte überhaupt erfolgreich sein konnten. Viele sahen den besten Weg darin, einen Nachfolger von *Doom* oder *Blood Punch* herauszubringen, und obwohl Neil über Klassiker wie *Duke Nukem*, *Quake*, *Unreal Tournament* oder auch *Tekken*, *Killer Instinct*, *King of Fighters* oder *Samurai Showdown* nachdachte, zog er es vor, auf Meilensteine der Computerspielgeschichte zu setzen, die echte Veränderungen herbeigeführt hatten.

Den geringsten Widerstand gab es bei *Half-Life*, denn immerhin war das ein First Person Shooter, und es gab Monster, Waffen und Shooter-Action wie bei *Doom*. Trotzdem war das Team nicht begeistert von den storylastigen Elementen, die Neil einbringen wollte. Der Spieler sollte in den ersten 20 Minuten keine Waffen besitzen? Nicht einmal eine Pistole? Und noch dazu sollte das Game mit einer dreiminütigen Fahrt in einer Schwebebahn beginnen, während die Spieler zum Nichtstun verdammt waren? Wo blieb da der Spielspaß? Rätsel, langwierige Dialoge und leere Levelabschnitte unterbrachen immer wieder die Schießerei, und das – so waren sich viele sicher – würde bei den Gamern nicht gut ankommen. Die Story sei zu komplex, zu verwirrend, und das Ende – ach du liebe Güte! – ein Ende, bei dem der Spieler nicht gewinnen kann – das sei Verrat am Konsumenten und nahezu bösartig! Doch Neil wusste es besser und ließ sich nicht beirren.

Das zweite Team arbeitete an *Diablo*, das Neil als erste Annäherung an das MOBA-Genre und damit als wichtigen Schritt in Richtung *PentaGods* ansah. Top-Down-Perspektive, Maussteuerung, das Verwalten von Ausrüstung, Levelpunkten und Fähigkeiten waren wichtige Elemente für die zukünftigen MOBA-Games wie *DOTA*, *League of Legends* und letztendlich *PentaGods*. Neil verlor sein Ziel nicht aus den Augen und setzte sich auch hier gegen alle Mäkler durch, die das Spiel als »sinnlose Klick-Orgie«, »masochistischen Grinding-Simulator« oder »überteuerten Inventar-Manager« bezeichneten.

Um Ethan Anderson zu beruhigen, entschied sich Neil außerdem für *Bejeweled*, denn das Spiel ließ sich vergleichsweise schnell fertigstellen und würde dem Smartphone-Markt, der seit *Space Invaders* vernachlässigt worden war, neues Leben einhauchen. Während auch hier die Frustration des Teams anfangs groß war, da es das Projekt mit den anderen verglich und das Gefühl hatte, ein unwichtiges Mini-Game zu entwickeln, verflog der Widerstand von selbst, als der erste Prototyp sein Suchtpotenzial offenbarte. Die Mitarbeiter des

Bejeweled-Teams waren die Ersten, die sich bei Neil entschuldigten und scherzhaft »dem Propheten blinden Gehorsam« gelobten.

Am längsten und erbittertsten leisteten die Mitarbeiter aus dem vierten Team Widerstand, denn den *Barbie Fashion Designer*, den Neil ihnen aufgebürdet hatte, erkannten die meisten nicht einmal als Spiel an. Neil wäre wahrscheinlich niemals auf den Gedanken gekommen, ein Spiel für junge Mädchen umzusetzen, aber ausgerechnet Ethan Anderson hatte ihm geraten, diese nicht außer Acht zu lassen. Es war eine marktstrategische Überlegung: Statistiken hätten aufgezeigt, dass Spieler zurzeit überwiegend männlich seien, und – wenig überraschend – weder *Doom* noch *Blood Punch* hatten etwas daran geändert. Neil hatte zunächst keinen passenden Titel in seinem Notizbuch gefunden, sich aber schließlich an den *Barbie Fashion Designer* erinnert, den Trevor ihm als Scherzgeschenk zum 18. Geburtstag überreicht hatte. Per Zufall hatte Neil später herausgefunden, dass der *Fashion Designer* das erste Spiel seiner Art gewesen war, und es daraufhin als Kuriosum in seine Sammlung aufgenommen.

Der Protest und die Kritik versiegten schließlich, als die Verkaufszahlen gemeldet wurden: Jedes einzelne der Spiele war in hohem Maße erfolgreich. Neils Status als visionärer Spieleentwickler festigte sich – im Unternehmen, aber auch außerhalb. Neil gab Interviews, besuchte Talkshows oder posierte für Titelbilder von Zeitschriften wie *Time Magazine* und *Rolling Stone*. Es entstand ein regelrechter Hype um seine Person; die Abonnentenzahlen auf seinen Social-Media-Accounts explodierten, und jeder seiner Posts wurde millionenfach geteilt. Mit dem Release von *Half-Life*, das überwältigend positiv aufgenommen und schon zwei Tage nach Veröffentlichung zum »Spiel des Jahres« deklariert wurde, stieg Neil zu einer Art Popstar auf. Er war die zentrale Figur der Videospielindustrie, die ganze Welt hielt den Atem an, wenn er ein neues Projekt ankündigte. Und Neil hatte sich gerade erst warmgelaufen.

Nach *Half-Life* kam *Counter Strike*, auf *Diablo* folgte *Baldur's Gate*. Außerdem *Angry Birds* und *Pokémon*. Mit jedem Spiel, das er herausbrachte, erblühten unzählige Ableger, die kreativ mit den neuen Elementen umgingen und eigene, veränderte Spielkonzepte entwickelten. Neil beobachtete mit verhaltener Sorge, wie die Konkurrenz erstarkte, finanziell unterstützt von unzähligen Investoren, die auf das schnelle Geld einer rapid wachsenden Videospielbranche hofften. Fast täglich wurden neue Studios gegründet und die Zahl der Veröffentlichungen stieg exponentiell an; es entstand eine regelrechte Goldgräberstimmung. Neil stellte beunruhigt fest, dass Entwickler mutiger wurden und eigene Konzepte erarbeiteten: Immer mehr Spieledesigner wollten sich von anderen Titeln absetzen.

Und die Parallelen zu Spielen, die Neil von früher kannte, waren manchmal verblüffend: Im Spiel *DigiTales* beobachtete der Spieler kleine Menschen in ihrem digitalen Alltag. Das Game wurde zum Überraschungserfolg. *The ADAM Dystopia* erzählte die Geschichte von *Bioshock*, allerdings als *2D-Sidescroller*. Als erster starker weiblicher Videospielheld erschien *Anna Mason*, eine gut proportionierte Archäologin, die durch verlassene Maya-Tempel turnte und längst vergessene Schätze suchte. Das Spiel erfreute sich so großer Beliebtheit, dass kurz darauf ein großes Filmstudio die Rechte erstand und die erste Videospielverfilmung ankündigte. Das Spiel *TimeTripFoxxx* war im Endeffekt eine schlüpfrige Version von *Chrono Trigger,* allerdings mit Furrys als Hauptcharakteren, was Neil als äußerst verstörend empfand, dem Erfolg des Spiels jedoch keinen Abbruch tat. In Japan erfand ein gewiefter Hardwarehersteller das *Tamagotchi*, das er allerdings nicht *Tamagotchi* taufte, sondern *Doragonbeibi*. Der Spieler musste einen kleinen Drachen in einem virtuellen Käfig großziehen. Daraufhin erschien eine ganze Reihe von Spielen, die sich mit digitalen Haustieren beschäftigten: *Virtual Petz*, *Animal Bossing* oder *Hamster Adventures*. Neil erinnerte sich an die kleine Maria mit ihrem Wunsch nach Ponys und beschloss, in nicht allzu ferner Zukunft ein Pferdespiel entwickeln zu lassen.

Manche Titel der Neuerscheinungen waren allerdings irreführend, zumindest für Neil: Ein Spiel namens *Assassin's Creed* war ein Film-Noir-Point-and-Click-Adventure, bei dem ein abgehalfterter Kommissar einen Serienmörder jagte. Ein Farming Simulator hatte sich ausgerechnet den Namen *Silent Hill* ausgesucht und lud zum Entspannen sowie zur Blumenzucht ein. *STALKER* wurde kurz nach der Veröffentlichung wieder aus den amerikanischen Einkaufszentren verbannt, da das Gameplay aus dem Beobachten und Ausspionieren junger Frauen bestand, was den Jugendschutz und die neu geformte ESRB dazu veranlasste, ein Distributionsverbot zu verhängen. *God of War* war kein actiongeladenes Third-Person-Adventure, sondern ein Echtzeit-Strategiespiel, ähnlich *Age of Empires* oder *WarCraft*, bei dem der Spieler die Rolle des griechischen Gottes Ares einnahm, und *Eve Online* stellte sich – zu Neils großer Belustigung – als drittklassiger erotischer Online-Chat mit einer Künstlichen Intelligenz namens Eve heraus.

Die Zeit verging wie im Flug. Neil genoss seinen Status als Wunderkind der digitalen Unterhaltung in vollen Zügen. Wenn er nicht auf irgendwelchen Partys eingeladen war, zockte er abends zusammen mit Trevor die neuen Computerspiele der Konkurrenz, denn er wollte über jede noch so kleine Entwicklung auf dem Markt informiert sein. Er fühlte sich an die Zeit in Camrose erinnert, als er und Trevor gemeinsam vor dem Bildschirm gesessen und Coop-Games wie *Overcooked*, *Castle Crashers* oder *Rayman Legends* gespielt hatten. Natürlich waren sie auch gegeneinander angetreten, in *Trials*, in *Speed Runners*, *Rocket League*, *Dead Or Alive*, *Brawlhalla* und unzähligen mehr. Jetzt spielten sie zwar nicht allein um des Spielens willen, aber Neil genoss die Abende mit Trevor ebenso wie ihre Gaming-Sessions während ihrer Kindheit.

Der einzige Wermutstropfen war, dass Martha und Kirilla nicht dabei waren. Neil ertappte sich dabei, dass er minutenlang auf sein Smartphone starrte, auf dem Kirillas Kontaktdaten und ein Foto zu sehen waren. Erstaunt stellte er fest, dass er sie vermisste. Ihre Anwesenheit hatte eine beruhigende Wirkung auf ihn gehabt. Während der Entwicklung von *Doom* war sie mehr als einmal abends mit ihm im Büro geblieben, hatte Reis mit Curry beim Inder bestellt und ihn für ein paar Minuten von blutigen Texturen und dunklen Gängen abgelenkt. Neil sehnte sich nach ihrer Nähe.

Manchmal stellte er sich vor, dass sie alle im Penthouse wären. Gemeinsam. Er, Trevor, Kirilla, Martha und auch die Minions. Wie Jerry und Rodrigo durch das Apartment wetzen würden, Treppe rauf, Treppe runter, um jedes Zimmer mit großen Augen zu inspizieren. Wie Maria auf dem Sofa herumspringen und quietschen würde, während Catherine versuchte, Neil in ein Gespräch zu verwickeln, damit Jerry eine Flasche Bier aus dem Kühlschrank klauen konnte. Wie sie im neu eingerichteten Gaming-Zimmer, das inzwischen fast so aussah wie früher, gemeinsam Spiele zocken würden. Wie Kirilla und er auf der Dachterrasse sitzen und die Aussicht genießen würden. Neil lächelte, wenn er sich diese Dinge ausmalte.

Doch als sich der August dem Ende zuneigte, hatte Neil seit über zwei Monaten weder mit Kirilla noch mit Martha gesprochen. Inzwischen war es schlicht zu spät; zu viel Zeit war vergangen, als dass er einfach anrufen konnte – zumindest empfand er das so. Er hatte einen Anruf immer wieder hinausgeschoben, und jetzt würde es arrogant, geradezu höhnisch wirken: Seht her, der Videospiel-Prophet gewährt euch eine Audienz! Neil hatte mit der *Ethan Anderson Company* vier weltweit anerkannte Spiele herausgebracht. Lizzard Entertainment kein einziges.

Andererseits, dachte er, *hätten auch Martha oder Kirilla mal auf die Idee kommen können, sich zu melden.* Eine kurze Nachricht wäre eine nette Geste gewesen, ein einfacher Glückwunsch zu seinen Erfolgen oder ein *Hey, ich habe einen Artikel über dich gelesen.* Immerhin hatte er ihnen Lizzard Entertainment überlassen, inklusive *Super Mario* und *Doom*. Anscheinend waren sie immer noch verstimmt, weil er die gemeinsame Firma verlassen hatte. Neil blieb nichts anderes übrig, als den Zustand zu akzeptieren. Sein Leben würde auch ohne Martha und Kirilla weitergehen.

Nur eine Sache hatte er sich nicht nehmen lassen: Er war seiner Abmachung mit den Kindern nachgekommen. Mit jedem Release hatte er je eine Kopie an Jerry, Catherine, Rodrigo und Maria verschickt – geheim und anonym, ohne dass jemand etwas davon erfuhr. Er wusste, dass die Spiele bei den Kindern angekommen waren, denn die vier hatten zusammen einen YouTube-Kanal erstellt: »die VideoGameMinions«. Sie waren zu Vorreitern einer Sparte geworden, die sich bald schon als »Let's Play« auf der ganzen Welt verbreitete. Neil hatte den Kanal abonniert und freute sich immer, wenn ein Video über eines seiner Spiele erschien.

Abends, bevor er in das Penthouse hinauffuhr, wanderte Neil gerne durch die fast leeren Hallen. Nur vereinzelt saßen noch Entwickler vor ihren Monitoren, angestrahlt vom kühlen Licht der Bildschirme, und starrten nachdenklich auf Codezeilen oder arbeiteten an einem 3D-Modell. Neil erinnerten seine Spaziergänge durch die Großraumbüros an seine Zeit als Putzmann, als noch überall das ATRIA-Logo an den Wänden geprangt hatte. Nun stand dort in schwarzer Serifen-Schriftart *Ethan Anderson Company* und manchmal einfach nur ein farbiger Kreis mit den Initialen *EA*. Auch die Arbeitsplätze hatten sich verändert: Vor allem bei den Artists hingen bunte Zeichnungen an Stellwänden, Sketche, Scribbles und Referenzbilder, aber auch die Leveldesigner waren umgeben von ausgedruckten Grundrissen, Screenshots und beeindruckenden Renderings. Neil mochte die Ruhe, wenn er einsam durch das Zwielicht der Gänge streunte und seine Schritte an den Wänden widerhallten.

Als er nach einem seiner nächtlichen Spaziergänge das Penthouse betrat, saß Trevor mit nassen Haaren auf dem Sofa und starrte auf den Bildschirm seines Smartphones. Er lächelte, während eine Kakophonie an Geräuschen zu hören war. Anscheinend sah Trevor sich ein Video an, und der Soundkulisse nach zu urteilen, wurde irgendetwas Metallisches mit roher Gewalt zerstört. Neugierig näherte sich Neil und blickte Trevor über die Schulter.

»Was ist das?«, fragte er, und Trevor zuckte zusammen.

»Alter, ich hab dich gar nicht reinkommen gehört.«

»Liegt wahrscheinlich an der Lautstärke des Videos.« Grinsend fragte Neil noch einmal: »Was ist das?«

Trevor zögerte kurz. Er schien verlegen. »Das ... ist ein Video von Martha. Hat sie mir geschickt.«

Neil zog die Augenbrauen hoch. »Martha? Du hast noch Kontakt?«

»Jep.« Neil runzelte die Stirn. Trevor fuhr sich durch die nassen Haare. Anscheinend hatte er gerade erst geduscht. »Ich mag Martha. Wir chatten und so.«

»›Und so‹?«

Trevor lächelte verlegen. »Na ja. Wir haben schon mal rumgemacht … Ist aber nix Ernstes … zumindest noch nicht.«

Neil sah Trevor verdutzt an. Er hatte gar nicht mitbekommen, dass sein Freund noch Kontakt zu Martha hatte, geschweige denn, dass er sie seit dem Umzug wiedergesehen hatte. Immerhin lebten er und Trevor gemeinsam im Penthouse, und Neil war davon ausgegangen, dass er zwangsweise über alles, was sein Mitbewohner tat, Bescheid wusste. Offensichtlich täuschte er sich.

»Oh, cool«, sagte er schließlich trocken. »Freut mich für dich.« Er versuchte sich an einem Lächeln und hoffte, dass es nicht allzu gezwungen aussah. »Wie geht's den beiden denn? Martha und Kirilla meine ich.«

»Gut, gut«, antwortete Trevor. »Sie machen mit Lizzard Entertainment weiter. Haben noch ein paar neue Leute angestellt.«

»Und das Video?«

»Ach, das ist nur ein Gag. Hat Martha mir geschickt, weil sie heute auf dem Schrottplatz waren. Bei Mario.« Trevor spulte das Video zurück und hielt ihm das Smartphone hin.

Neil erkannte Kirilla, die mit Handschuhen, Schutzbrille und Bauarbeiterhelm einen Vorschlaghammer in den Händen hielt. Sie lächelte kurz der Kamera zu und sagte: »Bereit?« Dann ging sie zu einem Auto, holte noch einmal tief Luft und ließ den Vorschlaghammer mit voller Wucht gegen die Karosserie sausen. Krachend schlug der Hammer in den Kotflügel ein, das Fenster darüber zersprang und ein Regen aus kleinen Glassplittern fiel klickend und klackernd teils in den Wagen, teils auf den Boden. Kirilla stand mit breitem Grinsen daneben und wartete ab, bis jemand außerhalb des Kamerabildes »Nice! Mach noch mal!« rief.

»Was tun die da?«, fragte Neil verwirrt. Trevor grinste.

»Na, die nehmen Geräusche auf. Für ein Rennspiel, an dem sie gerade arbeiten.«

Neil sah sich das Video weiter an. Jetzt war Jerry zu sehen, der ebenfalls Schutzbrille und Helm aufgesetzt hatte und mit einem langen Rohr auf der Motorhaube stand. Er hob das Rohr über seinen Kopf, hielt für einen Moment inne und ließ es dann auf das Dach des Autos herabfallen. Ohrenbetäubender Lärm von schrammendem Metall, berstendem Glas und dem Aufschlag des Rohres zerrissen die Stille. Der Wagen schwankte, sodass Jerry kurz ums Gleichgewicht kämpfen musste. Er hielt sich jedoch tapfer, und als der Krach verstummte, riss er die Arme hoch und jubelte mit schallendem Lachen. Die Kamera schwenkte nach links, und Neil sah zwei Tonleute, die mit Kopfhörern und konzentrierten Gesichtern auf ihre Aufnahmegeräte starrten, und dahinter Catherine, Rodrigo, Maria, Mario und seine Frau Mel, die ihrerseits Jerry zujubelten. Die kleine Maria klatschte in die Hände und kreischte: »Jetzt ich! Jetzt ich!«

Neil gab Trevor das Smartphone zurück. Ein Potpourri an Emotionen rauschte durch seinen Körper, und er wusste nicht so recht, was er gerade fühlte. In dem Video schienen alle viel Spaß zu haben, und eigentlich sollte er sich darüber freuen, dass es seinen Freunden gut ging und sie an einem weiteren Spiel arbeiteten. Aber aus irgendeinem Grund freute er sich nicht. Warum nicht?

Vielleicht, weil Lizzard Entertainment sein Baby war. Es fühlte sich falsch an, dass Martha und Kirilla einfach ein weiteres Spiel entwickelten – ohne ihn. Er wusste, dass dieses Gefühl kleinlich und vielleicht sogar schäbig war, aber er konnte es nicht einfach so abschütteln. Er hatte Lizzard Entertainment zu dem gemacht, was es war – ohne ihn hätten weder Martha noch Kirilla je erfahren, dass so etwas wie Computerspiele überhaupt möglich war. Und jetzt hielten sie es nicht einmal für nötig, ihn darüber auf dem Laufenden zu halten. Trevor hingegen bekam freundschaftliche Nachrichten und lustige Videos geschickt. Für Martha und Kirilla schien Neil kein Freund mehr zu sein, nicht einmal mehr ein ehemaliger guter Kollege – eher ein Konkurrent.

Siedend heiß fiel ihm auf, dass er das Rennspielgenre bisher vollkommen außer Acht gelassen hatte. Ein grober Fehler, den es zu berichtigen galt! Er musste verhindern, dass Lizzard Entertainment das erste Racinggame dieser Welt herausbringen und das Genre für sich beanspruchen konnte. Wenn Martha und Kirilla ihn wie einen Konkurrenten behandelten, würde er das mit gleicher Münze zurückzahlen! Und er wusste auch, wie er das anstellen würde, denn immerhin war er der Videospiel-Prophet.

Neil holte sein Smartphone hervor und wählte die Nummer von Ethan Anderson.

KAPITEL 18

»Was zur Hölle!« Zwei Tage später stand Trevor mit wütendem Gesicht vor ihm in seinem Büro. Neil blickte ihn erstaunt an.

»Was ist denn los?«

»*Luca Santoro Rally*?« Trevor hielt ihm ein DIN-A4-Blatt hin, auf dem oben der Titel in großen Buchstaben zu lesen war. Es schien ein Ausdruck des Dokuments zu sein, das Neil am Vorabend an eines der Teams geschickt hatte, mit der Bitte, umgehend mit der Entwicklung zu beginnen. Das Konzept für ein Rennspiel, seine Antwort auf das Racinggame von Lizzard Entertainment. Neil atmete tief ein.

»Das ist ein neues Rally-Game, das wir entwickeln«, sagte er knapp.

»Was du nicht sagst!«, blaffte Trevor. »Und was für ein Zufall, dass du *einen* Tag, nachdem ich dir das Video von Martha gezeigt habe, aus heiterem Himmel beschließt, ein Rennspiel zu machen!«

»Das hat nichts mit dem Video zu tun«, log Neil.

»Leck mich! Natürlich hat es damit zu tun! Was ist eigentlich dein *fucking* Problem? Kannst du es nicht ertragen, wenn andere auch gute Ideen haben? Ist es das? Bist du der Einzige, der Erfolg mit Computerspielen haben darf?«

»Quatsch.« Neil biss sich auf die Unterlippe. Seine Antwort klang nicht wirklich überzeugend. Trevor zerknüllte das Papier und warf es in Richtung eines Abfalleimers, ohne zu treffen.

»Das ist erbärmlich! Einfach die Idee zu klauen!«

Neil hob abwehrend die Hände. »*This is America*! Freier Markt! Wir machen eben auch ein Rennspiel, na und? Ist ja nicht so, als würde ich denen verbieten, ihres zu veröffentlichen.«

»Oh, wow, du solltest einen Preis für Fairness bekommen!« Plötzlich hielt Trevor inne und kniff die Augen zusammen. »Jetzt verstehe ich auch, warum ›Luca Santoro‹! Großer Name, mehr Reichweite. Du weißt so gut wie ich, dass Lizzard sich ein solches Zugpferd nicht leisten kann! Aber *The Ethan Anderson Company* natürlich schon! Das ist echt unterste Schublade! Ist das auch auf deinem Mist gewachsen?«

»Nein, das war … Zufall«, log Neil erneut. In Wahrheit hatte er genau darüber mit Ethan Anderson gesprochen. Luca Santoro war seit einigen Jahren der Newcomer der WRC und sägte mit inzwischen fünf Titeln am Thron der Franzosen Loeb und Olgier. Der Name hatte einen hohen Bekanntheitsgrad und würde die Verkaufszahlen mit Sicherheit weiter in die Höhe treiben. Ethan Anderson hatte auf Neils Anraten noch am selben Tag die Verhandlungen mit Santoros Management aufgenommen, das äußerst interessiert zu sein schien. Es war nur eine Frage der Zeit, bis offiziell verkündet werden konnte, dass EA eine Kooperation mit dem aktuellen Rally-Worldchampion eingegangen war. Geld spielte dabei nur eine untergeordnete Rolle. Eine Strategie, die Neil sich von Titeln wie *Madden*

NFL, *Colin McRae Rally* oder *Tony Hawk's Pro Skater* abgeguckt hatte.

»Zufall!« Trevor schnaubte. »Wenn du es nicht gewesen bist, dann eben Anderson. Passt ja zu ihm. Wie nennt man so was? Marketingstrategie? Zielgruppenfokussierung? Fan-Service? Promi-Bonus?« Trevor zitterte regelrecht vor Wut. »Ich hätte dir das Video niemals zeigen dürfen! Das ist alles meine Schuld! Aber wer hätte schon gedacht, dass du zu so was fähig bist!«

Trevor brüllte ihn dermaßen an, dass die Leute, die an Neils Büro vorbeikamen, peinlich berührt durch die Glaswand blickten. Neil zwang sich, in normaler Lautstärke zu erwidern: »Hör auf, so rumzuschreien! Komm runter, setz dich hin.«

»Warum, Neil? Du hast doch ein ganzes Buch voller Ideen, warum muss es ausgerechnet ein Rennspiel sein?«

»Ich habe auch Rennspiele in meinem Buch! Das Konzept für *Luca Santoro Rally* steht da auch drin, nur unter anderem Namen. Und wer weiß, vielleicht haben Martha und Kirilla ihre Idee auch aus meinem Buch, das lag bei Lizzard einfach so rum, da hätte jeder mal einen Blick reinwerfen können.«

Trevor ballte die Fäuste in schierer Frustration. »Unsinn! Niemand hat in dein wertvolles Buch geguckt! Weil niemand davon ausgegangen ist, dass du Lizzard Entertainment verlässt und ausgerechnet zu Anderson überwechselst. Ich bin mit gegangen, weil wir uns schon so lange kennen und seit einer halben Ewigkeit beste Freunde sind, aber ich hab nie verstanden, warum EA besser sein soll als das, was wir bei Lizzard hatten.«

»Das weißt du nicht? Im Ernst? Dir ist nicht klar, dass wir vier Spiele – *vier*, Trevor – herausgebracht haben? Wie viele hat Lizzard in der Zeit geschafft? Kein einziges! Und was ist mit deinem Gehalt? Und dem Penthouse? Wir haben hier alle Freiheit der Welt!«

»*Du* hast alle Freiheit der Welt! Ich laufe den ganzen Tag zwischen irgendwelchen sinnlosen Meetings hin und her, lösche große und kleine Brände, muss ständig deine Anweisungen weitergeben und deinen Willen durchsetzen, weil der Prophet und sein bissiger Hund Anderson sonst sauer werden. Ich bin dein Assistent und Handlanger, nicht mehr.«

»Meine Güte, wenn alles so dermaßen schlimm ist, dann geh halt zurück zu Lizzard, keiner hält dich hier!«

Trevor starrte ihn an, und Neil erwiderte seinen Blick standhaft. Schließlich drehte Trevor sich um und öffnete die Tür. Beim Hinausgehen sagte er leise: »In Ordnung. Viel Spaß mit deinem neuen Kumpel Ethan. In Sachen Integrität passt ihr beide zusammen.« Bevor Neil antworten konnte, zog Trevor die Tür zu und verschwand kurz darauf in einem Aufzug. Neil erhob sich langsam, kontrolliert, hob das zerknüllte Papier auf und ließ es in den Mülleimer fallen. Er atmete tief durch und trat dann wütend gegen den Eimer, der umkippte und seinen Inhalt auf dem Boden verteilte.

Als Neil am Abend in das Penthouse kam, waren Trevors persönliche Dinge verschwunden. Das Gästezimmer war aufgeräumt, das Bett gemacht, als hätte Trevor nie darin geschlafen. Neil blieb schließlich vor der großen Fensterfront stehen und blickte abwesend auf die Stadt. Düstere Wolken zogen von Süden auf, zwischen ihnen kündigte Wetterleuchten ein bevorstehendes Gewitter an. Im Westen hing die Sonne tief und strahlte die Häuser von Los Angeles mit rot-orangem Licht an. Die warm leuchtenden Häuserfassaden standen in starkem Kontrast zu den dunklen blau-violetten Gewitterwolken, die sich wie in den weiten Ebenen von *Red Dead Redemption* auftürmten. Neil bemerkte die Schönheit des Ausblicks nicht.

Er fühlte sich ausgelaugt und kraftlos. Die Einsamkeit brach über ihn herein wie damals, als er mit Gregory gestritten hatte. Die Vergangenheit schien sich zu wiederholen. Zum zweiten Mal stand er alleine in seinem Luxus-Apartment und konnte kaum begreifen, wie es dazu gekommen war. Träge holte er sich eine Flasche Bier aus dem Kühlschrank und ließ sich erschöpft auf das Sofa fallen. Die Sonne verschwand hinter dem Horizont, und die Wolken fraßen die Stadt auf. Es wurde rasch dunkel in der Wohnung, aber Neil war zu müde, um aufzustehen und die Lichter einzuschalten. Apathisch beobachtete er, wie der Fernseher, die Stühle, die Couch und der kniehohe Tisch in den Schatten verschwanden. Nur hin und wieder, wenn ein Blitz die Szenerie erhellte, blitzten die Konturen der Möbel weiß auf. Als die ersten Tropfen gegen seine Fenster schlugen, war Neil schon eingeschlafen.

Trevor tauchte auch in den nächsten Tagen weder im Büro noch im Penthouse auf. Neil versuchte mehrfach, ihn anzurufen, doch Trevor drückte ihn jedes Mal weg. Auf Marthas Instagram entdeckte Neil ein Foto, auf dem neben Kirilla, Cécil und Arthur auch Trevor zu sehen war, und schloss daraus, dass sein Freund tatsächlich wieder bei Lizzard Entertainment arbeitete. »Großartig«, brummte er. Trevor hatte sein Notizbuch mehrfach durchgelesen, er kannte jede einzelne der darin enthaltenen Ideen. Mit diesem Wissen konnte er bei Lizzard wer weiß was anstellen.

Seit Trevor fort war, musste Neil bei jedem Meeting persönlich erscheinen. Er musste sich plötzlich um jedes auch noch so kleine Detail kümmern: Feedback zu Animationen, zu Farbpaletten, zur Leveldekoration oder zu Soundeffekten. Erst jetzt verstand Neil, wie oft Trevor ihm den Rücken freigehalten hatte, damit er sich um die großen, wichtigen Entscheidungen hatte kümmern können. Es dauerte keine Woche, und die Prozesse gerieten ins Stocken, weil Mitarbeiter auf seine Anweisungen warteten. Vergaß Neil, Charaktermodelle abzunehmen, konnten die Rigger und Animatoren nicht mit ihrer Arbeit beginnen. Texturen konnten nicht erstellt, die Modelle nicht in die Level eingebaut werden. Wenn er sein Feedback zu einem Prototyp zu spät an das Team weitergab, hatten die Programmierer oftmals schon an Features weitergearbeitet, die sich schließlich als nutzlos herausstellten. Eine Unmenge an E-Mails, Memos und PMs prasselte auf ihn ein.

Zusätzlich glaubte er, eine neu erwachte Feindseligkeit ihm gegenüber wahrzunehmen. Es waren kleine, unscheinbare Dinge: eine flapsig formulierte E-Mail, eine kritische Nachfrage während eines Meetings, verstohlene Blicke auf dem Gang, wenn er den Konferenzraum wechselte. Er erfuhr von Ethan Anderson, dass zwei Programmierer ein eigenes Konzept für ein Computerspiel gepitcht hatten. Sie waren damit direkt zu Ethan gegangen, ohne Neil einzubeziehen oder Bescheid zu geben. *Ein Wolf unter Wölfen* – unwillkürlich erinnerte sich Neil an die Redewendung, die Ethan Anderson damals am Capitol verwendet hatte. Ihm schien es, als spürten die Mitarbeiter der *Ethan Anderson Company*, dass er sich unsicher fühlte. Er fühlte sich von ihnen observiert, seit Trevor nicht mehr an seiner Seite stand. Neil war ein verletzter Wolf, der ein Rudel anführte, das nur auf ein Zeichen der Schwäche wartete, um ihn zu attackieren und zu zerfleischen.

Also wurde er strenger, rigoroser und unnachgiebiger. Er wollte Stärke zeigen. Auf Kritik reagierte er gereizt, Vorschläge von anderen Entwicklern lehnte er kategorisch ab. Wurden seine Anweisungen nicht bis ins Detail befolgt, wies Neil die Artists mit harschen Worten zurecht, bezeichnete sie als unfähig oder drohte ihnen mit Entlassung. Er ersetzte aufmüpfige Teamleiter mit Leuten, die seine Autorität nicht in Frage stellten. Und da die aktuellen Veröffentlichungen *Counter Strike*, *Angry Birds* und *Pokémon* erfolgreich waren, hatte Neil keine Einmischung von Ethan Anderson zu befürchten. Zumindest glaubte er das.

An einem regnerischen Novembermorgen saß Neil

abgeschlagen im Konferenzraum *Stella*. Seit zehn Minuten wurde über belanglose Dinge gesprochen. Zweimal im Monat trafen sich die Leiter aller Abteilungen, um gemeinsam die aktuellen Statistiken der *Ethan Anderson Company* zu besprechen. Heute war ein solches Treffen, und Neil war gezwungenermaßen anwesend.

»Mit dem Rennspiel haben wir nur geringe Gewinnmargen«, sagte schließlich Marsha Hopkins, die füllige Sales-Managerin mit den bemerkenswert buschigen Augenbrauen. Neil presste die Lippen aufeinander. Er wusste, was jetzt kommen würde. Marsha tippte auf der Tastatur ihres Netbooks, und auf dem großen Bildschirm an der Wand erschien ein Diagramm mit mehreren roten Balken. »Grund dafür sind die eher schlechten Kritiken; vor allem auf YouTube sind die Reviews nicht besonders. Dazu kann Patricia noch mehr sagen.«

Patricia Lane trug zu viel Make-up und einen zu engen cremefarbenen Hosenanzug mit weißen Nähten, der Neil an Lachsfilet erinnerte. Sie war *Head of Marketing* und schüttelte den Kopf, als sei sie äußerst besorgt. »Es wird eine große Menge an Bugs beklagt, und leider gibt es dazu auch haufenweise Videos im Netz. Hauptkritikpunkt ist die Fahrphysik, die wohl des Öfteren aussetzt und die Autos in unnatürlicher Weise aus der Bahn wirft. Dazu kommen Glitches bei der Fahrzeugauswahl, Probleme mit den Controls und auch mit der Lautstärke von einigen Soundeffekten, um nur ein paar Punkte zu nennen.«

Marsha tippte wieder auf ihrem Netbook, und das Diagramm blendete in eine kurze Videosequenz über.

Es waren Ausschnitte der *Luca Santoro Rally*: Autos wurden wie von Geisterhand plötzlich von der Straße gefegt und flogen durch Straßenbahnbegrenzungen, Bäume und Strommasten hindurch oder hielten schlagartig mitten auf der Fahrbahn an, als seien sie gegen eine unsichtbare Wand gefahren.

»An sich kommt das Genre Rennspiel gut an, aber wir haben zusätzlich das Problem, nicht der einzige Titel auf dem Markt zu sein«, übernahm Marsha wieder das Wort. »*Burning Tires* ist zwar keine realistische Rennsimulation, sondern eher ein – wie es in mehreren Artikeln beschrieben wird – Fun-Racer, der aber mit einer besseren Fahrphysik punkten kann und – im Gegensatz zu unserem Titel – auch ein Schadensmodell hat.«

Ein neuer Videoclip zeigte Ausschnitte von *Burning Tires*, das Neil an *Flatout*, *Burnout Paradise* oder *Split Second* erinnerte. Er hatte schon einige Gameplay-Videos gesehen, denn die Minions hatten als Erste davon ein Let's Play veröffentlicht. Zu seinem Verdruss hatte Lizzard Entertainment ganze Arbeit geleistet. *Burning Tires* fühlte sich wie eine mitreißende Verfolgungsjagd aus Hollywood an. Brachiale Action mit unmöglichen Stunts, während die Umgebung auseinanderbrach, in Flammen aufging, explodierte. Von den Karosserien sprühten Funken, wenn der Spieler in aberwitzigen Manövern gegen andere Wagen donnerte und sie aus der Kurve drängte; Spoiler, Motorhauben, Spiegel und Kotflügel brachen ab, splitterten oder wurden fortgerissen und fielen schlingernd auf die Fahrbahn, die mal aus Asphalt, mal aus Kies, mal aus glattem Fels und sogar aus Eis bestand. Einer der Wagen war Marthas gelber Honda-Civic, das hatte Neil sofort erkannt, nicht zuletzt wegen der Motorhaube, die mit einem großen ›M‹ und – ganz nach Marthas Geschmack – mit Totenköpfen verziert war. Das Auto war ein persönliches Easter-Egg, das nur wenige Leute verstehen konnten. Ironischerweise war er einer dieser Menschen.

»Wer hat das entwickelt?«, fragte Ethan Anderson, nachdem auf dem Bildschirm wieder das Diagramm erschienen war.

»Lizzard Entertainment«, antwortete Patricia rasch, bevor Neil etwas sagen konnte. Ethan drehte den Kopf und sah Neil fragend an. Der zuckte mit den Schultern.

»Wir hatten zu wenig Zeit. Lizzard haben locker zwei Monate früher mit der Arbeit an *Burning Tires* begonnen. Wir wollten denen ja zuvorkommen. Ich bin an einem Patch dran, der die groben Fehler beseitigen wird. In ein oder zwei Wochen sollten wir eine neue Version veröffentlichen können.«

Ethan Anderson blickte ihn ernst an und schüttelte leicht den Kopf. »Ich glaube nicht, dass wir den Titel dadurch retten können. Die Kosten waren eh zu hoch, allein durch den Deal mit Santoro. Da geht es jetzt um Schadensbegrenzung. Alles, was wir zusätzlich an Arbeit in das Spiel stecken, werden wir nicht wieder herausbekommen.«

Betretenes Schweigen. Neil sah, wie sich einige Leute bedeutungsvolle Blicke zuwarfen. Einige grinsten heimlich. *Ein Wolf unter Wölfen.* Ethan Anderson seufzte schließlich und winkte ab.

»Das ist okay, Neil, nicht alle Projekte können Meisterwerke werden. Der Gedanke war durchaus richtig, die Durchführung war dann allerdings eher mangelhaft. Jetzt ist es wichtig, in die Zukunft zu blicken. Wir brauchen etwas, das die Leute vom *Luca Santoro Rally*-Fiasko ablenkt, etwas, das Aufsehen erregt. Hast du da eine Idee?«

Neil atmete erleichtert auf – er hatte sich vorbereitet. Es gab immer noch haufenweise Computerspiele in seinem Notizbuch, die garantiert erfolgreich sein würden und die in dieser Welt noch nicht erfunden worden waren. Er hatte sich schon vor einiger Zeit entschieden, welches Game er als Nächstes umsetzen würde. Er holte sein Smartphone hervor und verband es über Bluetooth mit dem Fernseher an der Wand. Das Diagramm verschwand und stattdessen erschien ein eckiger Schriftzug.

»*Minecraft*.« Neil ließ das Wort für ein paar Sekunden im Raum stehen. Er wechselte zum nächsten Bild: eine typische Minecraft-Landschaft, die ein 3D-Artist nach seinen Vorgaben als Vorschau erstellt hatte.

»Ein Spiel, in dem Spieler kreativ werden können. Die ganze Welt besteht aus diesen kleinen Klötzchen, aus Würfeln, sogenannten Voxeln. Die Landschaft, die Bäume, Häuser, einfach alles. Der Spieler kann jeden einzelnen Block abbauen und an anderer Stelle wieder aufbauen. Verschiedene Materialien verbinden sich zu Gegenständen oder neuen Ressourcen.« Neil zeigte zwei weitere Vorschaubilder, auf denen auch ein eckiges Spielermodell zu sehen war.

»Klötzchen? Wie LEGO? Ist das ein Spiel für Kinder?«, fragte Ethan. Er klang skeptisch.

»Ähnlich wie LEGO, ja. Spieler können die Welt nach ihren Vorstellungen verändern, eigene Häuser bauen oder sich tief in die Erde graben, um seltene Ressourcen zu finden.«

Unsichere Blicke bei allen Anwesenden, inklusive Ethan Anderson. Patricia räusperte sich und sagte: »Gibt es denn eine Story? Unsere Marktforschung hat ergeben, dass nach dem Release von *Half-Life* die Geschichte eines Videospiels maßgeblich zum Erfolg eines Titels beiträgt.«

»Die Geschichte entsteht individuell beim Spielen. Jeder erlebt seine eigene Story. Bei der Suche nach Ressourcen begegnen einem Tiere oder sogar Monster, gegen die man sich mit selbstgebauten Waffen wehren kann. Man muss Nahrung finden, um nicht zu verhungern. Aber das zentrale Element ist der kreative Umgang mit den Blöcken. Spieler werden ganze Städte erschaffen, riesige Bauten in kollektiven ...«

»Ich weiß nicht«, unterbrach Ethan ihn. »Wir sind doch inzwischen in Sachen Computergrafik weiter. Wir haben die Technologie, um detaillierte 3D-Modelle darzustellen. Die Klötzchen-Optik finde ich jetzt nicht so ansprechend.« Alle nickten, inklusive Marsha und Patricia, die während Neils Ausführungen schon öfter den Kopf geschüttelt hatten.

»Dieses Modell hier, dieser Spieler«, fuhr Ethan fort und deutete auf den Fernseher, »und – was ist das da im Hintergrund, ein Schaf? Damit machen wir uns ja eher lächerlich.«

»Wenn ich mich noch einmal einmischen darf«, flötete Patricia dazwischen. »Ich befürchte wie gesagt auch, dass es storymäßig nicht ausreicht, das Sammeln von Ressourcen und gelegentliche Kämpfe mit Monstern anzubieten. Klingt für mich jetzt eher … langweilig. Wir müssen daran denken, dass gerade die Generation YouTube schnelle, interessante und aufregende Spiele haben will«, erklärte sie und lag damit grandios daneben. Aber wie sollte Neil sie vom Gegenteil überzeugen?

»*Minecraft* ist ein Spiel, in dem die Spieler ihre Kreativität ausleben können. Die Monster und Tiere sind tatsächlich eher zweitrangig, es geht vielmehr darum, selbst etwas zu erschaffen. Videogames sind bisher fast alle destruktiv, hier geht es darum, konstruktiv zu sein«, sagte er schließlich.

»Wer konstruktiv sein will, der soll einen Töpferkurs besuchen oder von mir aus eines dieser neuen Dinger kaufen, wie nennen die sich?«, warf Ethan ein. »Mit denen man am Computer zeichnen kann …«

»Tablets«, bot Marsha an.

»Richtig! Tablets! Damit kann man ja auch kreativ sein! Nein, Neil, tut mir leid. Bei diesem Konzept muss ich mein Veto einlegen! Dass ausgerechnet du, der doch *Doom* und *Half-Life* und dieses Spiel mit den Vögeln, die Gebäude kaputt machen – *Angry Birds*! – erfunden hast, dass ausgerechnet du ein solches Konzept vorschlägst! Du weißt doch, was erfolgreich ist! Dir muss doch klar sein, dass dieses *Minecraft* nur ein Flop werden kann! Menschen haben nun mal Spaß daran, Dinge kaputt zu machen. Hier – guck dir *Burning Tires* an, da splittert und explodiert auch alles! Wir brauchen Action! Gamer wollen Sachen zerstören, also gib ihnen die Möglichkeit!«

Neil saß verdutzt auf seinem Stuhl. Alle Blicke waren auf ihn gerichtet. »Nun ja ...«, stammelte er. »Also ... auch in *Minecraft* gibt es Dynamit ...«

»Vergiss *Minecraft*!«, fiel Ethan ihm ins Wort. »Das wird nicht funktionieren, gebe ich dir Brief und Siegel drauf.« Er seufzte und stand auf. »Pass auf, du hast Zeit bis morgen. Entspann dich, überleg ein bisschen und bring mir dann ein neues Konzept. Irgendwas mit Wumms! Du weißt schon.«

Er zwinkerte Neil gönnerhaft zu und verließ den Saal. Alle anderen sammelten ebenfalls ihre Sachen zusammen und drängten aus der Tür; keiner sagte ein Wort, doch Neil bemerkte die hämischen Blicke und verstohlenen Handzeichen. Es dauerte keine Minute und er saß alleine im Konferenzraum *Stella* und fragte sich, was zum Teufel gerade passiert war. Auf dem Fernseher leuchtete immer noch die Vorschau des wohl erfolgreichsten Computerspiels aller Zeiten.

Neil wollte laut lachen, doch alles, was er zustande brachte, war ein leises Ächzen.

KAPITEL 19

Er war immer noch der Prophet. Millionen von Menschen folgten ihm. Zeitungen, Websites, Podcasts – überall sprachen Menschen über den großartigen Neil Desmond. Gamer erwarteten mit Spannung, mit welchem Geniestreich er als Nächstes aufwarten würde. Wenn er in Los Angeles unterwegs war, wurde er von wildfremden Menschen angesprochen, die verschämt um ein Selfie oder ein Autogramm baten und ihn zu einem seiner Spiele beglückwünschten. Er wurde in VIP-Bereiche vorgelassen, lernte Schauspieler, Rap-Stars und Pop-Diven kennen, erhielt Ehrungen, Auszeichnungen und Titel von allen möglichen Institutionen, Verbänden und Fonds, deren Namen er allesamt sofort wieder vergaß. Die High Society von Los Angeles lag ihm zu Füßen.

Die Menschen liebten ihn.

Was machte es da schon, wenn ihm einige Neider bei EA schiefe Blicke zuwarfen? Was machte es schon, wenn Ethan Anderson *Minecraft* nicht verstand? Was machte es schon, wenn Martha und Kirilla und Trevor ohne ihn weiterarbeiteten? Er brauchte sie nicht. Er war immer noch der Prophet und konnte sich seine Freunde aussuchen. Und genau das würde er tun. Zu lange hatte er nur geschuftet, zu lange hatte er am nächsten Spiel, am nächsten großen Hit gefeilt. Er hatte seinen Ruhm und den Reichtum bisher gar nicht wirklich genossen – bis vor Kurzem hatte er noch in einer Wohngarage in *El Monte* gehaust, obwohl er sich schon längst eine angemessene Wohnung in L.A. hätte mieten können. Es war Zeit, dass auch er die Früchte seiner Arbeit genoss.

Am Tag nach dem *Minecraft*-Meeting überreichte er Ethan die alternativen Konzepte: *Half-Life 2* würde die Fangemeinde des ersten Teiles abholen und auf dessen Erfolg aufbauen. Ethan war einverstanden. Zusätzlich stellte Neil ihm *Pokémon Go* vor: erfolgreiche IP, schnelle Umsetzung, mögliche Kooperation mit Google. Ethan strahlte übers ganze Gesicht. Nach dem Treffen schickte Neil die beiden Dokumente an die Teams und nahm sich den Rest des Tages frei. Er würde einige Anrufe tätigen. Leute einladen, Vorbereitungen treffen. Catering, Getränke und was man sonst noch so für eine Party brauchte. Irgendetwas Extravagantes, das seinem Status angemessen war. Immerhin war er der Prophet.

Er beauftragte eine Event-Planerin, die auch das Penthouse umdekorieren sollte, engagierte Barkeeper, eine DJane sowie ein Catering-Unternehmen. Er bestellte Glowsticks und Leuchtarmbänder, stornierte die Bestellung jedoch eine halbe Stunde später wieder, da sie ihm zu uncool erschienen. Stattdessen gab er eine Eisskulptur in Auftrag, eine *Headcrab*, einen Meter groß und mit blutrot gefärbten Klauen. Außerdem ließ er sich auf Anraten der Event-Planerin, die sich Priscilla Lightning nannte und darauf bestand, »Cilla« genannt zu werden, für insgesamt 20.000 Dollar neue Möbel liefern und nickte einen Haufen Zeug ab, von dem er keine Ahnung hatte, was es war: *Champagner Glitter Garlands, Golden*

Sequins Table Cover, Hexagon Entrance Arbor, Cluster Light Candelabra, Pink Ostrich Feathers, Electroplated Silver Luxury Vases, Decorative LED Animal Bust Lamps. Cilla lächelte jedes Mal begeistert, wenn sie ihm eine dieser kryptischen Wortsequenzen zuwarf, und Neil tat so, als wüsste er, wovon sie sprach, während er mit seinem Laptop Einladungen verschickte. Die Kosten für all das ließ er die *Ethan Anderson Company* übernehmen. Er deklarierte das Event einfach als Marketing-Coup.

Es sollte die Party des Jahres werden. Und die Vorzeichen standen gut, denn innerhalb kürzester Zeit erhielt Neil ein Dutzend positiver Antworten, weitere folgten im Laufe des Tages. Die Gästeliste las sich wie ein *Who's Who* der Beverly Hills High Society: Firmenchefs, Selfmade-Millionäre, Filmstars und bekannte Musiker – alle kannten sie den Namen Neil Desmond und folgten seinem Ruf. Neil erhöhte das Budget ein weiteres Mal, und Cilla seufzte verständnisvoll auf.

»Wir müssen unbedingt noch einmal über die Lampensituation auf der Dachterrasse reden«, gurrte sie und scrollte durch das Online-Angebot eines exklusiven Einrichtungshauses. Neil nickte nur wortlos. Er fühlte sich, als sei er außerhalb seines Körpers, als schwebe er hinter sich wie in einem *Third-Person-Shooter*. Die Welt um ihn herum war so anders, so unbekannt, er fühlte sich zugleich fehl am Platze und genau am richtigen Ort. Es war seine Party; er selbst hatte sich in eine VIP verwandelt, doch irgendwie fühlte es sich merkwürdig an. Vielleicht musste er sich einfach nur daran gewöhnen.

Die Tage vergingen rasend schnell, und ehe er sichs

versah, fand Neil sich umgeben von tanzenden, lachenden, cocktailschlürfenden Leuten wieder, inmitten von Gesichtern, die er aus dem Fernsehen oder von Titelblättern kannte, Menschen, die ihm zuprosteten und freundschaftlich die Arme um seine Schultern legten, als seien sie seit Jahrzehnten mit ihm befreundet. Der gemeinsame Promi-Status vereinte die Anwesenden und schuf Vertrautheit aus dem Nichts. Musiker brachten ihre oftmals spärlich bekleidete Entourage mit und in einigen Fällen den dezidierten Geruch nach Cannabis, der Neil an Trevor erinnerte. Junge Frauen zeigten ihre gebleichten Zähne mit einem breiten Lächeln, kicherten in seiner Nähe und warfen ihm verstohlene Blicke zu. Auch erkannte Neil einige Businesspartner wieder, die allerdings nichts mit den ernsten Geschäftsleuten aus den Konferenzräumen zu tun hatten, sondern die sich mit glänzendem Gesicht, zerknitterten Hemden und gelösten Krawatten lauthals über seine Witzeleien amüsierten.

»Mister Desmond!« Ein japanisch aussehender Mann mit einem noch intakten Anzug verbeugte sich vor Neil. Er trug eine Brille, hatte dichtes schwarzes Haar und Akne-Narben im Gesicht. Neil kannte den Mann nicht und war sich sicher, ihn nicht persönlich eingeladen zu haben, was allerdings nicht ungewöhnlich war. Gut die Hälfte der Anwesenden hatten Lebensgefährten, Freunde oder Geschäftspartner mitgebracht, die Neil vollkommen unbekannt waren. »Ich bin Akeno Kuroki, CEO einer Firma namens *Asobu* aus Japan«, erklärte der Mann. Er verbeugte sich noch einmal und überreichte

Neil anschließend ein kleines Päckchen. »Im Namen unserer Firma möchte ich Ihnen ein kleines Geschenk überreichen. Ich hoffe, es gefällt Ihnen!« Akeno Kuroki sprach ein fast akzentfreies Englisch.

Neil bedankte sich und riss das Geschenkpapier auf. Zum Vorschein kam ein eleganter schwarzer Karton, auf dem das Wort *Playbot* eingestanzt war. Neil öffnete den Deckel und sog überrascht die Luft ein. Eingebettet in anthrazitfarbenem Schaumstoff lag ein *Handheld*. Kleiner Bildschirm, darunter ein Steuerkreuz und vier runde Buttons. Zwei schräg angeordnete längliche Knöpfe in der Mitte. Das Gehäuse glänzte golden.

»Ein Gameboy!«, hörte Neil sich sagen. Akeno Kuroki sah ihn kurz verwirrt an, lächelte dann wieder und schüttelte den Kopf. »Nein, das ist ein *Playbot*, ein Gadget, das wir bei *Asobu* entwickelt haben und mit dem man unterwegs Videogames spielen kann. Es ist in Japan sehr erfolgreich, und wir sind gerade dabei, es auf dem amerikanischen Markt vorzustellen. Wie ein Smartphone, aber mit den Controls eines Gamepads. Dies ist ein spezielles Modell, das wir extra für Sie hergestellt haben. Das Gehäuse ist mit einer Schicht aus 22-karätigem Gold überzogen.«

Neil schüttelte ungläubig den Kopf. Der *Playbot* hätte in der alten Welt das Herz eines jeden Retro-Gamers höherschlagen lassen. Er nahm das Gerät aus der Box und schaltete es ein. Buchstaben fielen von oben herab und formten sich in der Mitte zu dem Wort *Playbot*. Dann erschien der Startbildschirm eines Spiels, das sich *Hoverrace* nannte und nach *F-Zero* aussah.

»Wir würden uns sehr freuen, wenn es zu einer Zusammenarbeit kommen könnte«, fuhr Akeno Kuroki fort, während er sich ein drittes Mal verbeugte. »Ich denke, dass sich zum Beispiel *Pokémon* sehr gut eignen würde, um auf dem *Playbot* gespielt zu werden. Wenn man darüber nachdenkt ... Wir haben den *Playbot* erfunden, damit man ihn immer mitnehmen kann. Einfach in die Hosentasche stecken. Verstehen Sie? Wie ein *Pocket Monster*, finden Sie nicht? Ich sag Ihnen, der *Playbot* und *Pokémon* passen hervorragend zusammen ...« Neil grinste unwillkürlich. Das Universum spielte ihm einen Streich. Es machte sich lustig über ihn, warf die Chronologie durcheinander. *Pokémon* auf einem Handheld? Natürlich würde *Pokémon* auf einem Gameboy – *Playbot*! – funktionieren! Er gab dem Japaner Ethans E-Mail-Adresse. Sollte der sich um die Details kümmern. Akeno Kuroki verbeugte sich ein viertes Mal.

»Oh, und Mister Desmond? Könnte ich vielleicht noch ein Foto mit Ihnen und dem goldenen *Playbot* machen? Für unsere Social Media!« Neil willigte ein, hielt den *Playbot* in die Kamera und lächelte für einige Sekunden, während Akeno Kuroki mit seinem Smartphone kämpfte. Am nächsten Tag würde das Bild auf der Firmenwebsite und auf allen Social-Media-Accounts von *Asobu* stehen.

Überhaupt wollten viele der Gäste ein Selfie mit Neil, der die Aufmerksamkeit in vollen Zügen genoss. Es erinnerte ihn an seine Zeit als *Orkus666*. Fotos, auf denen er getaggt wurde, sammelten rasant Likes und Kommentare; es sprach sich herum, dass der Videospiel-

Prophet eine exklusive Party veranstaltete. Bis spät in die Nacht hinein wurde im Penthouse gefeiert, Menschen tanzten zu elektronischer Musik, grölten und lachten. Neil selbst hüpfte auf der Tanzfläche herum, trank *Mojitos* und *Caipirinhas*, knutschte mit einer schwarzhaarigen Schönheit, die währenddessen Fotos von sich machte, dann mit einer blonden, die nach Erdbeerprosecco schmeckte. Er teilte sich einen Joint mit einem Rapper, dessen kryptischen Künstlernamen er nach fünf Minuten wieder vergaß, und riss aus Versehen eine der teuren, von Cilla aufgestellten Vasen um, was für allgemeine Erheiterung sorgte, da anscheinend niemand die Vasen besonders mochte. Neil versank in amikalen Handschlägen und innigen Umarmungen, im Gelächter und Gejohle seiner neuen Freunde. Blitzlichter erhellten regelmäßig das rauschende Fest, und Neil fühlte sich wieder wie er selbst. Die *Third-Person-Shooter*-Perspektive war verschwunden.

Als die ersten Sonnenstrahlen auf die Fassaden der Wolkenkratzer fielen, verließen die letzten Gäste das Penthouse. Ein von Cilla engagierter Putztrupp machte sich daran, die Spuren der Nacht zu beseitigen, und Neil stolperte hundemüde in sein Schlafzimmer. Er fragte sich, ob er es geschafft hatte, die Party des Jahres auszurichten.

Wenn nicht, dann war er verdammt nah dran gewesen.

In den nächsten Tagen bombardierten die Teams ihn mit Fragen, schickten ihm Prototypen zur Abnahme und führten Neil damit ungewollt vor Augen, wie sehr er Trevor vermisste. Nicht nur, weil dieser ihm Arbeit abgenommen hatte, sondern auch, weil er ein Freund gewesen war. Im Büro fühlte Neil sich inmitten der *EA*-Kollegen einsam und ertappte sich dabei, wie er darüber nachdachte, Trevor erneut anzurufen. Vielleicht würde er ihn doch irgendwie überreden können, wieder zurückzukehren.

Unsinn, dachte er schließlich. Trevor würde ihn wegdrücken, wie er es die anderen Male auch getan hatte.

Seufzend versuchte Neil, sich auf die Arbeit zu konzentrieren, doch es fiel ihm schwer, sich mit den Problemen der Programmierer, Artists und Sounddesigner zu befassen. Stattdessen blickte er gedankenverloren aus dem Fenster seines Büros und ließ den Samstagabend Revue passieren. Die Party hallte in seinen Gedanken nach. Immer wieder scrollte er durch die Unmengen von Fotos, die ihm immer noch von Gästen geschickt wurden. Bilder von jauchzenden, unersättlich lachenden Menschen, aufgehübscht mit intelligenten Filtern, die Schweiß, Pickel, Falten, Augenringe und Flecken nachträglich entfernten. Gestylte Schnappschüsse als Trophäen – geordnetes Chaos, eine inszenierte Anarchie der Oberklasse, und Neil befand sich mittendrin. Er wollte mehr.

Auch am nächsten Wochenende lud er alte und neue Bekannte ein, verwandelte das Penthouse abermals in seinen privaten exklusiven Club und sorgte damit für rote Stressflecken auf den Wangen von Priscilla Lighting. Wieder wurde Neil mit Aufmerksamkeiten überhäuft, die als Gegenleistung für ein Selfie oder ein kurzes Video überreicht wurden. Er wusste, dass ein solches Geschenk lediglich die Ausgeburt einer Business-Strategie war und dass die Freundlichkeit mehr seiner Reichweite galt als ihm selbst. Trotzdem fühlte es sich gut an. Gut genug, um Cilla auch ein drittes und viertes Event organisieren zu lassen, das inzwischen in Insider-Kreisen als *ChillingSpree* bezeichnet wurde.

Für Neil waren die Partys Oasen, die er nach ermüdenden Meetings und nervenaufreibenden Alpha- oder Pre-Alpha-Tests wie ein durstiger Wüstenreiter herbeisehnte. Er sog die Freundlichkeiten und Komplimente seiner Gäste auf wie ein ausgetrockneter Schwamm, zeigte sich großzügig und gönnerhaft, flirtete, trank, sang, rieb sich an schweißnassen Körpern auf der Tanzfläche, schlürfte Sekt aus Bauchnabeln, rauchte, schlemmte, grölte, übergab sich, spülte den Mund mit Wodka aus, ließ sich das T-Shirt von einer braungebrannten Tänzerin ausziehen, kicherte überdreht, ließ sich rücklings auf das Sofa schubsen, schmeckte wieder Erdbeerprosecco, überlegte kurz, ob es die Kleine vom letzten Mal war, bemerkte aber, dass es ihn nicht wirklich interessierte, und vergrub seine Finger im Haar der Unbekannten, fragte sich, wie es wohl wäre, Kirilla zu küssen, ließ von der Unbekannten ab, stürzte ein Bier hinunter, wankte zur Toilette, entleerte seine Blase, vergaß, die Spülung zu betätigen, kam johlend aus dem Bad und prallte gegen Ethan Anderson.

»Öh«, machte er und bemühte sich, nicht zu stark zu wanken. Ethan stand vor ihm, das Gesicht eine grimmige Maske, schmale Lippen, verächtlicher Blick. Plötzlich setzte die Musik mit einem lauten Knacken aus, und das Licht ging an. Neil erkannte mehrere breitschultrige Männer mit Knöpfen im Ohr, von denen geringelte Kabel in den makellosen Hemdkragen verschwanden. Alle trugen nahezu lächerlich stereotype Anzüge und präzise Frisuren, die ihre kantigen Gesichter noch kantiger erscheinen ließen. Die Security der *Ethan Anderson Company* schwärmte aus und betätigte Lichtschalter, zog die Stecker der PA, des Schokoladenbrunnens und der Laseranlage. Sie zerrten schwach protestierende Gäste auf die Beine, schoben sie sanft, aber bestimmt zum Ausgang, bedeuteten ihnen, ihre Tops und T-Shirts wieder anzuziehen, und klatschten immer wieder in die Hände, um die Partymeute aus dem Penthouse zu treiben. Währenddessen stand Ethan vor Neil, wort- und bewegungslos. Kaum drei Minuten später waren sie alleine.

Ethan sah sich langsam um. Das Penthouse sah im hellen Schein der Lampen nicht gut aus. Ein Stuhl lag zerbrochen auf dem Boden, Flaschen und Gläser türmten sich überall; Reste von Bier und anderen Getränken hatten unschöne Flecken auf Bezügen und Teppichen hinterlassen. An den Fensterscheiben lief das Kondenswasser herunter, ausgedrückte Zigarettenstummel dekorierten die Simse. Einige der Girlanden waren abgerissen und hatten ihre Pailletten auf dem Boden verteilt. Dazu Plastikbecher, Papierschnipsel, Kronkorken und sogar etwas, das nach einem Kondom aussah.

»Ist das deine berühmte ›Vision‹, von der du immer sprichst?« Ethans Stimme zerschnitt die Stille. »Ist das deine Version von …«, Ethan zeichnete mit beiden Händen Anführungszeichen in die Luft, »… die-Grenzen-des-Erlebbaren-verschieben?« Er machte eine Pause und sah Neil abschätzend an. »Oder hast du deine großen Worte von der Podiumsdiskussion schon vergessen? ›Ein Paradigmenwechsel! Das *coming-of-age* der digitalen Unterhaltung!‹« Er deutete auf das Chaos und lachte trocken. »Scheint mir eher das *coming-of-age* eines sehr gewöhnlichen Angebers zu sein.«

Neils Gesicht verfinsterte sich. Er öffnete den Mund, um Ethan etwas Trotziges entgegenzuschleudern, doch dieser kam ihm mit einem Zischen zuvor. »Ich würde an deiner Stelle jetzt lieber nichts sagen. Meine Toleranz für dümmliche prophetische Weisheiten ist inzwischen etwas überstrapaziert!« Ethan trat einen Schritt auf ihn zu und wirkte dabei so bedrohlich, dass Neil unwillkürlich zurückwich. Ethan war gut einen Kopf größer als er. »Das hier ist *mein* Penthouse. *Mein* Geld. *Meine* Firma. *Meine* Vision. Verstehst du das, Neil? Ich habe dich Teil *meiner* Vision werden lassen, nicht andersherum. Und ich kann dich ganz einfach wieder daraus entfernen. Ich bin da flexibel.« Ethan zeigte erneut auf das Chaos im Penthouse. »Denn das hier ist nicht Teil meiner Vision.«

»War doch nur eine Party! Wo ist das Problem?«, nuschelte Neil.

Ethan funkelte ihn mit zornigen Augen an. »Das Problem, Neil, ist nicht die Party. Das Problem ist nicht ein verdrecktes Luxus-Apartment in Downtown L.A. oder dass du die überteuerten Rechnungen für dein Privatvergnügen über die Firma abrechnest. Herrgott, sogar die Respektlosigkeit und Frechheit, die du damit *mir* gegenüber zeigst, gehen mir am Arsch vorbei.« Ethan wurde mit jedem Wort lauter. »Aber wenn die Teams nicht arbeiten können, weil Anweisungen fehlen, wenn Deadlines nicht eingehalten werden, weil der *Creative Director* lieber mit Stars und Sternchen Selfies schießt, als seine Arbeit zu machen, dann ist das ein *fucking* Problem für mich.« Wieder wollte Neil etwas entgegnen, aber Ethan war noch nicht fertig.

»Die Konkurrenz schläft nicht, Neil. Wahrscheinlich hast du es nicht mitbekommen, weil du mit den Vorbereitungen für dein postpubertäres Happening hier vollkommen ausgelastet warst, aber es gibt noch ein paar andere Firmen, die Videospiele herstellen. Und da sind neue IPs dabei, innovativ und mit besserer Technik als unserer. Das Problem ist, dass du dich auf deinen alten Erfolgen ausruhst. Wach auf, Neil! Du bist nicht mehr der einzige Videospiel-Prophet auf der Welt, da gibt es einen Haufen junger Leute, die ebenso kreativ sind, aber um ein gutes Stück weniger eingebildet!«

Neil stand verdattert vor Ethan. Er beachtete die kleinen Speicheltropfen nicht, die aus Ethans Mund geschleudert wurden und auf seinem Gesicht landeten. In seinen Ohren schwoll ein Rauschen an und verdrängte die wütende Stimme, sodass es aussah, als habe man Ethan einfach stummgeschaltet. Wie in Trance betrachtete er das wütende Gesicht, den zuckenden Mund und die gestikulierenden Hände. Gleichzeitig wusste er, dass Ethan recht hatte.

In der letzten Zeit hatte Neil sich kaum mehr um die Veröffentlichungen der Konkurrenz gekümmert. Die Computerspielbranche, die von ihm erschaffen worden war, entwickelte sich weiter – auch ohne ihn. Grafikkarten wurden schneller, konnten mehr Polygone und Shader verarbeiten. Die kreative Energie der Branche verlagerte sich von Technik zu Inhalt. Befreit von den Limitationen der Hardware konnten Entwickler experimentieren und neue Spielkonzepte erdenken. Es waren neue Genres entstanden – ganz ohne sein Zutun. Plötzlich existierten *Stealth-Games*, *Survival-Horror*, *Hidden-Object-Games*, *Roguelikes*, *Sportsgames*, *Open-World-Adventures*, digitale Brettspiele, *Rhythm-Games*, Simulatoren aller Art, *RPGs*, *RTSs*, *TCCs*, *CCGs* und sogar noch ein paar weitere, deren Akronyme Neil nicht aus der alten Welt kannte. Aus seinem Notizbuch hatte er *Resident Evil* streichen müssen, zusammen mit *Civilization*, *Monster Hunter*, *Deus Ex*, *Dragon Age*, *WipeOut*, *Little Big Planet* und vielen mehr, denn alle hatten sie frisch veröffentlichte Pendants in dieser Welt. Und einige dieser neuen Spiele waren sehr erfolgreich. Ein Game mit dem Namen *Supersonic Acrobatic Rocket Powered Battle-Cars* war trotz des langen Titels seit Wochen auf Platz 1 der Top-Ten, und Neil konnte nicht fassen, dass die Entwickler nicht auf *Rocket League* gekommen waren. Es tat dem Erfolg des Spieles dennoch keinen Abbruch.

»Das ist deine letzte Chance!« Ethan tippte ihm mit

dem Zeigefinger auf die Brust und drängte sich so zurück in Neils Bewusstsein. »Morgen Vormittag will ich dich mit guten, kalkulierbaren und vor allem gewinnbringenden Ideen sehen. Keine wilden Experimente, keine Klötzchen-Welt-Ideen, keine absurden Traumtänzer-Visionen. Konzepte, die Hand und Fuß haben. Die rasch umzusetzen sind. Zu denen man einen Businessplan erstellen kann.« Er drehte sich um und stieg über zwei umgekippte Bierflaschen hinweg zur Eingangstür. »Mach mich happy, Neil! Sonst setze ich dich morgen Mittag auf die Straße. Und räum gefälligst den Saustall hier auf!«

Neil zuckte zusammen, als Ethan die Tür hinter sich zuschlug. Nur langsam löste er sich aus seiner Starre. Er nahm eine Lederjacke vom Sofa, die irgendein Gast dort vergessen hatte, schnippte zwei Zigarettenstummel weg und entfernte die Bierflaschen. Dann ließ er sich mit einem Seufzer in die Kissen fallen. Morgen Vormittag. Das war nicht viel Zeit. Er würde die Nacht durcharbeiten müssen, und nicht einmal dann war er sich sicher, ob es ausreichte, um die richtigen Spielkonzepte auszuwählen. Ethan wollte etwas Einfaches, kein *Skyrim* oder *Dark Souls* oder *Horizon Zero Dawn*. Eventuell fand er unter den Indie-Spielen etwas, was er pitchen konnte? Oder vielleicht ein Mobile-Game?

Er holte sein Smartphone hervor und scrollte durch die Veröffentlichungen der letzten Wochen. Er durfte nicht den Fehler begehen und morgen ein Konzept vorstellen, das in ähnlicher Form schon von jemand anderem entwickelt worden war. Er überflog die Schlagzeilen. *Thievery* war genau das, wonach es klang: ein Stealth-Adventure im Mittelalter. In *The Cake* musste der Spieler Portale erschaffen und damit Puzzles einer dubiosen KI lösen. *Batman: Joker City* war das erste einer Reihe von Superhelden-Spielen. Einige Screenshots eines Indiespiels erinnerten Neil an das Survivalgame *RUST*, allerdings lautete der dazugehörige Titel: *Naked Men Go Bonk!* Er hatte viel aufzuarbeiten.

Es würde eine lange Nacht werden. Geistesabwesend blickte er auf das Chaos im Penthouse. Vielleicht sollte er mit dem Aufräumen anfangen? Auch das würde viel Zeit beanspruchen, die gesamte Wohnung war in einem schlimmen Zustand, kaum ein Gegenstand lag an seinem angestammten Platz. Neils neue Freunde waren im Laufe der Zeit rücksichtsloser geworden, scherten sich nicht darum, wenn etwas zu Bruch ging oder ein Getränk verschüttet wurde.

Plötzlich fluchte Neil laut. Irgendjemand hatte sogar den goldenen *Playbot* mitgehen lassen.

KAPITEL 20

Am nächsten Tag verließ Neil das Penthouse mit Kopfschmerzen. Während ihn der Fahrstuhl in die 14. Etage brachte, blätterte er zum wiederholten Mal sein Notizbuch durch. Er war nervös; noch immer hatte er keine Idee, welches Game er vorstellen sollte. *Battlefield. Uncharted. Fortnite.* Zu aufwendig, zu lange Entwicklungszeiten. Er war vollkommen verunsichert. *DOTA* oder *League of Legends* wären der nächste Schritt zu *PentaGods* – doch auch diese Spiele waren zu komplex. Ethan war einfach zu ungeduldig, drängte auf einen schnellen Erfolg – vor allem finanziell. Das Entwickeln von Spielen war jedoch ein langwieriger Prozess, in dem es oftmals auch zu Fehlentscheidungen kam. Viele Games wandelten auf Umwegen, bevor sie zu ihrer finalen Form fanden. Natürlich konnte man ein simples Spiel wie *Space Invaders* in ein paar Tagen fertigstellen, aber *Half-Life 2* benötigte seine Zeit, auch wenn die Teams von *EA* dank Neil ohne solche Umwege und Fehlentscheidungen an den Spielen arbeiten konnten.

Als er die Tür zum Konferenzraum *Stella* öffnete, saßen alle schon auf ihren Stühlen. Niemand sagte ein Wort. Ethan Anderson hatte am Kopfende des Tisches Platz genommen und blickte nur kurz von seinem Smartphone auf, als Neil zum letzten freien Sitzplatz eilte. Die Blicke von Marsha Hopkins, Patricia Lane und allen anderen folgten ihm durch den Raum. Kein guter Start.

»Also, da jetzt alle anwesend sind«, ergriff Ethan seufzend das Wort, »können wir ja endlich loslegen. *Pokémon Go* macht zwar gute Fortschritte, aber die Verhandlungen mit Google sind ... kompliziert. *Half-Life 2* setzen wir erst einmal aus. Da sind wir noch weit von einem Release entfernt. Eventuell können wir zu einem späteren Zeitpunkt damit weitermachen. Ich will nicht wieder so ein Fiasko wie beim Rennspiel erleben. Deshalb habe ich Neil gebeten, uns heute ein paar einfache Konzepte zu pitchen, die wir schnell umsetzen können. Wir haben jetzt Anfang Dezember und noch nichts für das Weihnachtsgeschäft! Neil?«

Alle Köpfe drehten sich zu ihm, und Neil spürte mit einem Mal, wie trocken sein Mund war. »Ich befürchte, dass das ... nicht so einfach ist«, stammelte er. »Computerspiele ... sind komplexer geworden ... und brauchen nun mal ...«

»Ich dachte, es ist die Idee, Neil, die so wichtig ist. Wir brauchen also lediglich eine Idee für etwas Einfaches.« Ethan sah ihn eindringlich an. Neils Gedanken rasten.

»*Flappy Bird*«, platzte er schließlich heraus und sah erwartungsvoll in die Runde. Kein Spiel, das er besonders gut fand, aber es war seinerzeit ein bemerkenswerter Erfolg gewesen. Es dauerte einen Moment, bis er begriff, dass der Titel alleine hier niemandem etwas sagte. Er räusperte sich.

»Ein Mobilegame«, erklärte er schließlich. »Sehr einfache Handhabung, aber großer Suchtfaktor.« Er stand auf, lief zu dem einzigen Flipchart des Raumes und zeichnete einen groben Screenshot. »Der Spieler steuert einen kleinen Vogel, der konstant nach rechts fliegt. Wenn man den Bildschirm berührt, fliegt der Vogel nach oben, wenn nicht, fällt er nach unten. Man muss den Vogel sozusagen durch einen Hinderniskurs aus Rohren steuern. Jedes Rohr ein Punkt. Online-High-Score-Board. Fertig. Das ganze Spiel kann an einem Tag programmiert werden.«

Einige Sekunden Stille. Dann Ethan: »Und was passiert, wenn der Vogel gegen ein Rohr fliegt?«

»Game Over«, antwortete Neil. »Der Spieler muss von vorne beginnen.«

Wieder Stille. Marsha blickte verwirrt auf die Zeichnung. »Das ist alles?«

Neil wollte schon zu einer Erklärung ansetzen, aber Ethan hob die Hand. Er nickte. »Kann ich mir vorstellen. Kleines Investment; wenn das schiefgeht, ist nichts passiert. Finde ich gut. Was hast du noch?«

Neil grinste plötzlich. Mit einem Mal erblühte eine ganze Reihe von Ideen in seinem Kopf. *Flappy Birds* hatte eine Tür aufgestoßen, die Neil bisher ignoriert hatte, hinter der sich aber eine Welt ungeahnter Gewinnmargen verbarg. Es war Ethan Andersons persönliches Gaming Paradies.

»Wir werden *Bejeweled* neu auflegen«, sagte er kurzerhand. »Wir ändern ein paar Grafiken und nennen es *Candy Crush*. Aber …«– er machte eine dramatische Pause – »… wir werden es kostenlos veröffentlichen! Jeder kann es umsonst spielen. *Free-to-Play*, das muss im Marketing klar ersichtlich werden.«

»Und wo bleibt der finanzielle Rückfluss?« Ethan zog die Brauen zusammen.

»Keine Sorge, das Game ist nicht wirklich *free*, wir sagen das nur.« Neil stolzierte durch den Raum. Die anfängliche Unsicherheit war wie fortgeblasen. Er hatte einen Plan. »Die erste Stunde ist umsonst, man erlebt die ersten Level, sammelt ein paar Erfolge, Dopamin-Ausschüttung, Endorphine, das ganze Programm. Für jedes Level muss man aber mit einer virtuellen Währung zahlen, irgendeinem Edelstein – Rubine, Diamanten, das ist egal. Mit jedem Match wird ein Diamant abgezogen. Das bemerkt der Spieler zunächst nicht. Doch wenn alle Diamanten aufgebraucht sind und der Spieler sich schon auf das nächste Level freut, stellen wir ihn vor die Wahl: Entweder 24 Stunden warten oder für einen unbedeutenden Betrag neue Diamanten kaufen.«

Ethan Andersons Augen glänzten. »Entwicklungszeit?«

Neil zuckte mit den Schultern. »Eine Woche denke ich. Wir können die Spielmechanik ja größtenteils übernehmen.«

Es schien, als atmete Ethan schneller. »Was hast du noch?«

Neil grinste und breitete die Arme aus. »*Diablo Immortal*. Wir veröffentlichen ein freies Add-On für *Diablo*, neue Level, ein paar neue Assets, aber viel wichtiger: Wir geben dem Spieler die Möglichkeit, im Spiel besondere Items und Waffen zu kaufen, die das Spiel einfacher machen. Über sogenannte *Micro-Transactions*.«

»Interessant.« Ethan beugte sich vor. Er sah aus wie ein Habicht, der eine Beute entdeckt hatte. Sogar seine

Finger krümmten sich wie Krallen. Doch Neil war noch nicht fertig. »Es wird noch besser: Die Items werden wir nicht direkt zum Kauf anbieten, sondern in sogenannten Lootboxen. Digitale Kisten, die – Achtung! – per Zufall mit Items gefüllt werden.«

Ethan stutzte. »Das bedeutet, der Spieler weiß gar nicht, was er gerade kauft? Das klingt nach Glücksspiel ...«

»Stimmt, aber rechtlich gesehen ist es nur dann Glücksspiel, wenn die Beute einen monetären Wert in der realen Welt besitzt. Das ist bei digitalen Ausrüstungsgegenständen allerdings nicht der Fall.« Neil kannte sich aus. Er hatte die Artikel alle gelesen, als *Diablo Immortal* herausgekommen war. Das hatte ihn trotzdem nicht davon abgehalten, in dem Spiel mehr Geld zu versenken, als er je für ein anderes Spiel bezahlt hatte.

Ethan starrte ihn an. Man sah förmlich, wie es in seinem Kopf arbeitete. Dann lachte er plötzlich laut auf. Er klatschte wie ein kleines Kind in die Hände, und nach ein paar Sekunden stimmten auch die anderen ein, während sie verwundert zwischen Ethan und Neil hin- und herblickten. »Großartig, Neil, großartig! Ich wusste, dass ich mich auf dich verlassen kann. Das sind hervorragende Ideen!«, rief Ethan über den Applaus hinweg.

»Na, dann warte erst mal, bis ich dir von *FIFA* erzähle«, entgegnete Neil trocken.

Obwohl Ethan ihm nach dem Meeting auf die Schulter klopfte und sogar Marsha sich zu einem anerkennenden Blick hinreißen ließ, fühlte Neil sich elend. Das kurze Hochgefühl während des Pitchings war verpufft. Er hätte diese Welt nach seinen Vorstellungen formen, seinen Idealen folgen und Lootboxen, Cash-Grabs und Pay-to-Win im Keim ersticken können. Stattdessen hatte er ausgerechnet Ethan Anderson die Werkzeuge der Ausbeutung in die Hände gelegt. Er war von sich selbst enttäuscht.

Wie Neil befürchtete, wurde der Dezember dank seiner Vorschläge zum ertragreichsten Monat der *Ethan Anderson Company*. In der Belegschaft griff eine aufgeregte Betriebsamkeit um sich, was die Großraumbüros zeitweise wie Bienenstöcke wirken ließ, und auch wenn sich anfangs einige Idealisten über die Kursänderung beschwerten, verstummte der Protest, als kurz vor Weihnachten die Zahlen bekannt gegeben wurden und mit ihnen der großzügige Gehaltsbonus zum Jahresabschluss. Ethan Anderson war hoch erfreut, bezeichnete *Flappy Bird*, *Candy Crush* und *Diablo Immortal* in internen Meetings als einen »alles entscheidenden Paradigmenwechsel« und zwinkerte Neil dabei jedes Mal zu. Die Aktien der *Ethan Anderson Company* stiegen auf ein neues Hoch.

Neil hingegen saß abends missmutig und einsam in seinem Penthouse, haderte mit sich selbst und *swipte* schwermütig durch die Gallery seines Smartphones. Trevor auf einem Campingstuhl vor der Garage. *Swipe.* Ms Sánchez lachend auf dem Beifahrersitz des alten Ford auf dem Weg nach San Diego. *Swipe.* Rodrigo und Jerry mit weit aufgerissenen Augen vor dem Fernseher und mit Gamepads in den Händen. *Swipe.* Catherine auf einem Fahrrad, Maria lachend auf dem Gepäckträger. *Swipe.* Martha neben ihrem gelben Rennwagen und mit einer herzförmigen pinken Sonnenbrille auf der Nase. *Swipe.* Kirilla auf dem Bürgersteig der Lexington Avenue, telefonierend. *Swipe.* Kirilla, wie sie der Kamera die Zunge herausstreckt. *Swipe.* Kirilla nah, lächelnd.

Weihnachten verbrachte Neil vor dem Fernseher; Pizza und Bier und ausgebleichte Westernfilme – das Einzige im TV, das ohne Weihnachtsdekoration auskam. Clint Eastwood in einem dreckigen Poncho knurrte Kraftausdrücke in die Kamera, und das war genau die Unterhaltung, die Neil in einer Fernsehwelt voll von glitzernden Girlanden, flauschigen Tannenzweigen, gebratenem Truthahn und harmonischer Gesellschaft sehen wollte. Während die Gamer der Welt ihr Weihnachtsgeld in Lootboxen versenkten, saß Neil in seinem Büro. Zwischen Heiligabend und Silvester war die *Ethan Anderson Company* wie leergefegt. Nur einige wenige Einzelgänger, die störrisch keinen Urlaub nehmen wollten, schlichen stumm durch die Großraumbüros, tranken Kaffee und spielten *Candy Crush*, die neue Xmas-Edition. Neil hätte im Penthouse bleiben können, doch die Einsamkeit dort erdrückte ihn, und solange er sich im Büro befand, konnte er zumindest hin und wieder ein paar Worte mit einem Mitarbeiter wechseln.

Am 31. Dezember 2030 war nicht einmal mehr das möglich – selbst die hartnäckigsten Eigenbrötler verbrachten Silvester im Kreise von Bekannten oder Verwandten. Neil saß nachmittags trotzdem an seinem

Schreibtisch und scheute sich, auf der Couch im Penthouse einen weiteren Western anzusehen. Er klickte sich stattdessen durch den YouTube-Kanal der Minions, sah sich ältere Videos an – Jerry, der zusammen mit Catherine *Half-Life* spielte und es dabei kommentierte. Er musste lächeln, als sie, von einem Headcrab-Angriff überrascht, panisch aufschrien und anschließend in kindliches Gekicher ausbrachen.

»Hier ist ja doch noch jemand im Haus!«

Neil zuckte zusammen und blickte auf. Im Türrahmen stand Gregory, einen Besen in der einen und eine schwarze Mülltüte in der anderen Hand. Er trug einen neuen Overall mit dem *EA*-Logo auf der Brust. Der ausufernde Schnauzer war unverändert.

»Gregory!« Neil war vollkommen überrascht. »Du ... du arbeitest noch hier?«

Gregory nickte. »Bin nie weg gewesen. Ethan Anderson hat die ganze Truppe übernommen.«

»Aber ... wieso habe ich dich denn nie gesehen?«

Gregory lachte trocken. »Das weiß ich nicht, mein Junge. Ich habe dich schon gesehen, aber du warst jedes Mal so beschäftigt, immer diese tiefen Sorgenfalten auf der Stirn, immer im Laufschritt von einem Raum in den nächsten. Ich hab zwei-, dreimal gewunken, aber ich denke, du hast mich nicht bemerkt.«

»Oh«, sagte Neil, weil ihm nichts anderes einfiel.

Gregory winkte ab.

»Ist nicht schlimm. Ich kenn das. War mal Gruppenleiter im Kader, da muss man an so viele Dinge denken, dass man gar nicht weiß, wo einem der Kopf steht ...«

Neil nickte nur. Er hatte einen Kloß im Hals. Einige Sekunden standen sie in der Stille, bis Gregory sich räusperte. »Und, wie ist die Luft hier oben?«, brummte er.

Neil verzog das Gesicht und schüttelte nur den Kopf. »Nicht so angenehm, wie man annehmen würde.«

Gregory nickte. »Dacht ich mir.« Dann hob er die Mülltüte etwas in die Höhe. »Na ja, ich will gar nicht weiter stören, ich hol nur kurz den Müll ab ...« Er kam herein, schielte in den Papierkorb, der leer war, und zuckte mit den Schultern. »Da siehste mal. War gar nicht nötig.«

Neil spürte Panik in sich aufkommen. Er wollte nicht, dass Gregory fortging und ihn alleine zurückließ. Er hatte die Einsamkeit satt. Nicht einmal die markanten Sprüche von Clint Eastwood vermochten seine Stimmung aufzuhellen; er konnte und wollte nicht wieder in die Stille des Penthouse zurückkehren, er wollte an Silvester nicht – genauso wie letztes Jahr – alleine seine alkoholischen Vorräte dezimieren. Deshalb sagte er schnell: »Hey, äh, willst du auf ein Bier nach oben kommen? Ins Penthouse?«

Gregory hielt im Türrahmen inne. Er lächelte Neil entschuldigend an. »Das ist nett, mein Junge, aber heute geht es leider nicht. Ich bin schon mit Martha verabredet. Ein andermal gerne.«

Neil presste die Lippen zusammen und nickte tapfer. Ihm blieb nichts anderes übrig, als tief einzuatmen und Gregory gedankenverloren hinterherzusehen. Schließlich zuckte er mit den Schultern und schaltete seufzend den Computer aus. Clint Eastwood wartete auf ihn.

»Mir fällt gerade ein ...«, hörte Neil Gregorys Stimme, der den Kopf noch einmal durch die Tür steckte. »Du könntest auch mit zu uns kommen. Martha und Kirilla veranstalten eine kleine Silvesterfeier. Die Kinder werden auch da sein. Ich bin in einer halben Stunde hier fertig, dann kann ich dich mitnehmen. Nur, wenn du willst, natürlich ...«

Neil lächelte schüchtern. Er wollte.

Als Gregory seinen Minivan auf dem Parkplatz von Lizzard Entertainment parkte, war Neil mulmig zumute. Wie würden Martha und Kirilla reagieren, wenn er so unangekündigt auftauchte? Wahrscheinlich war auch Trevor da, es sei denn, er musste sich wieder um seine Tante kümmern. Jedenfalls erwartete niemand, dass Gregory ausgerechnet Neil Desmond mitbrachte. Er hatte seit Monaten nicht mehr mit den dreien gesprochen, und sowohl mit Martha als auch mit Trevor war er im Streit auseinandergegangen.

Doch es kam alles ganz anders. Der Erste, der ihn bemerkte, als Gregory und er die Räumlichkeiten von Lizzard Entertainment betraten, war Jerry. Er machte »Oh!«, riss die Augen auf und zeigte aufgeregt mit dem Finger auf ihn. Dann sprang er auf, rannte zu ihm und umarmte ihn stürmisch. Neil spürte wieder den Kloß im Hals, als nacheinander Catherine, Rodrigo und Maria angelaufen kamen, um ihn ihrerseits lautstark zu begrüßen. Die Minions führten einen regelrechten Tanz auf, freuten sich ausgelassen, ihn zu sehen, umringten ihn und löcherten ihn mit Fragen: »Wann kommt denn endlich *Half-Life 2* raus?« – »Hast du unseren Kanal abonniert?« – »Hast du unser Video zu *Angry Birds* gesehen?« – »Warst du das, der uns immer die Spiele geschickt hat?« Maria sah mit großen Augen zu ihm hinauf, und Neil beugte sich zu ihr hinunter.

»Ja, das war ich.« Maria lächelte kurz, dann wurde sie wieder ernst.

»Danke, Neil. Aber du hast immer noch kein Spiel mit Ponys gemacht.«

»Das stimmt aber nicht!«, widersprach Neil. »Es gibt ein *Pokémon*, das sich Ponyta nennt. Das ist ein Pony!«

»Echt?« Maria sah ihn mit offenem Mund an. »Ich hab *Pokémon* erst sehr wenig gespielt.«

»Wieso das denn?«, fragte Neil.

Maria zuckte mit den Schultern. »Ich muss erst noch *Half-Life* zu Ende zocken.« Neil lachte laut auf.

Und plötzlich stand Trevor vor ihm, T-Shirt von *Wind Rose*, Pferdeschwanz, Festival-Armbänder, abgerockte Bluejeans und Sneaker mit Löchern. Um seinen Hals hing eine Totenkopf-Halskette, die verdächtig nach einem Geschenk von Martha aussah. Neil sah ihn betreten an und überlegte, was er sagen sollte, doch Trevor bemerkte das und winkte ab. Sie umarmten sich. »Dich habe ich nicht erwartet«, brummte Trevor. »Bin aber froh, dass du da bist.« Neil fiel ein Stein vom Herzen.

»Es tut mir leid. Ich war ein Vollidiot«, brummte er leise.

Hinter Trevor kam Martha zum Vorschein, grinste Neil an und sagte schnippisch: »Ein Vollidiot? Du meinst, weil du die *Santoro Rally* versemmelt hast?« Sie trug ein schwarzes Top mit einem Alienkopf aus silbernen Pailletten, rosafarbene Pluderhosen und weiße Kunstlederstiefel. Ihre glatten Haare waren schulterlang und in einem Schachbrettmuster gefärbt. Martha war eine echte Erscheinung. Und sie küsste Neil auf die Wange. »Danke dafür! Hat den Absatz von *Burning Tires* angekurbelt.« Neil lachte verlegen und wurde rot.

»Wo ist Kirilla?«, fragte er.

»Ich bin hier.« Kirilla kam mit zwei Sektgläsern aus der Küche. Sie hatte eine neue Frisur, die blonden Haare bis zur Kieferlinie gekürzt und einen Pony, der ihr in die Stirn fiel. Neil gefiel es. Sie hielt ihm eines der Sektgläser hin und lächelte. »Was denn? Keine ›high-life-VIP-Party‹ an Silvester?« Grinsend fügte sie hinzu: »Könnte sein, dass ich ein paar Dinge über dich in Klatsch-Magazinen gelesen habe.«

Neil spürte abermals, wie ihm das Blut ins Gesicht schoss. »Nee, Ethan Anderson hat Partys im Penthouse verboten.« Er räusperte sich verlegen. »Ist wohl auch besser so. Ich habe da etwas über die Stränge geschlagen.«

»Ja, das machen Vollidioten gerne«, stichelte Martha. Es klang aber nicht boshaft.

Neil begrüßte auch Arthur und Cécil, die immer noch bei Lizzard arbeiteten, und lernte eine Handvoll neuer Mitarbeiter kennen. Dabei sah Neil sich neugierig in den Räumlichkeiten um.

»Hier hat sich nicht viel verändert«, stellte er fest.

»Mhm«, stimmte Trevor ihm zu. »Bis auf dein Büro. Das sitze ich jetzt drin. Hab's neu gestrichen und ein paar Sachen aufgehängt. Die *Doom*-Figuren habe ich aber behalten«, beruhigte er ihn. »Die passen gut zu den Band-Postern.«

Die Party fand hauptsächlich im geräumigen Eingangsbereich statt. Auf einem Tisch an der Wand stapelten sich Pizzakartons, Donut-Boxen, Pappbecher, Teller und Servietten. Irgendjemand hatte bunte Girlanden aus Krepppapier aufgehängt, Konfetti lag auf dem Boden, und Luftschlangen hingen von Lampen, Türgriffen und Jalousien herunter. Mehrere Sitzsäcke, Stühle und zwei bequeme Sessel waren um einen Flachbildfernseher aufgestellt, der mit einem Computer verbunden war. Vier Gamepads lagen bereit, und Jerry nahm eines davon auf.

»Neil!«, rief er. »Komm her, du musst dir unser neues Spiel ansehen!«

Neil bemerkte, wie Martha, Trevor und Kirilla sich Blicke zuwarfen, und bedeutete Jerry, einen Moment zu warten. Martha trat unsicher von einem Fuß auf den anderen und rang sichtlich nach Worten. Neil verstand. Er war nicht mehr Teil von Lizzard Entertainment, und nach seiner Aktion mit der *Santoro Rally* hielt sich die Bereitschaft, ihm ein unveröffentlichtes Spiel zu zeigen, in Grenzen. Er konnte es ihnen nicht verübeln.

»Also, wir freuen uns wirklich, dass du hier bist«, brachte Martha schließlich hervor und räusperte sich geräuschvoll. »Aber das Spiel ist noch nicht wirklich fertig ... und sieht nicht sonderlich gut aus ... und ...«

»Ich könnte euch eine NDA unterschreiben«, unterbrach Neil sie. Er lächelte schüchtern. »Ich habe gelernt, dass ihr dann eine rechtliche Handhabe hättet.« Er warf Kirilla einen Blick zu.

Kurz starrten ihn alle an, dann lachte Kirilla auf. »Ich denke, dein feierliches Ehrenwort, dass du in nächster Zeit nicht rein zufällig ein ähnliches Spiel entwickeln lässt, reicht uns«, sagte Kirilla schließlich, und als auch Martha nickte, nuschelte Neil: »Ehrenwort!«

»Na, dann sind wir ja jetzt alle wieder Freunde«, brummte Gregory und begab sich in die Küche, um sich ein Bier aus dem Kühlschrank zu holen. Er war kein Fan von Sekt. »Dieses versnobte Perlenwasser schmeckt einfach nicht«, ließ er jeden wissen, der es wagte, ihm ein Glas davon anzubieten.

»Kommt ihr jetzt endlich?«, quengelte Jerry, der schon Rodrigo ein weiteres Gamepad in die Hand gedrückt und den Fernseher eingeschaltet hatte. Auf dem Bildschirm leuchtete ein Schriftzug auf, und Neil stutzte. *Mario Racing* stand dort in cartoonigen Buchstaben, und der mexikanische Mario mit dem Strohhut fuhr in einem kleinen Gokart darunter vorbei.

»Wir haben uns entschieden, ein weiteres *Mario*-Spiel zu entwickeln«, erklärte Martha. »Aber da wir mit *Burning Tires* echt erfolgreich waren, wollten wir noch ein Rennspiel machen. Also haben wir beides zusammengelegt.«

»Schlau«, sagte Neil.

»Guck mal!«, rief Rodrigo und zeigte auf den Fernseher. »Du musst dir einen Charakter aussuchen. Die kennst du alle!«

Neil musste zweimal hinsehen, um zu erkennen, was Rodrigo meinte. Neben Mario und Princess Mel standen weitere Charaktere zur Auswahl: Martha, Kirilla, Trevor, Gregory, die Minions und sogar Ms Sánchez – alle waren in kleinen, lustigen Figuren verewigt. Ein wenig betrübt stellte er fest, dass es keinen »Neil« zur Auswahl gab, ließ sich aber nichts anmerken. Stattdessen wählte er »Kirilla« aus und drückte auf »Bestätigen«.

Mario Racing kam *Super Mario Kart* erstaunlich nah. Kameraperspektive, Look und Fahrverhalten waren wie beim Original. Allerdings gab es nur ein einziges Powerup: Schildkrötenpanzer, die man auf die Mitspieler werfen konnte. Trotzdem war es ein Heidenspaß, als sie *Mario Racing* Runde um Runde spielten, immer in wechselnden Konstellationen. Dabei glänzten vor allem Rodrigo und Trevor und lieferten sich regelmäßig Duelle um den ersten Platz. Die Zeit verging wie im Flug, und Neil genoss jede Sekunde. Wie sehr hatte er dieses gemeinsame Spielen vermisst! Einfach mit Freunden zu zocken, die Zeit und den Alltag zu vergessen, sich treiben zu lassen. Denn das war der eigentliche Zauber von Videospielen: Sie entführten einen in eine andere Welt, eine Welt voller ungeahnter Möglichkeiten und phantastischer Abenteuer. Gemeinsam mit Freunden konnten diese Erlebnisse in einer digitalen Welt zur Realität werden, Anekdoten verwandelten sich in echte Erinnerungen. Dass Computerspiele eine solche Macht besaßen, war Neil immer schon bewusst gewesen, doch an diesem Abend merkte er dies deutlicher als je zuvor.

»Ich hätte vielleicht ein paar Ideen«, meinte Neil in

einer Spielpause zu Martha, die ihn überrascht ansah, dann aber nickte.

»Bin ganz Ohr.«

Er erzählte ihr von Bananenschalen, Münzen, Sternen, Pilzen, Blitzen und unechten *Power-up-Boxen*. Und er schlug ihr den Namen *Super Mario Kart* vor. Martha tat so, als seien das Ideen, über die sie auch schon nachgedacht hatte, aber Neil beobachtete einige Minuten später, wie sie hektisch einige Notizen auf eine Serviette kritzelte. Er grinste.

Als um Mitternacht die Feuerwerke losbrachen, hatte Neil das Penthouse, Ethan Anderson und die Lootboxen vollkommen vergessen. Er feierte mit Freunden, lachte, bewunderte mit den Kindern die ständig neuen Gebilde aus Farbtupfern und versuchte vorherzusagen, was als Nächstes am Nachthimmel erblühen würde. Er wünschte jedem ein »Happy New Year«, ließ sich umarmen und umarmte, öffnete unter Applaus eine neue Flasche Sekt und ließ sogar Jerry daran nippen. Neil fühlte sich so gut wie schon lange nicht mehr und wünschte sich, dass dieses Silvester niemals zu Ende gehen möge.

Trotzdem nickte er eine Stunde später in einem der bequemen Sessel ein, während Trevor ein weiteres Mal bei *Mario Racing* gewann.

KAPITEL 21

»Neil, wach auf! Es geht los!«

Neil schreckte aus seinem Sessel hoch. Ächzend blickte er sich um, während sein Kreislauf versuchte, den Übergang vom Tiefschlaf in einen halbwegs wachen Zustand zu bewerkstelligen. Um ihn herum wuselten Menschen, einige eilten im Laufschritt an ihm vorbei, andere studierten ihre Smartphones oder räkelten sich in Beanbags. Verwirrt versuchte Neil, sich zu orientieren. Niemand kam ihm bekannt vor – waren das die neuen Angestellten von Lizzard?

»Hier. Trink einen Schluck! Wir haben noch fünf Minuten, dann musst du auf die Bühne.«

Gregory schob sich in sein Sichtfeld, und Neil starrte ihn fassungslos an. Weißes Hemd, hochgekrempelte Ärmel, behaarte Unterarme. Kein Tattoo. Auch der ausufernde Schnauzer fehlte, stattdessen ein gepflegter Vollbart in einem kantigen Gesicht, das aus einem italienischen Modekatalog stammen könnte. Gezupfte Augenbrauen, modischer Haarschnitt, hochgesteckte Sonnenbrille. Die Erscheinung war zugleich vertraut und fremd. Gregory blickte auf eine sündhaft teure Digitaluhr an seinem Handgelenk.

»Neil! Komm in die Gänge! Trink das! Grüner Tee mit Agavendicksaft. Du musst im Finale konzentriert sein!«

Die Welt um Neil herum verzerrte sich, zumindest kam es ihm so vor. Kleine Details stachen plötzlich heraus, schienen sich regelrecht aufzublähen und drängten sich in sein Bewusstsein. Eine junge Frau im Kostüm einer Elfenkriegerin, ein *Kirby*-Aufdruck auf einem Hoodie, ein kleiner Junge auf einem Stuhl mit einer *Switch*. Dahinter prangte ein riesiges Logo aus dreidimensionalen Lettern an der Wand: *PentaGods World Championship.*

»Ich bin zurück«, flüsterte Neil.

»Na, den Göttern sei Dank!«, brummte Gregory und drückte ihm eine Trinkflasche mit Beißverschluss in die Hand. »Trinken! Jetzt!«

Neil gehorchte, während seine Gedanken rasten. Hatte er alles nur geträumt? Die Garage in der Lexington Avenue, Ms Sánchez, der Schrottplatz, Lizzard Entertainment, Ethan Anderson, die Lootboxen? Es war alles so real gewesen! Das ganze Jahr, in dem er zum Videospiel-Propheten aufgestiegen war, sollte seiner Fantasie entsprungen sein? In all seinen Details? Neil hatte durchaus schon lebhafte Träume gehabt, aber die waren nach dem Aufwachen zu einer wirren Collage verblasst, die sich nach kurzer Zeit vollständig aufgelöst hatte. Die Erlebnisse der letzten zwölf Monate jedoch waren in sein Gedächtnis eingebrannt, er konnte sich an jedes Detail erinnern. Marthas extravaganter Kleidungsstil. Das Graffiti auf dem Garagentor und das *Smootchi-Doo*-Plakat gegenüber. Sein rotes Notizbuch, in das er unermüdlich Spielkonzepte eingetragen hatte, die mühselige Arbeit an Pixelgrafiken. Trevors *Doom*-Soundtrack, Jerrys breites Grinsen, Marias Blick, wenn sie nach Ponys bettelte.

Und Kirilla.

Wie betäubt stolperte Neil vor Gregory her und sog an der Trinkflasche. Immer wieder schob Gregory ihn an der Schulter sanft nach links oder rechts, steuerte ihn so an Trauben von Menschen vorbei, leitete ihn durch die Gänge des *eSport Stadium Los Angeles*, bis sie schließlich den Backstagebereich erreichten. Nachdem ein bulliger Sicherheitsmann ihre Badges kontrolliert hatte, durften sie eintreten.

»Da ist Martha«, sagte Gregory und winkte kurz.

Neil folgte seinem Blick und entdeckte eine junge Frau, die mit einer Kamera in der Hand auf ihn und Gregory zukam. Es dauerte ein wenig, bis er sie wiedererkannte, denn die einfache dunkle Stoffhose, der weinrote Rollkragenpullover und die dunkelblauen Turnschuhe passten nicht zu dem Bild, das er von Martha hatte. Auch ihre Haare waren bemerkenswert unscheinbar. Neil suchte unwillkürlich nach einem Totenkopf oder etwas Ähnlichem, aber Martha trug weder Halsketten noch Armbänder, nicht einmal Ringe.

»Trevor ist gerade mit dem Aufbau fertig geworden. Es steht alles«, sagte sie zu Gregory und nickte Neil freundlich zu. »Viel Glück!«

Plötzlich veränderte sich die Lichtstimmung, und Musik tönte aus Lautsprechern. Die Show hatte begonnen. Durch die Gerüste und Traversen erkannte Neil die Hauptbühne, auf der er vor exakt einem Jahr die 5G World Championship verloren hatte. Unzählige Scheinwerfer tauchten die fünf abgetrennten Spielbereiche in gleißendes Licht. Dahinter türmten sich die Ränge der

Zuschauer, Reihe um Reihe bunt gekleideter Menschen mit Klatschstangen, Wimpeln, Kostümen und Plakaten.

Erst jetzt begriff Neil, dass er in ein paar Minuten *PentaGods* spielen würde. Er war wieder *Orkus666*, er würde seinen Helden steuern müssen und hatte seit über einem Jahr nicht trainiert. Oder irrte er sich? War er vielleicht tatsächlich nur vor ein paar Minuten eingenickt? Eine kurze Ruhepause zwischen zwei Matches? Er erinnerte sich an die Tipps, die ihm sein Personal Trainer Izuya nach dem zweiten Match gegeben hatte. Er erinnerte sich an *Maoan*, den Spanier, an den Newcomer *Razor*, die Zwillinge *YunaiWhite* und *YunaiBlack* und an *KiraNightingale*. Aber er erinnerte sich auch an Kirilla, die Computerspiele gar nicht gekannt hatte, an die Begegnung im Fahrstuhl, an ihren gemeinsamen Kampf gegen ATRIA, daran, wie sie sich von ihm abgewendet, ihm aber gestern Abend glücklicherweise vergeben hatte. Er dachte an ihre innige Umarmung, als sie sich »Happy New Year« gewünscht hatten. In Neils Kopf herrschte Chaos.

»Denk dran: Was auch immer passiert, ich bin stolz auf dich«, rief ihm Gregory über den Lärm zu. »Aber wenn du gewinnst, bin ich noch etwas stolzer.« Er zwinkerte ihm lächelnd zu, und Neil nickte nur dümmlich.

Im nächsten Moment stand er auch schon auf der Bühne, kurzzeitig geblendet von den Scheinwerfern, bis er sich an die Helligkeit gewöhnt hatte. Jubel brandete auf, der nach einigen Sekunden in einen Sprechchor überging: *Or-kus, Or-kus, Or-kus!* Eine Moderatorin in einem so engen Kleid, dass sie sich mit hastigen kleinen

Schritten fortbewegen musste, führte ihn zu seinem Sitzplatz, während sie dem Publikum mit einem breiten Lächeln ihre strahlend weißen Zähne zeigte. Im Rücken der Bühne lief auf einer riesigen LED-Wand eine Animation des Gottes Orkus in heroischer Pose; dunkler Qualm stieg von seinem Körper auf, und die schwarzen Haare wallten im Wind.

Or-kus, Or-kus, Or-kus!

Und dort saß *KiraNightingale*. Fast wäre Neil verblüfft stehen geblieben, wenn die Moderatorin nicht seinen Arm festgehalten und ihn unbeirrbar weitergezogen hätte. Kira beachtete ihn nicht, sie starrte konzentriert auf ihren Bildschirm und zupfte gedankenverloren am Ring ihres Lippenpiercings. Ihre Haare waren nicht blond, sondern schwarz gefärbt, und nur die hellen Ansätze am Scheitel verrieten ihre natürliche Haarfarbe. Sie trug einen modischen Hoodie, den Neil befremdlich an ihr fand, ebenso wie den schwarzen Nagellack. Aber die Frau, die dort saß, war eindeutig Kirilla, wenn auch nicht die Kirilla, die er in den letzten Monaten kennengelernt hatte. Als ihm bewusst wurde, dass Kira ihn lediglich als den selbstgefälligen *Orkus666* kannte, spürte er, wie seine Beine weich wurden. Glücklicherweise war er inzwischen an seinem Platz angekommen und ließ sich in den Gaming-Sessel fallen.

Ihm blieb keine Zeit nachzudenken. Schon erschallte die Fanfare, die den Spielbeginn signalisierte, und reflexartig wählte Neil seinen Charakter aus: Orkus, den Gott der Unterwelt. Erleichtert stellte er fest, dass er sich an alles erinnerte: Combos, Cooldowns, Item-Build,

Creep-Spawns. Er erinnerte sich auch daran, mit Izuya die Strategie abgesprochen zu haben: im *Earlygame* allen Begegnungen aus dem Weg gehen, Mitspieler *ghosten*, um sich so früh wie möglich um die Schutzgeister zu kümmern. Riskant, aber – für ihn – machbar.

Neil trieb Orkus durch den Seelenwald, lief seine Routen ab und wich geschickt den Gegnern aus, wie er es schon einmal getan hatte. Nach ein paar Minuten stellte sich eine Art selektiver Fokussierung ein; der turnierübliche Tunnelblick, der ihn vollends in das Spiel eintauchen ließ. Er war zurück. Der Gott der Unterwelt gehörte wieder ihm, und mit jeder Sekunde fühlte er sich selbstbewusster, mutiger, zuversichtlicher. Als er seine zweite Fähigkeit freischaltete, jagte er – wie beim letzten Mal – zu den Schutzgeistern, besiegte sie und hörte wieder den Jubel der Zuschauer durch das Headset hindurch. Er erinnerte sich, dass ihm auf dem Weg zum ersten Tor *Razor* über den Weg gelaufen war, und tatsächlich brach dieser mit *Faunus* an exakt derselben Stelle aus dem Dickicht. Wie ein Jahr zuvor machte Neil kurzen Prozess mit ihm und ergatterte seinen ersten Kill.

Für einen kurzen Moment hielt Neil inne. Er hatte die Begegnung vorausgesehen! Er hatte gewusst, dass *Razor* seinen Gott an dieser Stelle und zu dieser Zeit aus dem Unterholz steuern und – geschwächt von seiner Begegnung mit den Greifen – einfache Beute für Neil sein würde. Alles lief genauso ab wie vor einem Jahr; es schien, als spielte Neil das Finale zum zweiten Mal, ein wenig wie in dem Film *Groundhog Day*. War das Ganze also doch kein Traum gewesen?

Während er Orkus zum ersten Portal laufen ließ, wurde ihm das ganze Ausmaß dieser Feststellung bewusst. Er spielte mit einem uneinholbaren Vorteil, er war im wahrsten Sinne des Wortes im *Godmode*, denn er wusste im Voraus, was passieren würde. Nur um sicherzugehen, vergewisserte er sich in der Spielinformation, dass Kira wieder *Megaira* spielte, die Rachegöttin, mit der sie letztes Mal den Sieg errungen hatte. Dieses Mal jedoch konnte er das verhindern, denn Kiras Taktik würde ihn nicht mehr überraschen; dieses Mal konnte er das Match für sich entscheiden. Neil zitterte vor Aufregung.

Er würde die 5G World Championship gewinnen!

Er erinnerte sich an jede Einzelheit. Er besiegte *Gorgath*, benutzte eine Abkürzung zu den *Manensteinen* und machte sich auf den Weg zum zweiten Tor. Er wusste, wo und wann er auf andere Spieler treffen würde, wie viel Leben diese zu dem Zeitpunkt noch übrig hatten. Kill zwei. Kill drei. Er war effektiver als beim ersten Mal, teilte sich seine Fähigkeiten besser ein und brachte mit Orkus' Kriegshammer Tod und Verderben. Er beseitigte die Wächter des zweiten Tors, und mit jeder Sekunde rückte der alles entscheidende Kampf näher. Er gegen Kira. *Orkus* gegen *Megaira*. Wenn er es schlau anstellte, würde er sogar den Spanier mit seinem Gott *Voltur* besiegen können und sich den Einzug in den Tempel mit einem *Doublekill* sichern.

Als Kira vor ihm auftauchte, war er vorbereitet. Er sparte sich den *Odem* für die Begegnung mit *Voltur*, sprang direkt an *Megaira* heran und drosch mit dem Hammer auf sie ein. Die Rachegöttin floh, das wenige

Leben schon halbiert, bevor Kira hatte reagieren können. Neil grinste und warf ihr einen schnellen Blick zu. Sie saß etwa fünf Meter von ihm entfernt und starrte mit Furchen auf der Stirn ihren Bildschirm an. Neils linker Zeigefinger strich über die R-Taste, die sein Ultimate auslösen und damit *Megaira* töten würde, noch bevor sie mit ihrem Unsichtbarkeitszauber verschwinden und die Fähigkeit *Snake Sacrifice* einleiten konnte. Er brauchte nur die Taste zu drücken.

Doch er tat es nicht.

Es war kein Traum gewesen. Neil war sich plötzlich sicher. Er war nicht nur ein paar Minuten im VIP-Bereich eingeschlummert und hatte sich im Halbschlaf eine phantastische Geschichte ersonnen. Er hatte ein ganzes *fucking* Jahr durchlebt. 365 Tage, 365 Nächte. Er hatte mit Gregory als Putzmann geschuftet, mit Trevor vor der Garage Bier getrunken, hatte *PONG* und *Super Mario* entwickelt und mit Martha sogar die verdammte *Doom*-Engine neu erfunden. Er hatte Kirilla Angelis, die überkorrekte Projektleiterin bei ATRIA, verflucht und verurteilt. Und sie schließlich kennengelernt. Die Rivalität war erloschen, und an ihrer Stelle hatte sich eine unerwartete Zuneigung entwickelt. Er wünschte sich mit einem Mal nichts sehnlicher, als Kirilla nahe zu sein. Er konnte die Verbundenheit, die zwischen ihnen entstanden war, nicht einfach als Träumerei abtun.

Kirilla hatte die 5G World Championship damals verdient gewonnen, und er würde ihr diesen Erfolg nicht nehmen. Was auch immer ihm widerfahren war, es hatte Neil einen unerwarteten Vorteil verschafft, und es kostete ihn viel Überwindung, diesen Vorteil nicht auszunutzen. Es wäre so einfach, und niemand könnte ihm Unsportlichkeit oder Betrug vorwerfen, denn niemand wusste, dass er das Turnier schon zum zweiten Mal spielte; er konnte es ja selbst kaum glauben. Doch er sträubte sich mit einem Mal dagegen, auf diese Weise zum World Champion zu werden. Er würde auf ewig das Wissen mit sich herumtragen, im wahrsten Sinne des Wortes der größte *Cheater* des Universums zu sein.

Und so spielte er genau so, wie er es schon einmal getan hatte. Er verfolgte Kira, sah, wie sie sich in Luft auflöste. Er ließ sich von *Maoan* überraschen, setzte sein Ultimate gegen ihn ein, gewann den Zweikampf, um schließlich von der wiedererscheinenden *Megaira* besiegt zu werden. Keine zwei Minuten später hatte Kira den Tempel erreicht und gewann die 5G World Championship.

Als er das Headset abnahm, überrollte ihn der Jubel der Zuschauer. Er lächelte, als er Kira aufspringen sah, die Arme in die Höhe gereckt, den Mund freudig aufgerissen. Ihre Wangen glänzten rot, die gesamte Anspannung löste sich in einem nahezu animalischen Siegesschrei, und Neil wusste genau, wie sie sich fühlte. Er lächelte. Erleichtert stellte er fest, dass er sich für sie freuen konnte. Geduldig wartete er darauf, dass die Moderatoren auch ihn nach vorne an den Bühnenrand holten.

Als die fünf Finalisten schließlich gemeinsam in die Menge winkten, brach eine Kakophonie stürmischer Begeisterung über sie herein. Sprechchöre vermengten sich im Chaos aus Klappern, Klatschen, Pfeifen und Rufen. 40.000 Menschen huldigten den erschöpften Teilnehmern, sie zelebrierten die Leistung der Athleten. Es schien unwichtig, wer gewonnen oder verloren hatte; die Zuschauer feierten das Spielen an sich und honorierten damit jeden einzelnen der Finalisten.

Und niemand fegte einen Monitor vom Tisch.

»Sei nicht traurig, dass du nicht gewonnen hast.« Gregory überreichte ihm einen Mojito und legte Neil eine Hand auf die Schulter. Sie standen in einer weiteren Halle des Stadions; nach der Siegerehrung waren alle Teams schleunigst zur Aftershow-Party geleitet worden. Der Countdown zum Jahr 2030 zählte auf mehreren Monitoren herunter. Eine halbe Stunde bis Silvester. »Man kann nicht immer gewinnen!«

Neil lächelte und nahm einen Schluck. »Mir geht's gut«, beruhigte er Gregory. Er stellte fest, dass er heilfroh war, seinen Manager nicht durch einen dummen Streit verloren zu haben. Gregory sah ihn prüfend an.

»Ich muss zugeben, dass ich beeindruckt bin, Neil. Ich hätte nicht gedacht, dass du eine Niederlage so einfach wegsteckst. Finde ich aber gut! Normalerweise muss ich darauf achten, deine Kompetitivität im Zaum zu halten.«

Neil zuckte mit der Schulter. »Kira hat gut gespielt. Sie hat mich ausgetrickst.« Gregory blickte ihn kopfschüttelnd an.

»Sag bloß, du bist über Nacht erwachsen geworden!« Neil warf ihm einen grimmigen Blick zu, und Gregory hob grinsend die Hände. »Ja, die Frau ist eine Füchsin. Beim nächsten Mal kriegst du sie!«

Trevor und Martha gesellten sich zu ihnen. »Vor dem nächsten Spiel trainieren wir noch härter!«, sagte Trevor zerknirscht. »Dann sackst du die Nachtigall ein, wirst schon sehen.«

Neil lächelte ihm zu. Es schien, als würde Trevor mehr unter seiner Niederlage leiden als er. »Ich gewinne einfach beim nächsten Mal.« Neil stieß sein Glas gegen Trevors Bierflasche. Trevor grinste schief und nahm einen tiefen Schluck. Das schien seine Lebensgeister zu wecken.

»Hey, da hinten stehen einige alte *Arcade-Stations*«, platzte er plötzlich heraus. »Hammer! Die haben *Donkey Kong*, *Golden Axe*, *House of the Dead* und ...«

»... und *Metal Slug*«, warf Martha ein.

»Genau! Du hast davon auch eine Kopie in deiner Sammlung, Neil!«

Neil nickte. *Metal Slug* war der König des Neo-Geo-Universums und eine der ersten Cartridges, die er in die Sammlung aufgenommen hatte. Er hatte viel Geld dafür gezahlt, aber das Spiel war es wert. »Dann lass uns eine Runde zocken!«, schlug er grinsend vor.

Aufgereiht an einer Wand standen zwanzig Arcade-Maschinen, an denen sich Trauben von Gästen gebildet hatten. Immer wieder brandeten »Uhs« und »Ahs« an verschiedenen Stationen auf, wenn der jeweilige Spieler eine besonders knifflige Situation gemeistert hatte oder daran gescheitert war. Trevor zerrte Neil zu einem freien *Bubble-Bobble*-Spiel: Als zwei kleine Drachen mussten sie Gegner in Blasen einfangen und mit einem gezielten Sprung auslöschen.

»Alter, ich erinnere mich an die Musik!«, johlte Trevor lachend. Beide wippten zu dem eingängigen Soundtrack mit den Köpfen. Trevor hämmerte auf einen Button, und sein kleiner Drache spie eine grüne Blase aus. »Ich hab mich immer gefragt, woraus die Blasen bestehen«, überlegte er. »Sind das Seifenblasen? Immerhin kommen die aus dem Maul der Drachen. Gibt es also außer Feuer- und Wasserdrachen auch ... Seifendrachen?«

Neil lachte laut. »Das wird es sein.«

»Ich fänd Seifendrachen cool. Uh, hier ist eine Idee für ein RPG: ein Drache, der einen Gendefekt hat und als einziger Seifendrache inmitten von mächtigen ›normalen‹ Drachen aufwächst und seinen Platz finden muss.«

»Nicht schlecht. Das Spiel kannst du dann *Dragon Age: Hygiene* nennen.«

»Oder *Sponges & Dragons*.«

Neil und Trevor kicherten wie kleine Kinder. Es fühlte sich an wie früher, wenn sie gemeinsam nach der Schule gezockt und dabei solch absurde Gespräche geführt hatten. Neil sprang auf einen gefangenen Gegner und sammelte die aufploppenden Bananen auf.

»Ich habe übrigens tatsächlich mal angefangen, mir ein RPG auszudenken«, sagte Trevor plötzlich. »Also nicht mit Seifendrachen, sondern ein richtiges Rollenspiel, mit Magie und phantastischen Wesen. Alle Charaktere sind Tiere. Der Held ist ein Komodowaran, diese Echse aus Indonesien, die Viecher sind der Hammer! Ist eine recht komplexe Story, erzähle ich dir mal in Ruhe.«

Neil hielt inne. Er erinnerte sich, wie Trevor während des letzten Jahres auch öfter den Wunsch geäußert hatte, ein eigenes Spiel zu entwickeln. Die alternativen Versionen seiner Freunde hatten vielleicht mehr mit ihren Pendants gemein, als man im ersten Moment glauben würde. Vielleicht würden sogar die Minions irgendwo in El Monte genau in diesem Moment vor einem Bildschirm sitzen und gemeinsam Videogames spielen. Er bemerkte, dass er sich nicht mehr auf *Bubble Bobble* konzentrierte, und verlor sein letztes Leben. »Game Over« erschien auf dem Bildschirm.

»Noob«, grunzte Trevor.

Neil zuckte entschuldigend mit den Schultern und machte Platz für Martha und Gregory, die ihr Glück als Nächstes versuchten. Er sah Trevor nachdenklich an. »Du solltest das Spiel umsetzen.«

Trevor lächelte verlegen. »Ja, vielleicht, muss ich mal sehen.«

»Nein, ich meine es ernst!« Neil blickte ihm eindringlich in die Augen. »Ich unterstütze dich dabei. Ich habe genug Kohle, ich kann das Ding produzieren. Du schreibst die Geschichte und setzt deine Vision um. Ich kann auch einen anderen Assistenten anstellen. Wird Zeit, dass du dein eigenes Ding machst.«

Trevor blickte ihn verblüfft an. »Aber ... ich kann doch gar nicht programmieren ...«

»Egal. Das lernst du. Und vielleicht kann Martha dir helfen ...«

Martha ließ von dem Spiel ab und drehte sich zu ihm um. Sie öffnete den Mund, schloss ihn wieder, öffnete ihn erneut. »Wie meinst du das?«

»Na ja, ich könnte mir vorstellen, dass du an so was Spaß hättest. Programmieren und so. Computerspiele entwickeln? Ist doch besser, als Social Media für einen Typen zu machen, der nicht einmal World Champion geworden ist.« Neil lächelte unsicher. Es war einen Versuch wert. Vielleicht schlummerte in dieser Martha ebenfalls eine geniale Programmiererin, die mit ein wenig Hilfe zum Vorschein käme. Neil beobachtete sie. Martha blickte zwischen Gregory und Neil hin und her.

»Das ... wäre ... großartig!«, sagte sie schließlich. Ihre Augen leuchteten plötzlich. »Ich wollte schon immer ... also ich hab mich nur nie ... weiß auch nicht warum ...«, stammelte sie.

»Nice! Dann haben wir ja schon ein Team aufgestellt. Wie nennt sich denn dein RPG?«, fragte er Trevor.

»*Lizard Chronicles*«, antwortete Trevor stolz. »Weil der Hauptcharakter ja eine Art Echse ist.«

Neil grinste und schüttelte den Kopf. Er hielt den beiden die Hand hin. »Guter Titel. Also abgemacht? Wir entwickeln ein Computerspiel?«

»Deal!« Trevor und Martha schlugen begeistert ein, und Gregory nickte Neil anerkennend zu.

»Irgendwas an dir ist anders. *But I like it*«, raunte er ihm zu. »Hast du vielleicht auch noch eine Idee für mich, die mein Leben grundlegend verändert?«

Neil blickte ihn mit ausdrucksloser Miene an. »Du könntest einen YouTube-Kanal aufmachen.«

»Was denn? Let's Play? Das ist nichts für mich, befürchte ich.«

»Nee, Kuchen.« Neil grinste breit.

Gregory sah ihn verblüfft an. »Kuchen?«

Neil nickte. »Oder was Ähnliches.«

Gregory blickte verträumt in die Ferne. »Ernährungstipps für eSportler ...«, murmelte er. »Nicht schlecht, nicht schlecht ...«

»Best! Silvester! Ever! Ich hol uns was zum Anstoßen«, rief Trevor und verschwand zwischen den Partygästen auf der Suche nach einer Bar. Martha umarmte ihren Vater.

Neil atmete tief durch. Es war die richtige Entscheidung. Alles fügte sich wie bei einem riesigen Puzzle zusammen. Ob das letzte Jahr Realität gewesen war oder nicht, schien unwichtig. Seine Erlebnisse als Videospiel-Prophet hatten ihn verändert, und diese Veränderung war der Anstoß für ganz reale Auswirkungen auf sein Leben und das seiner Freunde. Ob Traum oder nicht, für ihn würde *Lizzard Entertainment* eine wichtige Erinnerung bleiben.

Ein Puzzleteil fehlte allerdings noch. Neil blickte sich um und suchte den schummrigen Raum ab. Cosplayer vermischten sich mit Anzugträgern, bärtige Typen mit Festival-Badges umgarnten Amazonen in voller Rüstung, Kellner in *PentaGods*-Uniformen reichten kleine Häppchen. Plötzlich blitzte der Countdown auf den Monitoren auf, und die Musik verstummte. Die letzten zehn Sekunden des alten Jahres waren angebrochen. Gamer, Organisatoren, Businessvertreter, Fans und bekannte eSportler mit ihrer Entourage stimmten in den Countdown ein, zählten lauthals die Glockenschläge zum neuen Jahrzehnt herunter. Und zwischen den feiernden Menschen entdeckte Neil *KiraNightingale*, ein Cocktailglas in der Hand und eine Tiara auf dem Kopf, die ihr von den Moderatoren während der Siegerehrung aufgesetzt worden war. Just in dem Moment, als er sie zwischen all den Leuten erblickte, sah Kira zu ihm. Ihre Blicke trafen sich, und Neil schien es, als würde die Zeit für einen kurzen Moment stehenbleiben. Dann winkte sie ihm zu. Er winkte zurück. Beide lächelten.

Ein neues Jahrzehnt brach an, und Neil genoss den Moment inmitten der feiernden Menschen. Alles war gut. Er hatte das letzte Puzzleteil gefunden.

NACHWORT

Wenn Du das hier liest, ist die Wahrscheinlichkeit groß, dass Du ebenso von Videospielen fasziniert bist wie ich. Dabei ist es egal, wie alt Du bist und welche Games Deine Lieblingsspiele sind, es ist egal, ob Du mit Helden in *Ultima: The First Age of Darkness* oder den tanzenden Chars von *Fortnite* aufgewachsen bist – die Faszination für bewegte Pixel, die unseren Anweisungen folgen, ist dieselbe.

Meine erste Begegnung mit Videospielen war im Jahr 1987, und zwar auf einer Fähre, die mich vom spanischen Festland zur Insel Mallorca brachte. Im Bordrestaurant stand eine Arcade-Station mit einem Rennspiel. Ich war zu jung, um den Namen des Spiels lesen zu können, doch irgendwie zog es meine ganze Aufmerksamkeit auf sich. Ein Auto raste über grauen Asphalt, die Straße krümmte sich in den Horizont, Palmen jagten links und rechts vorbei. Schon die Animation im Startbildschirm, wenn niemand an der Station spielte, war interessanter als alles andere auf dem Schiff. Zu meiner großen Enttäuschung ließ der Automat meine Eltern vollkommen kalt, sodass ich keine Möglichkeit bekam, meine Fahrkünste auszutesten.

Computerspiele waren damals neu – zumindest für mich und meine Eltern. Videogames erschienen in meinem Leben in Form von Automaten in Bars neben einarmigen Banditen oder als LCD-Spiele mit kleinen schwarzen Figuren auf grauem Hintergrund, die stolz von einem Klassenkameraden auf dem Schulhof aus dem Ranzen hervorgeholt wurden. Während ich neugierig jeden der Apparate in Augenschein nahm, winkten meine Eltern ab. Sie konnten mit diesem neuen Medium nichts anfangen. Ich erinnere mich noch gut an den Tag, als meine Mutter auf einem Flohmarkt eine – wie wir glaubten – Asterix-Hörspielkassette erstand. Als ich sie in meinen Walkman einlegte, war jedoch lediglich Rauschen zu hören. Bei genauerem Hinsehen stellte sich heraus, dass wir eine *Datasette* gekauft hatten, ein heute fast vergessenes Medium der Datenspeicherung und damals ein uns unbekanntes Novum. In gewissem Sinne war also dieses Asterix-Spiel das erste Computerspiel, das ich je besessen habe, auch wenn ich es niemals spielen konnte. Die *Datasette* landete im Müll.

In unserem Haus galten Videospiele als pädagogisch wenig wertvoll. Und so spielte ich heimlich unter der Bettdecke, wenn ich einen Freund dazu hatte überreden können, mir eines seiner LCD-Games auszuleihen. Für meine Eltern war diese Art der Unterhaltung Zeitverschwendung. Auch als Gameboy und Super Nintendo aufkamen, blieben Computerspiele in unserem Haushalt verpönt – doch ich spielte bei Freunden, wann immer ich konnte: Matze hatte einen C64, und wir spielten *Summer Games*, Mine besaß einen Gameboy mit *Super Mario* sowie *Tetris,* und Benni war der König von allen, denn er besaß den SNES mit *Double Dragon* und den *Turtles.* Als ich endlich mit 15 Jahren meinen ersten 486er mit Windows 3.1 von meinem Großvater bekam, war das meine ganz private Gaming-Revolution. Dank 3,5-Zoll-Disketten und ein wenig Starthilfe in DOS hatte ich bald schon *DOOM, Duke Nukem, Worms, SimCity, WarCraft, Heretic* und vieles mehr auf meiner Festplatte. Die fetten Jahre waren angebrochen.

Nun sitze ich hier, habe von 1164 Spielen in meiner Steam-Library erst etwa 60 % gespielt und schreibe das Nachwort zu diesem Buch, von dem ich nicht geahnt hätte, auf was für eine Zeitreise es mich schicken würde. Und bevor ich zur obligatorischen Danksagung komme, wollte ich Dir, dem Leser oder der Leserin, noch ein paar Fun-Facts mitgeben. Manches ist Dir vielleicht schon beim Lesen aufgefallen, aber eventuell gibt es das ein oder andere *Easter-Egg*, das Dir entgangen ist.

Ich habe mich natürlich stark von den wahren Begebenheiten der Computerspielgeschichte inspirieren lassen. ATRIA ist ein Anagramm von ATARI, dem amerikanischen Pionier der Arcade-Spiele. Die *Channel-F*, die Neil direkt am Anfang des Buches geschenkt bekommt, ist tatsächlich ein Meilenstein in der Computerspielgeschichte, den viele wahrscheinlich nicht kennen. Die Cartridges dieser Konsole waren revolutionär, da bis dahin alle Spiele der Arcade-Automaten auf der Hauptplatine verlötet wurden. Erst die *Fairchild Channel-F* führte die Konsole mit einem Wechselmedium ein, das als Vorläufer der Atari2600-, Gameboy-, SNES- oder Nintendo64-Cartridges gilt. Erfunden wurde sie von einem Afroamerikaner namens Gerald Anderson Lawson, der lange Zeit aus dem historischen Gedächtnis der Videospielgeschichte verschwand, vielleicht, weil die *Channel-F* verglichen mit dem ATARI 2600 nicht allzu erfolgreich war, vielleicht aus anderen Gründen. Zu seinem 82. Geburtstag am 1. Dezember 2022 widmete Google dem Erfinder ein eigenes Doodle.

Jerry Lawson hat auch in diesem Buch eine kleine Hommage in einem der Minions bekommen. Zwar erfindet der Jerry im Buch nicht die Cartridge, sondern ein Gamepad, ist im Jahre 2030 gerade einmal 16 Jahre alt und lebt in El Monte (und nicht in Santa Clara oder Brooklyn), aber immerhin ist er Bastler und Erfinder, verbringt seine Zeit mit seiner Freundin Catherine (der echte Gerald »Jerry« Lawson heiratete Catherine 1965) und liebt Videospiele.

Auch die *Ethan Anderson Company* mit den Initialen *EA* ist nicht zufällig gewählt. *Electronic Arts* wurde am 28. Mai 1982 von Trip Hawkins gegründet, einem Harvard-Studenten, der von der aufblühenden Videospielindustrie fasziniert war. Seine Vision eines Gamestudios umfasste nicht nur die Entwicklung eines Spiels, sondern auch das Publishing und den Vertrieb. *EA* sollte sich zu einem der größten und erfolgreichsten Spielehersteller und -publisher mausern, auch wenn dessen Praktiken häufig kontrovers diskutiert wurden und werden. Ähnlich wie bei der *Ethan Anderson Company* war der Anspruch von *Electronic Arts* zu Beginn, Computerspiele als Kunstform zu etablieren. Trip Hawkings bezeichnete die Programmierer und Gamedesigner als »Künstler« (deswegen auch das *Arts* in *Electronic Arts*) und wollte ihnen die verdiente Anerkennung zukommen lassen – für damalige Zeiten eher unüblich. Heutzutage ist *EA* neben den sehr erfolgreichen IPs auch für *Lootboxen* und andere offensive Business-Praktiken bekannt, auch wenn sie beileibe nicht mehr die Einzigen mit zweifelhaften Spielmechaniken sind.

Während Neil im Buch die Evolution der Computerspiele erlebt, muss er feststellen, dass in der neuen Welt Spiele entstehen, die mit unseren Klassikern vergleichbar sind. Einige dieser Spiele haben andere Namen, doch nicht alle dieser neuen Namen wurden von mir frei erfunden: *SimCity* sollte tatsächlich mal *Micropolis* heißen, und der recht unbekannte Vorgänger von *Rocket League* hieß wirklich *Supersonic Acrobatic Rocket-Powered Battle-Cars*. Und wo wir gerade bei lustigen Begebenheiten sind: Das christliche *Super 3D Noah's Ark*, das mit der *Wolfenstein-3D-Engine* von *Id Software* entwickelt wurde, sollte eigentlich ein Horrorspiel zu dem Film *Hellraiser* werden. 2005 wurde *Super 3D Noah's Ark* in einer Retro-Version auf Steam veröffentlicht, falls jemand schon immer mal Tiere in einer Arche mit einer Steinschleuder zum Schlafen bringen wollte …

Die von mir erfundenen *Bishojo Diaries* gab es nicht wirklich, dafür existierte und existiert in Japan ein ganzes *bishojo*-Genre, das mit dem 1982 veröffentlichten Titel *Night Life* der Firma Kōei seinen Anfang nahm. *Night Life* war kein wirkliches Spiel, sondern eine Art interaktive Sex-Anleitung, mit Informationen und rudimentären Grafiken zu Positionen und Praktiken, inklusive einem Menstruationszyklus-Kalender. Das »Spiel« war ein umfassender finanzieller Erfolg. Viele erotische

Games folgten, und der Begriff *bishojo*, der frei übersetzt »hübsche junge Mädchen« bedeutet, ist geblieben.

Ebenso finanziell sehr erfolgreich – mit 393.575 verkauften CD-ROMs und über 14 Millionen Dollar Gewinn – war der im Buch erwähnte *Barbie Fashion Designer*, der 1996 von Mattel Media veröffentlicht wurde. Es war das erste kommerziell erfolgreiche Spiel für Mädchen und der Initialfunke für eine Bewegung, die als »girls' games movement« bezeichnet wurde.

Ganz anders *DOOM*, das – zumindest damals – eine überwiegend männliche Spielerschaft hatte. Vielleicht gibt es unter den Leserinnen und Lesern solche, die das originale *DOOM* nie gespielt haben und auch das von *Bethesda* neu aufgelegte Game uninteressant fanden. Trotzdem ist der Einfluss, den dieses Spiel auf die Welt der Videospiele hatte und immer noch hat, beeindruckend und – wie ich finde – nahezu unerreicht. Es werden nach wie vor Spiele auf Basis der ersten *DOOM*-Engine entwickelt, die inzwischen unzählige Ports und Verbesserungen aufweisen kann. Kostenlose Total Conversions wie *Blades of Agony* oder *Total Chaos* sind durch die Open-Source-Lizenz möglich geworden, ein Umstand, den ich auch im Buch aufgreife. Wer in die technischen Tiefen von *Id Softwares* Vermächtnis abtauchen möchte, der möge einmal auf YouTube nach der *inverse squareroot* suchen, dem Algorithmus, der die Quake-Engine so viel schneller als jede Konkurrenz machte. Viele Programmierer sind selbst heute noch fassungslos, wenn sie die Codezeilen ansehen, oder vermuten zumindest einen Pakt mit dem Teufel.

Natürlich führte die Gewaltdarstellung in Videospielen – wie im Buch – auch in der realen Welt zu Problemen. Eine Senatsanhörung wie die von Neil und Ethan gab es wirklich: 1993, nach der Veröffentlichung von *Mortal Kombat* und einem Spiel namens *Night Trap*, ließen die *Committees on Governmental Affairs and the Judiciary* verschiedene Experten zu einem *Hearing* antreten, das tatsächlich zur Bildung des *ESRB* führte – dem *Entertainment Software Rating Board*. Im Buch bilden Neil und Ethan eine vereinte Front, in Wirklichkeit aber lagen sich *Sega* und *Nintendo* als rivalisierende Firmen in den Haaren und beschuldigten sich gegenseitig der Heuchelei. Im Internet findet sich das gesamte Video des *Hearings*, das aus heutiger Sicht einen hohen Unterhaltungswert hat.

Viele dieser Fakten kannte ich selbst nicht, als ich mit der Arbeit an *Godmode* begann (zum Beispiel, dass es tatsächlich eine eSport League für den *Farming Simulator* gibt). Mir wurde dadurch erneut vor Augen geführt, wie stark Videospiele in unser Leben eingegriffen haben. Wer heute als Jugendlicher über die Gamescom schlendert, kann sich eine Welt ohne Videogames nicht vorstellen. Und das betrifft eben nicht nur das Computerspiel an sich, sondern auch die technologischen, wirtschaftlichen und gesellschaftlichen Konsequenzen, die ein solches Medium mitbringt. Deswegen wollte ich in diesem Buch nicht nur einfach die Chronologie der Computerspiele nachzeichnen, sondern auch das Drumherum: den Einfluss der Gamingbranche auf die Hardware, auf Open Source, auf die Gewalt-Debatte,

Sharewares, Crunchtimes, Lootboxen oder *microtransactions*. Ich wollte auch zeigen, warum so ein Phänomen wie *Minecraft* nur über einen Indie-Entwickler entstehen konnte.

Die Arbeit an diesem Buch hat mir nicht zuletzt wegen dieser kleinen und großen Anekdoten viel Spaß bereitet. Und der Umstand, dass mein Vater, der mir als Jugendlichem die LCD-Spiele und die Münzen für Arcade-Stations verwehrte, mir nun als Erstlektor zur Seite stand und maßgeblich dafür verantwortlich ist, dass die Wörter so nebeneinanderstehen, wie sie dies nun tun, ist mein eigenes, kostbares *Easter-Egg*. Damit bin ich auch schon bei den Danksagungen angekommen. Neben meinem Vater will ich auch *Tristan Donovan* danken, auch wenn er mich nicht kennt und wohl auch nie kennenlernen wird. Sein Buch REPLAY hat mich großartig unterhalten und mir die Geschichte der Videogames umfassend näher gebracht; ich kann es den Interessierten unter Euch nur ans Herz legen. Auch bei Maria Weber von *Droemer Knaur* und der Lektorin Kerstin Fricke möchte ich mich bedanken für die Unterstützung und die Arbeit daran, dass *Godmode* als Buch umgesetzt werden konnte, ebenso bei Florian Friesl, der als mein Agent die Kontakte zum Verlag hergestellt hat.

Dann will ich all jenen danken, die irgendwann einmal mit mir gespielt haben, sei es *Battlefield*, *Left4Dead*, *Micro Machines*, *Worms*, *Doom*, *Quake III*, *Xonotic* oder etwas anderes. Um nichts in der Welt will ich diese Momente missen. Und mein Dank gehört auch Dir, der Du dieses Buch liest, denn *Godmode* steht als Buch in Konkurrenz zum Videospiel, dem es huldigt. Vielen Dank also dafür, dass Du vorübergehend den Controller aus der Hand gelegt und stattdessen dieses Buch aufgeschlagen hast.

Und damit ist jetzt endgültig *book over*.

Der erste offizielle Roman aus dem Universum
von League of Legends!

ANTHONY REYNOLDS

RUINATION

EIN LEAGUE-OF-LEGENDS-ROMAN

Camavor ist ein schroffes Land mit einer brutalen Geschichte. Doch die junge Kalista, loyale Beraterin und Generalin ihrer Familie, will endlich die Zerstörungswut des Königs, ihres Onkels Viego, aufhalten. Aber ihre Pläne werden durchkreuzt, als Viegos Frau Isolde bei einem Anschlag vergiftet wird.

Kalista geht ein verzweifeltes Wagnis ein: Sie sucht die lange verlorenen Gesegneten Inseln, auf denen sie hofft, die Rettung der Königin zu finden. Doch im Herzen der Gesegneten Inseln versucht ein rachsüchtiger Wächter Kalista in seine grausamen Intrigen zu verstricken. Sie muss sich zwischen ihrer Loyalität zu Viego und ihrem Sinn für Gerechtigkeit entscheiden – denn selbst im Angesicht absoluter Dunkelheit kann eine ehrenvolle Tat ein Licht entzünden, das die Welt rettet.

»Eine mitreißende Geschichte mit jeder
Menge Champions aus dem Spiel und deshalb
DAS Buch für alle League-of-Legends-Fans.«
Jona Schmitt aka JustJohnny

Welcome to Night City!

RAFAL KOSIK
CYBERPUNK 2077: NO COINCIDENCE

Die ebenso glitzernde wie gefährliche Metropole Night City im Kalifornien des Jahres 2077: Eine bunt zusammengewürfelte Gruppe von sechs Fremden überfällt einen Konvoi, um einen geheimnisvollen Container der Firma Militech zu rauben. Keiner von ihnen ist freiwillig hier, sie alle wurden erpresst, sich an dem Überfall zu beteiligen – und sie haben nicht die leiseste Ahnung, wie weit der Einfluss ihres mysteriösen Auftraggebers reicht oder was sie da eigentlich gestohlen haben. Nur eines ist ihnen vollkommen klar: Wenn sie überleben wollen, müssen sie lernen, ihre Differenzen zu überwinden und zusammenzuarbeiten, bevor ihre nächste Mission beginnt …

Der erste offizielle Roman zum Games-Bestseller
Cyberpunk 2077!